KB051891

빨강머리 앤
나의 딸
그리고 나

빨강머리 앤,
나의 딸
그리고 나

초판 1쇄 발행   2018년 3월 23일

지은이   로릴리 크레이커
옮긴이   강영선
출판기획   경원북스
펴낸이   김동철

등록   2016년 10월 11일 (제2016-000080호)
펴낸곳   경원북스
주소   서울시 강서구 까치산로 18길 50 303호
전화   02-2607-2289
팩스   02-6442-0645
인쇄   (주) 두경프린텍
이메일   kd7722@naver.com

ISBN 979-11-959142-5-8 (03840)
정가 13,800원

잘못된 책은 본사나 구입하신 서점에서 교환해 드립니다.

이 도서의 국립중앙도서관 출판예정도서목록(CIP)은 서지정보유통지원시스템 홈페이지(http://
seoji.nl.go.kr)와 국가자료공동목록시스템(http://www.nl.go.kr/kolisnet)에서 이용하실 수 있
습니다.(CIP제어번호: CIP2018007946)

빨강머리 앤 나의 딸 그리고 나

로릴리 크레이커 지음
강영선 옮김

경원북스

차례

내가 너희를 고아와 같이 버려두지 아니하고
너희에게로 오리라

요한복음 14장 18절

여인이 어찌 그 젖 먹는 자식을 잊겠으며
자기 태에서 난 아들을 긍휼히 여기지 않겠느냐
그들은 혹시 잊을지라도 나는 너를 잊지 아니할 것이라
내가 너를 내 손바닥에 새겼고
너의 성벽이 항상 내 앞에 있나니

이사야 49장 15-16절

서문

Spirit 영혼, Fire 불꽃, Dew 이슬 로 태어난

빨강머리 앤은 정말 놀라운 캐릭터입니다. 다른 이들로부터 별 볼일 없다
고 무시당하는 고아에, 마치 길 잃은 영혼처럼 보이는 빨강머리 앤은, 사
람들에게 정말로 심오하고 중요한 무언가를 보여주죠. 책이 쓰인 시대를
생각해보면 그녀는 분명 성(性)을 잘못 가지고 태어났다고 생각될 정도로
독특한 캐릭터에요. 그러나 앤은 자신의 영혼에 충실함으로써 공동체를
완전히 바꿉니다.

—

빨강머리 앤 미니시리즈 여 주인공, 메건 팔로우즈(Megan Follows)

"고아가 뭐야?"

한 때 부모가 없었던 내 아이가 던진 그 질문은 일순간 말문을 막
히게 했다. 갈가마귀의 날개마냥 칠흑같이 검은 머리칼에 황금빛 피
부를 가진 "인간 대포알"인 내 딸, 일곱 살 피비 민주 제인(Phoebe
Min-ju Jayne)은 어느 날 저녁, 잠자리에 들기 전에 어린이용 그림책으
로 나온 『빨강머리 앤』을 읽다가 "고아"라는 단어의 뜻을 알려 달라

고 했다.

　이미 생후 6개월 때부터 인간 대포알 기미가 보였던 저 아름다운 아기를 한국에서 데려온 이후로 남편과 나의 일상은 결코 예전과 같지 않았다. 빨강머리 앤처럼 spirit 영혼, fire 불꽃, dew 이슬 로 태어난 우리 딸 피비는 두 살 나이에 전자레인지 손잡이를 떼어내서 박살 냈고(우리는 지금까지도 펜치를 손잡이 대신 쓰고 있다), 네 살엔 벌거벗은 채로 교회를 가로질러 뛰어다녔고, 다섯 살 때는 어떻게 한 건지는 모르겠지만 할아버지의 자동차 기어를 후진으로 해놓아 진입로로 차가 굴러 내려간 적도 있었다. 간신히 대형참사는 피했지만 이처럼 번갯불 같은 아이다. 야생을 그대로 품은 우리 아이는 우리 부부의 심장이 노래하게 한다. 노래하듯 뛰게 하다가도 하루에 다섯 번쯤은 철렁하고 주저앉게 한다.

　피비가 엄마 뱃속에 있을 때 생부(生父)에게서 버림을 받았고, 나중에 한국의 생모(生母)가 용기를 내 우리에게 자신의 아이를 내어 주었기에, 피비는 지금 우리 딸이다. 그러나 피비가 아무 생각 없이 던졌을 그 질문이 엄청나게 중요하단 걸 알았다. "고아(orphan)"라는 단어는 마음 속에 웅어리진 "짐짝"이라는 뜻이 담긴 여섯 글자의 알파벳이다. 여기서 "마음 속에 웅어리진 짐짝"이라는 단어를 쓰면서 나는 커다란 여행가방 크기 정도의 크고 버거운 웅어리를 말하고 싶었다. "고아"라는 단어를 듣는 순간, 누더기 옷을 걸치고 배고픔에 쩔쩔매는 홀로 있는 연약한 아이의 모습이 눈앞에 펼쳐진다. "고아"라는 단어에 인도 뭄바이 길거리의 지저분한 부랑아가 떠오를 수도, 혹은 아기침대의 난간을 흔들고 있는 가냘프고 다 자라지 못한 동유럽 국가 고아원의 아이 모습이 떠오를 수도 있다. 그것도 아니면 문학 작품이나 영화 속 고아의 모습이 우리의 의식을 스쳐 지나갈 것이다. 해리 포터, 겨울왕국의 엘사, 위대한 유산의 핍, 타잔, 루크 스카이워커… 이런 식으로 나열하다 보면 고아 캐릭터의 전형인 올리버 트위스트의 범주에 묶을 수 있을 것이다. 슈퍼맨, 배트맨, 스파이더맨, 로빈, 플래시, 캡틴 마블, 캡틴 아메리카, 그린 애로우. 이들 모두 고아 아니었던가!

그렇지만 이 "고아"라는 단어는 다른 이미지를 거의 떠올리지 못하게 한다. 입양아를 둔 엄마들은 이 사실을 더 민감하게 받아들인다. 예전에, 아이티에서 아이를 입양하는 과정을 밟고 있던 한 엄마가 감정에 북받쳐 쓴 블로그 글을 읽은 적이 있다. 그 엄마는 I-600 이민 서류에 "직계 친척 관계로 고아를 분류하는 청원"이라고 도장이 찍힌 것에 말 그대로 "분노"했다.

"'고아'라는 단어로 네 삶의 일부를 설명하고 있다는 사실이 내 마음을 찢어 놓는구나."라고 그녀는 블로그에 적었다. "고아라는 말을 쓰니 네가 길을 잃었는데 아무도 너를 찾지 않고 또 돌봐 주지 않는다고 하는 것만 같아." 그 엄마의 심장은 하키 게임의 열성 팬처럼 소리를 지르고 있었다. "내가 널 찾았다고! 내가 널 데려갈 거야! 내가 널 돌봐 줄 거라고!" 내 친구도 입양아를 둔 엄마인데 내가 그 "고아"

라는 단어만 꺼내도 눈에 보이게 날을 세웠다. 차가운 눈빛으로 팔짱을 낀 채 말이다. 우리의 대화는 그대로 급제동을 거는 브레이크를 밟은 듯 멈춰버렸다. 짧은 기간 동안 부모님 두 분을 모두 여읜 또 다른 친구 하나는 동료가 자기더러 "너는 이제 고아다"라고 한 말에 발끈 화를 내기도 했다.

많은 입양기관들은 "고아"라는 말이 "입양에 적합한 단어"가 아니기에 입양을 하는 부모가 입양하는 과정을 거치는 동안에는 "고아"라는 단어의 사용을 꺼리거나 또는 금지하기도 한다. 그들 자신의 얼굴에, 또는 그들의 아이들의 얼굴에 대문짝만하게 "고아"라는 딱지를 써 붙이고 싶은 사람은 아무도 없다. 자기 자신 또는 아이들이 마음에 응어리진 "커다란 짐짝"을 질질 끌고 다니게 하고 싶은 사람은 아무도 없다.

그러나, 영화 프린세스 브라이드(The Princess Bride, 1987)의 캐릭터 이니고 몬토야(Inigo Montoya)를 떠올려보면 "고아"라는 단어는 우리가 생각하는 그런 의미만을 가지지는 않는 것 같다. 물론 그 단어는 일반적으로 부모를 잃었을 때, 또는 부모가 살아있지만 아이를 키울 수 없다고 버려진 경우에 쓰인다. (흥미로운 사실은 성경에서 그 단어가 42번 나오는데 항상 아버지가 없는 사람만을 가리킨다. 그러나 동물의 세계에서는 "고아"라는 개념은 거의 어미에게서 버려진 경우를 말한다.) "고아"라는 단어는 우리가 생각하는 것보다 훨씬 더 넓고 확장된 의미를 지닌다. "고아"의 유의어 사전에 제시된 연관된 단어 중

네온사인이 깜빡이듯 내 눈에 띄는 것이 있었다.

Orphan 고아: Bereft, left behind, left

Bereft 사랑하는 이를 잃은; 빼앗긴

Left behind 버려져 남겨진

Left 남은, 남겨진

이러한 "고아"의 정의에 따르면 우리 모두는 살면서 때때로 "고아"인 적이 있었다. 우리는 사랑하는 누군가를 잃어 무릎을 꿇어 보았다. 그 사람의 죽음이 고통스럽게 우리를 갈라놓았을 때 우리 모두는 홀로 남겨졌고, 관계가 끊겼으며, 버려졌다. 해고를 당하고, 사랑하는 이에게 차였고, 누군가에게 무시당했다. 또 우리 중 어느 누가 "남겨져" 본 적이 없단 말인가? "삶"이라는 도로 경계석에 풀썩 주저앉아서는 오지 않을 기회를 막연히 기다려 본 적이 없단 말인가?

고아를 이렇게 생각해 보았더니 그 동안 내가 가졌던 그 단어에 관한 생각이 바뀌었다. "함부로 쓰면 안될 무서운 단어"에서 조금 더 편해지고, 또 공감할 수 있는 더 넓은 의미의 그런 단어로. 나는 슬픔에 젖은 딸의 모습에서 "사랑하는 이를 잃음(bereft)"을, 야구팀에 들지 못한 십대 소년에게서 "버려짐(left behind)"을, 이혼한 친구의 눈에서 "남겨짐(left)"을 발견하며 이곳 저곳에서 "고아"를 보기 시작했다.

그리고 그 단어를 다른 식으로 받아들이자, 또 다시금 편해지면서 그 무시무시한 'O로 시작하는 단어(orphan: 고아)'에 관해 이야기를 나누는 일이 긍정적일 수 있다는 놀라운 생각을 하기에 이르렀다. 엘사와 안나, 해리 포터, 미스 페레그린과 이상한 아이들, 배트맨과 캣우먼이 있는 이 세상에서는 그 단어가 계속해서 나올 테니까 말이다. 우리의 문화 속에서 끊임 없이 고아에 관련한 스토리텔링이 이루어지는 가운데 입양아들은 특히 그들이 어디에 속하는지를 궁금해 할 것이다. 그렇게 된다면, 분명 "고아"라는 단어는 적어도 나와 우리 가족에게는 매우 중요한 단어가 될 것이다. 내가 마음을 다해 사랑하는 아이가 그에 관해 물을 뿐만 아니라 나 역시도 거의 평생에 걸쳐 여러 가지 형태로 물어온 질문이기 때문이다. 사실은 나도 입양아였다.

그래서 피비가 고아의 뜻을 물었을 때 나는 간단한 용어로 정의를 내리고 아이가 이해할 수 있을 방식으로 말해주려고 했다. 고아가 되는 경우는 여러 가지가 있으니까. 앤 셜리의 경우 생후 3개월 째 되었을 때, 사랑 많은 학교 선생님이었던 부모 월터와 벌사 둘 다 장티푸스에 걸렸다. "엄마도 고아였어. 엄마와 아빠(Oma and Opa)가 나를 입양하기 전에는" 나는 이렇게 설명했다. "나를 낳아준 어머니는 그 당시에 아기를 돌볼 수 없었대. 너를 낳아준 어머니가 아기를 돌볼 수 없었던 것처럼 말이야. 네가 이세상에 왔던 그 순간엔 네가 아니라 어떤 아이라고 하더라도 네 어머니는 돌볼 상황이 되지 못했던 거야. 피비 너도 나처럼, 그리고 앤처럼 마찬가지로 고아였어. 우리가 한국에 가서 너를 이곳으로 데려오기 전까지는."

그래 "앤처럼 … "

딸아이와 나눈 그 대화는 내 맘 속에 무언가를 불태웠다. 우리, 그러니까 빨강머리 앤, 피비 민주 제인 그리고 나, 이렇게 우리 셋 모두는 어딘가 속할 수 있는 곳을 찾아 평탄치 않은 길을 따라 떠돌아 다니는 조난자 클럽의 "정회원"이나 다름 없었다. 나는 항상 우리 딸아이의 입양과 나의 입양에 얽힌 별나고, 가슴 아프고, 그러면서도 이상하리 만치 비슷한 이야기를 말하고 싶었다. 그 순간, 피비의 침대에서 함께 부둥켜 안고 있던 바로 그 순간, 나는 그런 이야기를 한 보따리 책으로 풀어내고 싶다는 사실을 깨달았다. 빨강머리 앤의 빨강머리카락으로 만든 리본으로 각 챕터를 땋아 내려가듯 말이다.

이 책 〈빨강머리 앤, 나의 딸 그리고 나〉는 그렇게 써 내려간 결과물이다. 글을 써내려 가면서 앤이라는 캐릭터를 만들어 낸 루시 모드 몽고메리의 이야기도 작은 글 타래로 엮어 썼다. 그녀는 자기처럼 갈 곳을 잃고 혼자라고 느끼는 아이들의 이야기를 쓰느라 모든 것을 걸고 인생의 작품을 집필했다. 그녀가 아기였을 때 세상을 뜬 어머니, 그리고 거의 자리를 비운 아버지를 두었던 루시 모드 몽고메리는 자신의 글 속에서 자기 자신, 또한 자기가 만든 캐릭터들이 어디에 어울리는지, 또 어떤 사람인지를 알기 위해 여정을 떠나는 것 같았다. 루시 모드 몽고메리 작가의 글을 수천 단어에 걸쳐 읽고 또 읽으면서 그녀는 내게 작품 활동의 대모(代母)가 되었다. 나는 그녀가 사용하는 풍부하고 깊이가 있는 어휘를, 성경 구절과 고전 문학 작품을 적시 적소에 던져 예로 들어주는 것을, 또 독자를 웃고 울게 만드는 능력을 깊이 존경한다. 그녀는 희극과 드라마를 둘 다 잘 다루는 흔치 않은 재능을 타고난 유머 작가였다. 그럼에도 그녀 역시 모든 작가들이 다 그렇듯 계속해서 출판사에서 퇴짜를 맞는 경험을 했다. 『빨강머리 앤』도 출간되기 전에 여러 번 거절을 당했다.

일부는 자서전이고 또 일부는 앤의 슈퍼 팬북이라고 볼 수 있는 〈**빨강머리 앤, 나의 딸 그리고 나**〉는 빨강머리 앤과 루시 모드 몽고메리의 이야기를 우리들의 이야기 실타래에 연결시켜서, 프린스 에드워드 섬(Prince Edward Island)의 붉은 모래 해변에서부터 한국의 인삼 밭에 이르기까지 우리를 안내할 것이다. 이야기를 풀어내는 동안 이 책을 읽고 있는 당신이 미처 생각하지도 못했던 곳에서 자기 자신을 발견하고 자신의 정체성에 대한 진실을 밝힐 수 있을지도 모른다.

빨강머리 앤의 이야기에서 인용구를 가져오고, 또 그것을 다시 구성해 이야기하면서 빨강머리 앤이 바라보는 세상에 직접 발을 담아 볼 수 있기 때문에 우리는 그녀의 마법에 빠져들게 될 것이다. 너무나 마음 아프게 사랑하는 이를 잃고 버려지거나 간단히 말해 "남겨진" 이후에도 여전히 활기찬 빨강머리 앤의 마음가짐과 결코 주저 앉거나 잠기지 않는 그녀의 정신력에 활력을 되찾으며 말이다. 희망과 근사한 유머감각으로 가득한 그녀, 빨강머리 앤은 우리도 그녀처럼 살 수 있다는 것을 일깨워준다. 그녀처럼 쾌활하고, 열린 마음으로, 다른 사람을 북돋아주는 사람 말이다. 빨강머리 앤은 세상의 모든 "고아들"에게 생물학적인 혈연관계가 있든 아니든 자기에게 가장 잘 맞는다고 느껴지는 "집"을 찾으라는 메시지를 전한다.

1908년에 루시 모드 몽고메리의 첫 번째 소설이 발간된 이후로, 앤 이라는 이름의 소녀는 계속해서 사랑받고, 소중하게 여겨졌고, 칭찬을 받아왔다. 이는 앤이 완벽해서가 아니라 오히려 완벽과는 거리가 멀기 때문이었다. 책을 읽는 우리는 우리 자신의 모습을 그 소녀에게서 발견한다. "내일은 아직 실수를 범하지 않은 새로운 날이야 (tomorrow is a new day with no mistakes in it yet)"와 같은 희망에 가득한 말을 하면서 새로운 하루와 깨끗한 "석판(역자 주: 예전에 학교에서 아이들이 글씨 쓰는데 사용하던 소형 칠판과 같은 판)"을 바라는 우리 자신의 모습을 말이다. 그 새로운 석판으로 새롭게 하루를 시작할 수도 있고, 아니면 그저 길버트 블라이스의 귀여운 머리통을 "깨뜨리는" 하루가 될 수도 있다. 빨강머리 앤이라는 캐릭터는 이따금씩 우리 모두에게 일어날 수 있지만 아무도 원치 않을, "버려진다는 사실"을 나타낸다. 비록 우리 모두가 근본적으로는 "버려졌던" 경험이 있을지라도, 빨강머리 앤은 우리가 우리 자신을 믿을 수 있도록 한다. 앤은 우리에게 힘들어도 앞으로 계속해서 나아가라고 한다.

빨강머리 앤 만나기

책을 곁에 두고 자라는 아이들 대부분은 그 책들 속에서 자신에게 영향을 주는 캐릭터를 하나쯤은 발견하게 된다. 나는 초원에서 자랐기에, 초원의 집(Little House of Prairies)의 로라 잉걸스 와일더와 그녀의 도시 정착민의 모험을 다룬 이야기에 매료되었다. 그리고 야망에 가득 찬 작은 아씨, 어려운 상황을 벗어나기 위해 글을 쓴, 페미니즘 운동이 시작되기도 전의 시대를 살았던 조세핀 마치를 응원했다. 그러나 내 평생의 여정을 함께 할, 나와 딱 맞는 닮은꼴 캐릭터는 단 하나뿐이었다. 내게 어린 시절부터 영향을 주어 온 어떤 캐릭터도 이 홍당무 같은 머리를 한 수다쟁이에 비할 수는 없었다. 이 소녀는 외롭게 늙어가는 한 남매가 어쩔 수 없이 그녀를 맡아 기르게 된 집으로 찾아 가게 되었고, 이 나이든 남매는 그 고아 소녀가 자기들을 필요로 하는 것보다 훨씬 더 많이 자신들에게 그 아이가 필요했다는 것을 알게 된다.

내가 빨강머리 앤을 만나게 된 때는, "여자깡패"가 나를 희생자로 삼아 괴롭힘을 당하던 중학교 2학년, "깊은 절망에 빠졌던 나날"이었다. 당시에는 그 괴로운 나날이 아무일 없던 것처럼 그냥 지나가리라는 것을 알 수 없었다. 이런 종류의 일이라면 으레 그렇듯이 말이다. 그리고 그 해 말에는 나 자신만큼이나 나를 잘 이해해주는 절친한 친구 내 자신의 "다이애나 배리"를 만날 거라는 것 역시 알 수 없었다. 내가 아는 거라곤 너무 외롭다는 것과 학교에서 더 이상 버틸 수 없을 지경이었다는 것뿐이었다. 앤의 멜로드라마 같은 일장 연설("내 삶은 희망을 파묻기에 걸맞는 묘지야 (My life is a perfect graveyard of buried hopes)")은 내 고통을 잘 표현해 주었고, 앤이 거절당하거나 또는 모욕을 당했을 때 민감하게 반응하던 부분은 나 자신의 모습에도 그대로 투영되었다. 나는 같은 인생 여정을 밟아 나가는 나의 친구 앤에게 의지했다. 앤의 배꼽 빠지는 어처구니 없는 행동을 보며 다른 곳으로 신경을 돌릴 수가 있었고, 중학교 2학년의 잔인하고 못난 일상 속에서도 희망과 아름다움을 찾으려는 생각을 품을 수 있었다. 결국 앤은 조시 파이 같은 짜증나는 캐릭터에게 본때를 보여주지 않았는가. 어쩌면 나도 나를 못살게 굴던 비올라 구슨에게 똑같이 할 수도 있었을 터.

앤은 그 당시에, 그리고 그 이후로도 나의 진정한 친구였다. 앤은 나였다. 그녀는 밤색 머리를 꿈꿨고 내 머리카락은 흰머리가 생겨 "모카치노"색 같아지기 전까지 그녀가 그토록 바랐던 밤색이었다는 것은 달랐지만, 그녀는 어깨에 뽕이 들어가 있는 드레스를 꿈꿨다면 나는 팔에 근육이 생기길 바랐다. 그녀는 자기 머리카락을 한탄했고 나는 내 허벅지를 한탄했다. 그 외 자잘한 차이점들이 있긴 하지만, 정말로 나는 다음과 같은 점에서 앤과 많이 비슷하다.

바보같은 면이 있나? 그렇다. 특히 아침에. 나는 커피를 "마셔야" 커피를 "내릴" 만한 정신이 든다.

입에 모터를 단 것처럼 말이 많은가? 당연히, 그렇다.

길버트 블라이스라면 환장하는가? 그렇다. 내 사랑하는 남편 도일
은 『빨강머리 앤』 책 속에서 길버트 블라이스가 튀어 나와 우리 집
문 밖에 와 있으면 우리 둘 사이는 그걸로 끝날 것이라고 농담하고는
한다.

이름이 "e"로 끝나는 앤(Anne)에게 세 번 만세를 부르자! 우선, 앤
은 오렌지 맛 청량음료 색깔의 머리 색을 하고 공부를 놀라울 정도
로 잘하는 내 상상 속의 쌍둥이 자매이다. 그녀는 나처럼, 또 불꽃과
같은 내 어린 딸아이처럼 고아로 사는 것이 어떤 것인지를 잘 이해
한다. 초원의 집의 사랑스러운 로라 잉걸스, 작은 아씨들의 조 마치
보다 어느 정도 더 성숙한 나이가 되었음에도, 여전히 나는 그녀처럼
용기가 넘치고, "무한한 상상력"을 가진 꿈꾸는 소녀에 내 마음을 쏟
게 된다. 앤의 열정적인 정신은 나의 정신도 단단하게 만들고, 그녀
의 감성과 한계 없는 상상력은 상냥한 마음을 하고 꿈꾸는 성향의 나
의 모습을 보여준다.

이름이 "e"로 끝나는 앤이 당신에게도 마음이 통하는 친구가 될거
라 믿는다. 빨강머리 앤은 많은 사람들에게 정말 많은 의미를 주는
캐릭터이다. 내 딸과 내가 가장 좋아하는 책 속 세상으로 걸어 들어
가는 이 여행에 초대한다. 토근 시럽때문에 생긴 일을 즐겁게 읽고,
"리니먼트 연고 맛" 케익을 맛보고, 실수로 라즈베리 코디얼 음료에
가장 친한 친구가 취하게 되는 그 흥미진진한 빨강머리 앤에 관한 이
야기로 떠나는 여행에 말이다.

〈**빨강머리 앤, 나의 딸 그리고 나**〉와 함께 떠나보자. 우리의 이야기는 세 갈래로 땋은 머리처럼 서로 얽혀 있으니까. 한 갈래는 빨강, 다른 한 갈래는 갈가마귀 흑빛, 그리고 나머지 하나는 모카치노 색깔. 마음 편하게 머물 수 있는 우리의 영원한 "집"을 찾아가는 여정에 우리와 팔짱을 끼고 함께 떠나자. "spirit영혼, fire 불, dew 이슬"로 이루어진 이 세상에 우리와 함께 자리를 잡고 앉아보길 권한다. 이제, 우리 모두의 어딘가에 있을 "고아"에 대한 이야기를 시작하려 한다.

빨강머리 연
나의 딸
그리고 나

OI

몇 번의 "심각한 정신적 충격"

우리가 고아들의 이름을 알기 전에는 그 아이들을 모른 척 하는 것이
더 쉽다는 것을 안다.
고아들의 얼굴을 보기 전에는 못 본 척 하는 것이 더 쉽다.
고아들을 두 팔에 안아 보기 전에는 그들이 마치 없는 것처럼 여기는
것이 더 쉽다.
그러나 일단 그 아이들의 이름을 알거나, 얼굴을 보거나, 두 팔에 안고
나면, 모든 것이 바뀌어 버린다.

－

데이비드 플랫 목사, 『**Radical**』

대서양으로 튀어나온 캐나다의 작은 반도에 있는 에이번리라는 작
은 마을에서는, 평범하게 흘러가던 일상에 작은 파장을 일으킬 일이
일어나고 있었다. 그것은 바로 매튜 커스버트라는 프린스 에드워드
섬에서 농사를 짓고 있는 평범한 농부와 관련되어 있었다. 원래는 그
날 그 시간에도 순무의 늦은 파종을 하기로 되어 있었는데, 그는 에
이번리 마을 밖으로 마차를 몰아 가고 있었다.

게다가 그는 자기가 가진 제일 좋은 양복을 입고 호둣빛 말이 끄는 마차를 몰고 있는 것이 아닌가. 그가 마을 밖으로 이동하는 평상시 상황과는 사뭇 다른 상황이었다. 『빨강머리 앤』의 맨 첫 부분에서 독자들에게 제시된 이 두 가지 단서를 가지고, 에이번리 마을의 레이첼 린드 부인은 그가 먼 길을 떠나는 것이라고 생각했다. 만년 총각인 이웃이 이렇게 어디론가 떠나는 것은 흔히 볼 수 있는 일이 아니었으므로, 그가 어디로 가는 건지 알아낼 때까지 레이첼 린드부인이 마음 편하게 있을 수는 없었다.

레이첼 린드 부인은 샘솟는 궁금증에 대한 답을 구하기 위해 집에서 나와 400미터 정도를 걸어 커스버트네 남매가 살고 있는 초록지붕 집으로 성큼성큼 걸어갔다. 초록지붕 집은 너무 뒤쪽에 숨겨져 있어서 좀처럼 발견하기 어려웠고, 집과 마당 모두 보기 괴로울 정도로 깨끗했다. 『빨강머리 앤』 책에서는 초록지붕 집이 얼마나 깨끗한지에 관해 이렇게 설명한다. "밥을 먹다가 땅에 떨어진 음식을 주워 먹어도 음식엔 흔한 말로 먼지 한 점 묻어나지 않을 것이다."

레이첼 린드 부인은 이 초록지붕 집처럼 검소하고 고독한 집은 마음에 들지 않았다. 사실, 린드 부인 생각에는 이런 집에 거주하는 것은 "집에서 산다"라고 할 수는 없고, 그냥 "머무는" 정도나 될 터였다.

린드 부인은 두 남매가 그렇게 잠깐 머물다가 아예 거주하며 살게 되리라고는 생각도 하지 못했고, 린드 부인이 그대로 두고 보지 못하는 탓에, 두 남매가 조용히 감추고 있던 생활이 이제 막 온세상에 공개될 상황이었다. 린드 부인을 포함해 에이번리에 사는 사람들 모두가 변화를 경험하게 될 터였다.

🌷

초록지붕 집의 배경만큼이나 고풍스럽지는 못하더라도, 내가 아기였을 때 입양되어 온 방갈로 형태의 집은 거의 티끌 하나 찾을 수 없이 깨끗했다. 그 집은 위니펙의 북서쪽에 위치한 냉전 시대 스타일의 방갈로 형태 집들이 모여 있는 조용한 동네에 있었다. 화장품 판매원이었던 에이브가 아내에게 전화로 아이를 입양하는 일에 관해 말을 꺼냈다. 모나크 화장품社에서 에이브와 함께 일하는 동료 직원 부부가 최근에 아기를 입양했던 것이다. 에이브는 그의 아내와 결혼한지 벌써 3년 반이라는 시간이 지났는데도 아직까지 아이가 없는 상황에서 입양이 그 해결책이 되지 않을까 하고 물었다. 린다라는 이름의 간호사인 그의 아내는 벽에 검은색 전화 수화기를 내려놓기 전까지 별 말을 하지 않았다. 입양이라는 말은 놀라웠지만, 그 개념 자체가 생소한 것은 아니었다. 린다는 분만과 출산을 돕는 산부인과 간호사로 일하며, 생모가 키우기를 포기한 많은 신생아들을 돌봐왔다. 그 아기들 중 하나가 그녀와 에이브에게로 오게 되는 걸까? 린다에게 새로운 희망이 물살처럼 차 올랐다.

린다는 마당에 있는 나무에서 따 자신의 손으로 직접 담은 돌능금 절임을 저녁상에 올렸다. "입양이라" 그녀는 입양이라는 단어를 소리 내 발음해 곱씹어보았다. 당시 사회에서 입양이라는 게 그다지 낯선 개념은 아니었다. 사실 린다는 아이 없는 부부가 병원에서 아이들을 많이 입양한다는 걸 알고 있었다. 그러나, 린다와 에이브가 아는 한, 그들의 세계에서 입양은 아직까지 전례가 없었던 일이다. 린다와 에이브는 많은 친척들, 그리고 같은 교회에 다니는 사람들 중에 아이를 입양한 사람은 보지 못했다. 출신으로 따지자면 그 입양할 아기는 분명 메노파 교도가 아닐 것이다. 메노파 교파의 사람들은 역사, 문화, 언어, 그리고 믿음을 공유하기에 메노파가 아닌 다른 사람들과는 구분되는 특이한 사람들이다. 하지만 아기가 메노파인지가 정말 중요할까? 어떤 사람들은 중요하다고 생각할지도 모른다. 분명 어떤 사람들은 자기 배가 아파 낳지 않은 아이를 기르는 것이 위험한 일이라 생각할지도 모른다. 이 아이가 자라서 어떤 사람이 될지 어떻게 알고?

그런데 어쩐 일인지 린다는 상관하지 않았다. 그녀는 남편인 에이브도 상관하지 않으리라는 걸 알았다. 린다는 전화 통화를 할 때 에이브의 들떠 있던 목소리를 기억했다. 그들은 마음을 열 준비가 되어 있었다.

킹스턴 에비뉴 542에 있는 린다와 에이브의 집은 잘 정돈되어 있는 자그마한 집이었다. 린다가 잘 관리한 덕분에, 이 집 역시 『빨강머리 앤』의 마릴라 커스버트 남매의 집 마당처럼 표현할 수 있었다. "밥을 먹다가 땅에 떨어진 음식을 주워 먹어도 음식엔 흔한 말로 먼

지 한 점 묻어나지 않을 것이다". 그 집에는 파티오가 있었고, 뒷마당
엔 커다랗고 마디진 포플라 나무 한 그루와 돌능금 나무 몇 그루, 그
리고 집 앞에는 버드나무 한 그루가 심어져 있었다. 지은 지 4년 밖에
되지 않았는데도 벌써 이 집만의 멋스러운 특징이 있었는데, 그 중
단연 최고는 지하에 방공호가 있는 것이었다. 이전 집주인은 쿠바의
피델 카스트로와 구소련의 흐루시초프로부터 자기 가족을 지키기 위
해 지었던 것 같은데, 메노파 교파인 영업사원의 아내는 그곳을 돌능
금, 토마토, 콜드빈 샐러드 등을 절인 식품을 병에 담아 보관하는 용
도로 사용했다. 나중에 일반적이지 않은 방식으로 그녀의 자녀가 된
아이들은 이 춥고 습한 공간에 익숙해 질 것이고, 린다는 아랫층에서
러그 위에 앉아 시트콤 '길리건의 섬'을 보고 있던 아이들을 향해 "방
공호에 가서 비트 절임 두 병 가져다 줄래?"라고 부탁할 것이다. 그
지하실을 말할때면 언제나 그 단어를 사용하면서 말이다. "방공호".
　부엌에서는 월계수 잎과 양배추 냄새가, 또 대황, 자두, 병절임용
향신료 향이 났다. 보르시치(역자 주: Borscht - 러시아 또는 폴란드 사람들
이 먹는 비트로 만든 수프)와 슈트로이젤 토핑(역자 주: streusel - 설탕, 시나
몬, 밀가루, 버터, 잘게 썬 나무 열매 등을 섞어 만들어 커피 또는 케익 위에 얹는 토
핑)을 올린 과일 플라츠 등으로 대표되는 메노파 사람들의 443년 전
통의 음식과 생활양식의 향기가 난다.
　작은 복도를 가로지르면, 작은 방 두 개 밖에 없었지만, 그들의 마
음 속엔 성처럼 으리으리한 공간이 살아 숨쉬고 있었다. 아이를 바라

는 부부의 기도에 하나님은 왜 아직까지 응답을 주시지 않는 건지 알수 없었지만, 그들은 하나님이 자신들은 이해할 수 없는 방식으로 무엇이 가장 그들에게 옳고 좋은 일인지 아신다고 믿었다. 산부인과 의사를 찾았지만 아이를 갖지 못하는 이유는 밝혀내지 못했기 때문에 부부는 계속해서 기도만할 뿐이었다. 저녁 식탁에서, 또 두 사람만 있을 때에 손을 꼭 맞잡고 간절히 기도했다. 에이브가 퇴근해 돌아오면, 부부는 이전 것은 지나가고 새로운 삶이 찾아올 것이라는 이야기를 하곤 했다.

レ이첼 린드 부인은 매튜 커스버트가 평상시와는 사뭇 다른 외출을 하는 이유를 듣고 5초 동안 아무 말도 하지 않았다.

어린 소년.
노바 스코티아에서 옴.
고아

린드 부인은 어떻게든 하고 싶은 말을 하고 마는 성격으로 유명했다. 평상시에도 상대방이 자기 말에 반박할 수 없도록 "그렇고 말고"라는 식의 단호한 말을 평서문 뒤에 붙인다. 린드 부인은 매튜가 "호주에서 오는 캥거루를 마중 나갔다"라는 게 덜 충격적일 거라고 말했고, 노바 스코티아 출신의 고아 소년을 데려오는데 벌써 돌능금 절임을 식탁에 차려놓았냐는 식으로 이야기 했다.

매튜의 여동생인 마릴라가 고아원에서 아이를 입양하기로 한 이유에 관해 이야기하자 린드 부인은 그저 공포에 가득 찬 표정으로 쳐다볼 뿐이었다. 알렉산더 스펜서 부인은 마릴라와 린드 부인 모두에게 잘 알려진 명망 있는 여성이다. 이 부인도 같은 시기에 여자 아이를 하나 입양하기로 되어 있었다. 스펜서 부인은 커스버트 남매가 입양할 남자아이를 자기가 직접 선택해 돌아오는 길에 함께 데려다 주기로 했다.

나이가 60세가 된 매튜는 심장에 무리가 되어 농장 일을 직접 하는 것이 어려워졌다. 그래서 도움이 될 일손을 고용하려고 했지만 일손을 구하기가 쉽지 않았다.

매튜와 마릴라는 남자 아이를 하나 입양해 농장 일을 돕게 하는 것이 자신들이 겪고 있는 문제를 해결하는데 도움을 줄 거란 결론을 내렸다. 10~11살 나이의 남자아이를 데려온다면 자잘한 심부름을 수행하기에 딱 맞을 나이이고, 또한 남매가 제대로 키워낼 수 있을 만큼 충분히 어릴 것이다. 남매는 그 남자아이에게 좋은 집과 교육 환경을 제공해주려고 했다. 그날 아침 스펜서 부인에게서 전보 한 통을 받았다. 고아 소년이 바로 그날 오후 5:30분 기차로 온다고 했고, 매튜는 아이를 마중하러 가는 길이었다.

린드 부인은 이 이야기에 거의 공황상태에 이르렀다. 부인은 "심각한 정신적 충격"을 받았고 살면서 이보다 더 충격적인 일은 아무 것도 없을 거라고 말했다. 아무 것도!

에이번리에서는 린드 부인이 마릴라가 한 일이 못마땅하다며 말로 끊임없이 공격하고 있었다. 마릴라가 고아를 들이기로 한 게 왜 제정신이 아닌 행동인지 린드 부인이 그 이유를 하나씩 나열하며 끊임없이 쏘아붙였지만 마릴라는 그저 고개를 끄덕거릴 뿐이었다. 각진 얼굴에 희게 변해가는 머리를 꼬아 올려 두 개의 머리핀으로 단정하게 고정해둔 마릴라 커스버트는 다양한 경험을 하지는 못했지만 엄격한 도덕 관념을 가진 사람이었다. 말할 때 유머 감각만 좀 있으면 좋았을 그녀는 린드 부인이 쏟아내는 이 엄청난 공격을 사령관처럼 받아내고 있었다.

마릴라는 린드부인이 이렇게 못마땅해할 것을 예상했고, 이웃 사람이 와서 이런 식으로 말할 것이라고 생각해보는 과정을 이미 거친 뒤였다. 이는 린드 부인이 걱정한답시고 끄집어 낸 말들이 태곳적부터 고아에 관해 사람들이 가져온 것과 똑같은 견해, 걱정, 의견이기 때문이다. 레이첼 린드 부인과 자칭 "가정 전문가"들이 지난 수 세기에 걸쳐 해온 말에 따르면, 고아를 입양하는 것은 다음과 같은 이유로 바보 같은 일이고, 무모하며, 위험하고, 안전하지 못한 일이다.

- 당신의 집에 낯선 이를 들이게 된다.

- 이 낯선 이가 어떤 기질을 가졌는지 알 수 없고, 혈통이 불분명
하다. (그 고아가 미치광이들이 가득한 집안 출신일지 또 모르지!
털복숭이 집안일수도 있고! 유랑하는 서커스단 출신일지도 모르
는데! 집안 대대로 Grit 당〈캐나다의 우파, 보수당〉 또는 Tory 당〈캐나
다의 좌파, 자유당〉 지지자일 수도 있고! 미국의 민주당 또는 공화당
지지자 집안 출신일 수도 있으니까!)

린드 부인은 다른 많은 사람들처럼 부정적인 가능성으로 가득한
골목을 상상하며, 그 안에서 몇 걸음 걸을 때마다 움찔거리고 있었
다. 입양아의 부모가 되려고 준비하는 사람들 중 얼마나 많은 이들이
미지의 세계 (그리고 대부분 잘 못 알려진 세계) 때문에 자기 자신과
가족에게 위험한 일이 생기도록 한단 말인가?

린드 부인은 계속해서 이렇게 말을 이었다. 이 어린 이방인이 어떻
게 돌변하게 될지 몰라요. 이 아이의 핏줄은 잘못된 정당을 지지하는
비뚤어진 아이로 자랄 수도 있어요, "암, 그렇고 말고요." 자라서 어
떤 아이가 될지 몰라요, "암, 그렇고 말고요." (수세기에 걸쳐 사람들
은 자기 유전자를 가지고 태어난 후대의 사람들이 자라서 어떤 모습이
될지 100% 확실하게 예측할 수 있었던 것이 분명하다?)

이것이 바로 레이첼 린드 부인과 같은 대부분의 사람들에게는 입
양을 하면 안되는 커다란 이유로 작용한다.

린드 부인은 말을 멈추는 것 같더니, 마릴라가 자기가 하는 말이나

"그렇고 말고" 화법에도 아무런 감흥을 보이지 않음을 눈치채고는 다른 무기를 끄집어 냈다. 그것은 과거 고아들에 관련한 이야기들로, 마릴라가 머리를 단단하게 고정시키기 위해 꽂은 두 개의 머리핀이 튀어 나올 만큼 무시무시한 이야기였다.

린드 부인은 지난 주 신문에서 읽었다며 한 부부가 고아원에서 소년 하나를 데려온 이야기를 한다. 그 고아인 남자아이는 밤에 집에 불을 질렀으며, 그것도 일부러! 그 죄 없는 부부는 자기 침대에서 산 채로 타 죽을 뻔 했다는 것이다.

그녀는 또 다른 이야기도 알고 있었는데, 한 입양된 고아 소년이 계란에서 흰자와 노른자만 호로록 빨아 먹는 것에 재미가 들려버렸고 그 버릇을 고칠 수가 없었다고 한다. (긍정적으로 보자면 그 소년은 적어도 단백질은 부족하지 않게 섭취할 수 있었을 거다.)

"마릴라, 마릴라가 물어보지 않았지만 만약 이 문제에 관해 제 조언을 구했더라면, 내가 고아를 데려오는 등의 일은 생각도 하지 말라고 말했을 거예요. 그렇고 말고요."

마릴라는 머리핀도 여전히 머리에 잘 꽂혀 있었고, 린드 부인의 말에 별 감흥이 없어 보였다. 레이첼 린드 부인은 마릴라를 위해 꼭 해 줘야 할 고아에 관련된 충격적인 이야기 중 가장 심각하고 중요한 이야기 거리 하나를 남겨두고 있었다.

"음, 고아를 들이고 나서 별 탈 없었으면 좋겠네요." 레이첼 린드 부인은 나쁜 일이 일어나지 않을 수가 없다는 식으로 말했다. 그리고는 이렇게 말한다. "내가 마릴라에게 경고 안 했다고 나중에 딴소리 하지 말아요." 마릴라는 자기 침대에서 불에 탄 채 발견되거나 속이 텅텅 빈, 껍질만 남은 달걀만 몇 백개라서 커스터드 파이를 만들 수 없게 될테니까.

그러나 이런 일보다 더 끔찍한 파국이 있었으니, 레이첼 린드 부인 은 의로운 분노를 토해내며 이 이야기를 마릴라에게 풀어 냈다.

"우물 속의 스크리크닌 사건."

스크리크닌이 뭐냐고 물으신다면? 추리소설에 나오는 단골 소재 로 (추리 소설 작가인 아서 코넌 도일 경과 아가사 크리스티 둘 다 그들 의 소설 속 살인 사건들에 이 부분을 많이 사용했다.) 기본적으로는 쥐 약으로 사용되고, 먹으면 치명적일 수 있다. 레이첼 린드 부인은 마 릴라에게 뉴브런즈윅에서 고아원 출신 아이가 우물에다가 이 독을 풀어서 온 가족이 끔찍한 고통 속에 죽게 되었다는 이야기를 들었다 고 얘기 했다. (레이첼 린드 부인이 하는 말에 커스버트 남매가 이처럼 끔찍하게 죽게 될 수도 있을 거라는 뉘앙스가 담겨 있다는 걸 눈치채지 못할 사람은 아무도 없을 거다.)

자기가 객관적이라는 것을 나타내기 위해서 "이 경우에는 그 고아 가 여자 아이이기는 했어요."라고 린드 부인이 덧붙였다.

여자 아이가 그랬다고. 마릴라와 매튜는 확실하게 여자아이가 아 니라 남자 아이를 데려와야 한다고 요청했다. 그러면, 걱정할 일은 아무 것도 없는 것 아닌가, 그렇지 않은가?

나는 매튜가 데리러 온 고아가 생각했던 대로 남자 아이가 아니라 아무 것도 모른 채 자갈 더미 위에 앉아 있는 어린 여자 아이라는 사실을 들었을 때 얼마나 놀랐을지 충분히 공감이 된다. 나도 내 둘째 아이가 태어나던 미시건 그랜드 래피즈의 남동쪽에 있는 병원 분만실에서 얼마나 깜짝 놀랐는지. 그날 나는 분명히 여자아이를 낳을 줄로 알고 있었다.

초음파 전문의는 자궁 속의 아기가 여자아이라고 말해주었다. 그래서 아이의 옷장을 분홍색 우주복 잠옷을 비롯해 갖가지 여자 아이용 물건으로 가득 채웠고 온갖 프릴이 달린 옷들을 다른 사람들에게서 선물로 받았다. 남편 도일과 나는 우리가 낳을 딸아이의 이름을 피비(Phoebe)라고 짓기로 했다. 우리 둘 다 그 이름이 완벽하다고 생각했다. 우리에게는 그 이름이 너무 흔하지도 또 너무 이상하지도 않아서 딱 좋았다. 우리 부부는 "밝게 빛나는 별"이라는 뜻을 가진 성경에 나오는 보물 같은 이름을 찾아내 아이 이름으로 정해주고 싶었다. 나는 그때 루비(Ruby)라는 이름도 마음에 두고 있어서 무엇으로 할지 정하지 못하고 갈팡질팡하고 있었는데, 도일이 피비로 하자고 했다.

"피비는 새의 이름이기도 하거든." 도일이 말했다. 도일은 새를 좋아한다. 그래서 그렇게 결정되어 버렸다. 게다가, 성경에 언급된 피비라는 사람은 초기 교회에서 지도자였고 로마로 보내진 사도 바울의 특사이기도 했다. 나는 그 부분이 매우 마음에 들었다. 그리스 신화에 나오는 타이탄, 새, 그리고 밝게 빛나는 별! 우리 딸의 작은 두 어깨에 이 이름에 얽힌 역사, 이야기, 의미, 이 모든 것들을 주고 싶었다.

그런데 아들이 태어났다. 화가 난 듯이, 그러나 여전히 예쁜 모습으로 죽어라 소리를 지르면서. 그때 그의 형인 세 살배기 조나는 아이를 몹시 예뻐하는 팻 할머니와 조지 할아버지가 돌보고 있었다.

초음파를 봐 준 전문의가 우리 부부에게 딸을 낳게 될 것 같다고 말했을 때 어쩌면 그 전문의도 실수를 할 수 있다는 생각을 한번쯤은 했어야 했다. "완벽하게 보이지는 않는데요, 여기 보시다시피…" 그녀는 얼룩덜룩하게 잘 보이지 않는 모호한 무언가를 가리켰다. "아무래도 여자 아이 같네요."

남편과 나는 뚜렷하지 않은 덩어리에 대해 더 이상 반박할 거리가 없었기에 그저 고개를 끄덕였다. 우리는 보이지 않는데도 보이는 것처럼 마냥 고개를 끄덕였다. 초음파용 젤 통을 손에 쥔 전문가 말을 믿는 수 밖에 없었으니까.

분명, 그 의사 선생님이 잘못 알았던 것이었다.

나는 여자아이를 원했다. 딸을 원했다. 온몸으로 간절히 딸을 바랐지만, 딸이 아닐 수도 있다는 가능성을 완전히 배제하지는 않았다. 어떻게 보면, 나는 어느 정도 알고 있었던 것도 같다. 사람들에게 고맙다는 편지를 쓰면서도 꽃무늬의 여아용 아기 옷을 곱게 세탁해 접어 놓으면서도 나는 뱃속의 아이가 여자아이라는 데에 무언가 석연치 않음을 느꼈다.

산부인과 그레이 선생님이 "남자애네요."라고 말했을 때 생각보다
는 심각하게 정신적 충격을 받지는 않았다. 우리는 분명 충격으로 비
틀거리긴 했지만, 그렇다고 중심을 잃고 완전히 쓰러질 정도는 아니
었다. 도일과 나 둘 다 서로를 바라보며 두 눈을 크게 뜨고 믿기지 않
는다는 표정을 했다.

"뭐라고요오오오? 남자애라고요?" 그 말을 듣고 몇 분 동안 우리
는 여전히 멍했다.

내게 가장 처음으로 든 생각은 내가 좋아하는 남자아이 이름을 쓸
수 있겠다라는 거였다. 내가 괜히 "이름 덕후"가 아니다. 내 직감이
맞아 떨어져 아이가 피비가 될 수 없게 될 경우를 대비해 쟁여 놓은
근사한 남자아이 이름이 하나 있었다. 에즈라 핀니 브랜트 크레이커
(Ezra Finney Brandt Craker). 에즈라가 좋았던 건 시적이고, 혈기 왕성
하게 들리는데다, 우리 동네에서는 여전히 참신할 수 있는 이름이었
기 때문이다. 또 우리 부부의 첫 아기 조나처럼 고풍스러우면서도 흔
치 않은 성경에 나오는 이름이기도 했다. 그 이름 '에즈라'에는 색다
른 느낌과 삶을 향한 열정이 있어 우리 부부의 마음에 들었고, 우리
의 아들에게 그런 부분을 전달해 주고 싶었다. 핀니는 도일이 사랑하
는 할머니와 할아버지의 성을 딴 것이다. 브랜트는 내 소중한 할머니
의 처녀적 성이었다. 우리의 특별하고 독특한 아이를 위한 특별하고
독특한 이름이었다. 깜짝 놀라 천지가 흔들리는 것만 같았던, 그 아

이를 처음 만난 그 순간. 그때부터 그 아이는 하늘만큼 땅만큼 소중한 아이였다.

그랜드 래피즈 남동쪽에 있는 메트로폴리탄 병원의 그 분만실에서 우리가 기대한 여자 아이 대신 남자 아이를 선물 받았다. 그것은 매튜와 마릴라의 상황과는 완전 정반대의 것이었다.

내 경우에, 다른 점이라면 나는 여자아이도 선물 받을 수 있다는 것이었다. 남자 아이를 깜짝 선물로 받은 후 마음에 두었던 이름을 쓸 수 있어 기뻤고, 아이에 대한 사랑하는 마음이 파도처럼 덮쳤으며, 그 다음엔 이것이 계시라는 생각을 하게 되었다. 우리는 언젠가 여자아이를 입양하게 될 것이었다.

옛날 아프리카 속담에, 아이들은 생일을 두 번 맞는다는 말이 있다. 태어난 날과 어머니가 맨 처음으로 그 아이가 어떤 아이일까 마음 속에 그려보던 날. 2000년 12월 19일. 우리는 아들을 이 세상에 맞이했고, 또 그날은 피비를 마음 속에 그렸던 날이기에 피비의 두 번째 생일이기도 했다. 나는 에즈라를, 내 살에 맞대어 꼭 끌어 안고 아기의 온기와 소중함을 느끼면서 동시에 또 다른 아이에 관해 생각을 하게 되었다. 나는 그 아이가 누구일지 몰랐고 언제, 또는 어디에서 데려올지 몰랐지만 행복하고 따스하게 빛나는 즐거운 생각이 뭉게뭉게 피어 올랐다. 밝고 빛나는 별이 우리 모두에게 다가오고 있었다.

빨강머리 연
나의 딸
그리고 나

"나는 아이가 자고 있을 때 아이를 가장 사랑하지만 그래도 아이가 깨어 있을 때가 더 좋다"

아마 아무 걱정하지 않고 자신의 삶을 원하는 대로 살아갈 수 있는 그런 사람들이 있을 거다. 그러나 우리 같은 이들은 곁에서 사라진 부모의 그림자를 오랜 세월에 걸쳐 좇는 고아로서 세상을 마주하게 될 운명이다.

—

가즈오 이시구로, 『우리가 고아였을 때(When We Were Orphans)』

벌사 셜리는 표정이 풍부한 두 눈을 가져서 "그녀는 눈으로 하고 싶은 말을 전달할 수 있을 정도"였다. 그녀가 스무 살일 때, 그녀가 사랑하는 약간은 어수룩한 월터와 결혼했다. 그들에겐 어린 아기가 있었는데, 반짝이는 눈을 가진 아기 앤은 태어나자마자 부부의 마음을 빼앗아버렸다. 앤은 월터와 벌사의 품에서 세 달 동안 축복 가득한 나날을 보냈다.

앤을 낳기 전 수 년 동안, 많은 사랑을 받아 온 선생님이었던 벌사는 표정이 풍부한 그녀의 두 눈 만큼이나 표현력 깊은 편지를 쓸 수 있었다. 그녀의 성품은 그녀가 쓰는 단어들을 통해 빛이 났고, 편지 속 단어들은 쓰인지 몇 년이 지났어도 오랫동안 아름답고 영롱하게 남아있었다. 벌사는 열두 통이 좀 안 되는 편지를 남겼는데, 모든 편지는 월터를 향한 사랑을 담은 것으로 부부의 딸이 자신들에게 얼마나 큰 의미가 있는지에 관한 것이었다. 앤은 어른이 되고서야 처음으로 이 편지들을 읽었다. 수십 년이라는 세월의 흔적으로 누렇게 바래고 희미해진데다 변색되고 주름졌어도 그 편지는 그녀에게 소중한 보물이었다.

그 중 가장 애틋한 편지는 아이가 태어나고 얼마 되지 않아 벌사가 쓴 마지막 편지로 월터가 이런저런 일로 잠시 떨어져 있는 동안 그에게 쓴 것이었다. 벌사는 아이를 자랑스럽게 생각했다. "아이가 얼마나 똑똑한지, 얼마나 밝은지, 얼마나 사랑스러운지"를 끝도 없이 자랑스러워했다. 갓 엄마가 된 벌사는 자기가 정성 들여 쓴 글을 언젠가 자신의 아이가 읽고 마음 깊은 곳까지 감동을 받게 될지는 미처 알지 못했다.

벌사는 자신의 편지 말미에 이러한 추신을 담았다. "아기는 잠들어 있을 때 가장 사랑스럽지만 잠에서 깨어있을 때가 그래도 더 좋아(I love her best when she is asleep and better still when she is awake)."라고. 그게 아마 그녀가 살아 생전 적은 마지막 문장일지도 모른다. 벌사는 곧 장티푸스에 걸렸고 (아마도 그 편지가 쓰여졌을 때 이미 장티푸스에 걸렸던 것일지도?) 죽음의 문턱에서 천사들을 기다리고 있었다.

우리들은 벌사가 세상을 뜨고 나서 월터도 곧 죽었고, 아기였던 앤은 홀로 내버려졌고, 사랑하는 이를 잃었고, 버려졌고, 남겨졌다는 것을 알고 있으며 현재 이 나이가 되어서도 가슴 아파한다. 엄마가 되고 나서 다시 『레이먼드 섬의 앤(Anne of the Island)』을 읽을 때 그 부분을 읽고 거의 죽을 것 같았다. 자기 아이의 장래를 대비해 주지도 못하고 이 세상을 뜨게 되는 일이 얼마나 끔찍한 일인지! 요즘 같은 시대에 둘 다 고작 스무 살밖에 안된 젊은 부부가 아이만 남겨두고 죽게 되는 일이 일어난다면 많은 해결책이 있겠지만, 그 당시에는 거의 없었을 것이다. 아무리 그렇다 해도, 앤의 양가 친척 어느 누구도 홀로 남은 앤을 데려다 키워줄 사람이 없었다는 것은 정말 비극적이다. 장티푸스든 콜레라든 폐결핵이든, 아무리 그런 질병이 유행하는 시기라 하더라도 루시 모드 몽고메리 작가의 어머니가 돌아가신 후 그랬던 것처럼, 못마땅해 하면서도 아이를 데려다 키워 줄 할머니, 할아버지 조차 없었다는 것은 말이 되지 않는 일이다. 성격 고약한 큰고모도 없었단 말인가? 한동안 연락이 닿지 않던 먼 친척 조차도?

(그건 그렇고, 그 어떤 누구도 성질 고약한 나이 든 아주머니들을 루시 모드 몽고메리 작가처럼 작품에 그려내는 사람은 없을 것이다. 레이첼 린드는 그저 빙산의 일각이었을 뿐. 레이첼 린드 부인부터, 마릴라 커스버트, 메리 마리아 블라이스, 수전 베이커, 그리고 노처녀인 미스 코넬리아에 이르는 웃기면서도 신경질적인 나이 든 아줌마 캐릭터들은 에이번리 땅에 꼭 필요한 소금과 같은 존재들이다. 비단 에이번리 마을뿐

아니라 루시 모드 몽고메리가 배경으로 삼은 글렌 세인트메리나 다른 소도시들에서도 모두 이런 캐릭터가 중요한 존재라는 것은 두말할 필요가 없다.)

어쨌든 앤은 완전한 고아로 혼자 남겨졌다. 이 부분은 이야기를 써 내려가기 위한 설정이었음에 분명하다. 왜냐하면 월터와 벌사가 장티푸스에 걸리지 않았더라면 매튜, 마릴라, 길버트, 다이애나와 같은 캐릭터들이 나올 수 없었기 때문이다. 앤이 고아가 되었기 때문에, 앤은 프린스 에드워드섬에 가게 되었고, 여덟 권의 책이 되었으며, 그 책은 5천만 부나 팔리게 되었다.

아기인 앤을 데려다가 사랑을 담뿍 담아 길러줄 사람이 아무도 없었다. 그 당시엔 앤을 어려움 속에서 건져 올리고, 앤이 잘 크고 있는지 살피고, 앤에게 가정을 찾아주는 아동 및 가정 복지 같은 것은 마련되어 있지 않았다. 일단 미봉책으로라도 그녀를 임시 보호해 줄 수 있는 양육 가정을 찾아주는 사람 역시 없었다. 우리가 오늘날 생각하듯이, 입양아를 자기가 낳은 아이와 똑같이 사랑해 줄 준비가 된 사람들에게 부모의 권리를 온전히 넘겨주는 공식적인 입양의 절차가 존재하던 때가 아니었다. 사실 뉴욕에 있는 기아(棄兒) 양육원은 버림받은 영아들을 돌보기 위해 세 명의 수녀님들이 시작하였고, 앤이 태어난지 4년 뒤인 1869년에 문을 열었다. 그 양육원에서 첫 번째로 공식 기록된 입양은 1873년에 이뤄졌으며, 이것이 비로소 양육원의 아이들 모두가 지속적으로 사랑 받는 환경과 가정으로 보내질 수 있도록 해야 한다는 걸 깨닫고 내디딘 첫 걸음이었다. 19세기에 "입양"이라는 것은 고용계약서, 서비스, 노동 등을 의미하는 것으로 지금의 개념과는 완전히 다른 단어였다. 그 단어는 일을 잘한다는 미명하에 노예제도를 얄팍하게 포장해 미화한 것이었다.

아기 앤은 아기 고양이보다 더 위험한 처지에 있었다. 그녀가 살던 시대에는 동물 복지가 아동 복지보다도 더 먼저 논의되었다. 『주석이 달린 빨강머리 앤(Annotated Anne of Green Gables)』의 부록에 따르면, 1824년 노바 스코티아에서 "동물학대방지협회"가 설립되었지만, 학대를 당하거나 소외 당하는 아동을 돌보는 것은 1880년에 주 법안이 통과되기 전까지는 언급조차 되지 않았다.

지푸라기마냥 비쩍 마른 앤이 가진 권리는 유기견이 가진 권리보다도 적었다. 고아원, 극빈층 수용소, 정신 병원 간의 경계가 거의 없었기 때문에 빨강머리 앤은 1900년의 핼리팩스 극빈층 수용소 같은 곳에 가 있을 수도 있었다. 그 극빈층 수용소에서는 고아 아이들이 문에 자물쇠나 문고리조차 없는 숙소 한 귀퉁이에서 범죄자와 정신적으로 불안정한 사람들 틈에서 생활해야 했다. 앤이 갓난 아이인 상태로 고아원에 데려가 졌대도 여전히 위험했을 것이다. 왜냐하면 그런 곳의 사망률은 매우 높았기 때문이다. 예를 들어, 루시 모드 몽고메리가 태어난 해의 다음 해인 1875년에 핼리팩스 영아원의 영아 사망률은 35퍼센트였다.

그래서 다음과 같은 일이 일어났다. 월터와 벌사 셜리 부부의 청소부였던 여인이 걸어 들어와서 아기인 앤을 데려갔다. 아무도 신경 쓰지 않았기에 누구에게 설명할 필요도 없었다. 우리 가족은 개를 한 마리 입양해서 '원더독 주니'라고 애정을 담아 이름을 지어 주었는데도, 동물애호협회에 우리가 애완동물을 기를 자격이 있는지를 승인받아야 했다. 지금은 동물을 기르는데도 이 정도인데, 당시에는 토마스 부인이 앤의 양어머니가 될 자격이 있는지 묻는 절차도 없었다. 지금 같았더라면 토마스 부인과 술주정뱅이에 학대성향이 있는 그녀의 남편은 깐깐한 사회복지사의 감시 하에 햄스터 한 마리도 집안에 들일 수 없었을 거고, 여자 아이는 두말할 필요도 없이 입양이 불가능 했을 것이다. 토마스 부부의 상황이 엉망이 되자, 앤의 소유권(아기가 물건도 아닌데 이렇게 말하는 것이 좀 그렇게 들리지만, 사실이 그랬으므로)은 토마스 부부만큼이나 아이를 키울만한 자격이 없던 해몬즈 부부에게로 넘겨졌고, 엉망진창인 집구석에서는 어린 앤을 돌봐주는 일보다 앤이 해야 할 일만 많아졌다.

그리고 마침내, 초록지붕 집에서 새 삶을 시작하기 전 4개월 동안, 열한 살이었던 앤은 핼리팩스의 고아원을 본 따 만든 호프턴의 고아원으로 옮겨가게 된다. 그 당시 고아원을 개혁하려고 했던 사람들은 '양육원'이라는 이름에 걸맞는 '피신처', '안식처', '보호 구역' 등의 의미를 그대로 살린 장소를 만들고 싶어했지만 여전히 고아들은 사랑 받지 못했다. 마침내 앤은 먹을 것, 잠잘 곳, 배움에 대해 걱정하지 않고 생활할 수 있게 되었지만 마음을 붙이고 자신의 "집"이라 생각할 수 있는 그런 곳을 찾을 때까지는 갈 길이 멀었다.

🌷

나는 얼마 전에 결혼 50주년을 축하드리려고 엄마에게 전화를 걸었다. (2006년에 아빠가 돌아가셨기에 엄마에게는 힘든 날이다.) 우리는 전화 통화를 하다 두 분이 나를 입양하시고 한 가족을 이루기 시작했을 때에 대해 이야기하게 되었다.

"널 입양하는 데는 8달러 밖에 들지 않았어." 엄마가 말했다. "일전에 그때 영수증을 봤지 뭐니. 8달러라니 믿겨져? 그리고 널 데려오는 데 12일 밖에 걸리지 않았단다."

내가 입양되어 올 때 영수증이 첨부되어 왔다는 사실을 미처 받아들이기도 전에 엄마는 말을 이었다.

"너를 데리러 갔을 때 무슨 일 있었는지 이야기 해줬던가?" (아뇨.)

"그때 정말 이상했어. 우리가 병원으로 갔는데 아무도 없더라고. 직원이 한 명도 없었어. 우리는 계속 기다리다 도저히 안되겠다 싶어 그냥 널 데리고 와버렸단다. 잘 들어둬, 그러고 나서 우리는 널 데려왔다고 그 병원에 전화를 했거든. 그랬더니 병원 사람들은 우리가 전화한 것에 고마워하는 거 같았고, 괜찮다면서 우리가 널 데려가서 자기들도 기쁘다고 했단다."

우리 엄마는 원칙대로 살아야 직성이 풀리는 세상에서 제일 원칙을 따지는 사람일거다. 엄마는 술은 입에도 대지 않고, 블라우스의 넥라인이 가슴골 선 아래로 1밀리미터만 더 내려가 파여도 다른 사람들에게 "노출이 심하다"고 보여질까 봐서 불편해 하는 그런 여자다. 엄마는 무단횡단을 하지 않고, 동물원에서 동물들에게 먹이도 주지 않으며, 심지어는 베개에 붙어있는 경고딱지도 잘라내지 않는 사람이다. 이렇게 원칙주의자인 엄마가, 엄마 다음으로 원칙주의자인 우리 아버지와 둘이서, 병원에서 관리자의 허락도 받지 않은 채 신생아를 그냥 쓰윽 안고 나와 자기집으로 데려왔다고 내게 말하고 있다. 엄마가 차라리 내가 인생의 초반 몇 년 동안 북극에서 북극곰 품에 컸다고 했으면 덜 놀랐을 것이다.

1968년에 내가 입양되었을 때 부모님들은 아이들을 고를 수가 있었다. 말 그대로, 그들은 병원 에 가서 원하는 아이를 골라 집으로 데려가면 되었다. 그 당시 그곳은 아기 농장이나 다름없었다. 아이들이 속싸개에 싸여 밭의 옥수수마냥 줄지어 뉘여 있었고, 미혼모의 아들딸들은 한 명에 8달러였다. 아기가 풍작이라 아이를 낳지 않은 사람들도 누구나 와서 골라 데려갈 수 있었다. 그런데 이렇게 "마음껏 아기를 골라가세요"식의 운영이 우리 아빠에겐 매우 신경에 거슬렸다고 한다.

"우리는 여기 소를 사러 온 것이 아닙니다!" 아버지는 전화로 사회복지사에게 말했다고 한다. "복지사님이 우리가 데려갈 아이를 골랐고, 그건 우리를 위한 하나님의 뜻일 겁니다." 엄마의 이야기를 종합

해보니 그 사회복지사가 아버지 대신 입양할 아이를 골라주었던 것이고, 그게 하나님의 뜻이었지만, 아이를 데려가는 과정에서 사회복지사가 골라 준 아이를 제대로 데려가는지 확인할 병원 측의 직원이 없었던 것이다. 그때가 내가 태어난지 2주째였다.

내가 전에는 몰랐던 나의 역사의 한 조각은 메노파 아기 납치단의 공격이었던 것이다! 물론 이야기 속의 에이브와 린다는 나의 부모님인 에이브와 린다였고, 메노파 교도로써 메노파 교도 사람답게 행동했지만, 아이 납치단으로써는 영 소질이 없어서 집에 오자마자 문 앞 매트 양쪽에 신발을 벗어 가지런히 놓은 후에 병원에 전화부터 했다. "경찰이 우리를 따라오는 건 아닌지 걱정했다니까!" 우리 엄마는 마치 아이를 슬쩍 데려온 것이 무분별한 범죄 행각이라도 되는 것처럼 이렇게 밝게 이야기 한다.

엄마는 그 때 병원에서 무슨 일이 있었는지는 정확히 기억하지 못했다. 나를 데려가기로 되어 있었기에 내가 병동 로비의 아기 침대 속에 뉘여 있었는지 아니면 내가 보육실 같은 곳에 있는 수많은 영아들 중 하나였는데, 오랫동안 아기들이 방치되어 있고 돌보는 사람이 아무도 없자 보다 못해 나를 안아 들고 데려 왔는지 확실히 기억나지 않는다고 하셨다. 그리곤 내가 이 이야기를 듣고 부모님이 잘못된 아이를 데려왔을지도 모른다고 걱정이라도 할까 싶어 "그렇지만 우리는 우리가 데려가야 할 아이가 너라는 걸 알고 있었어"라고 진지하게 말씀하셨다. "아마 우리 이름이 아기 침대에 써있었던 것 같아!"

엄마와 나는 이렇게 부모와 아이가 특별하게 만나게 되는 경우도 있구나 하고 곱씹어 생각하느라 잠깐 말을 멈추었다.

"세상에," 엄마는 생각에 잠긴 어투로 이렇게 말씀하셨다. "요새였으면 난리 났을 텐데."

이 순한 양같은 부부에게는 1968년 그날 그들이 했던 그 극단적인 행동이 충분히 난리법석 날 일이었다. 곧 부모가 된다는 꿈이 말린 자두 같이 짜글짜글하고 아주 작은 한 아기로 이뤄질 것이라는 것에 설렘과 두려움을 느끼고 있으셨을, 옅은 밤색의 머리를 뒤로 빗어 넘기고 정장을 차려 입은 우리 아빠와 드레스를 입고 올림머리를 한 우리 엄마의 모습을 나는 그려보았다. 우리 아빠는 혹시 내가 죽을까 두려웠다고 말씀하시던 걸 기억한다. 모든 초보 아빠들이 다 그렇듯이 당신이 자그마한 나를 부러뜨리기라도 할까 봐 아빠는 두려워했다.

두 분의 모습을 계속해서 그려보자면, 집으로 오는 길에 아빠가 헨더슨 고속도로로 우회전을 하고 나서 킹스턴 에비뉴로 또 우회전을 하는 동안 엄마는 자신들을 뒤따라 오는 경찰과 자동차 추격전이 벌어지지는 않을까 걱정하면서 슬쩍 어깨 너머로 자꾸 돌아보신다. 아빠는 눈 녹은 도로가 끝나고 세 명이 살게 될 보금자리인 542번지 집으로 차를 대고 들어오기 까지 그 짧을 순간까지도 조심조심 운전하신다.

우리 아빠는 차 밖으로 튀어나와 조수석으로 달려가 엄마가 차에서 내리도록 문을 열어주고 엄마는 조심조심 몸을 틀면서 좌석에서 몸을 떼고 자기 아기를 안고 한 발, 두 발 조심스레 내딛어 아이의 새 보금자리 문지방을 넘어선다.

그 집엔 애완용 쥐를 기르고 친구들끼리 비밀 모임을 가지고 티파티를 하게 될 나무로 된 장난감 집이 생길 것이다. 또 몇 년 뒤에는 이 가족에게 새 가족인 댄이 생길 것이다. 이번엔 15일 기다려서 말이다. 커다랗고 오래된 오크 나무에 타이어가 하나 매달리게 될 것이고, 다 마르지 않은 시멘트에는 LR, DR이라는 이니셜이 새겨질 것이다. 하지만 지금 이 순간엔 침실 세 개와 지하 방공호가 있는 작은 집이다. 그러니까 언제든 돌아갈 수 있는 곳이다.

내가 자란 곳은 독일, 우크라이나, 폴란드 출신의 이민자로 가득한 동네였는데, 그곳에 살던 이탈리아 여인 러브로시 부인이 내게 우리 엄마가 내 옷을 하루에 4번이나 갈아 입히곤 했다고 말해주셨다. "(이탈리아식 영어 발음으로) 너는 예-쁜 드레스를 입곤 해따다. 어떨 땐 예-쁜 장갑도 끼곤 해써. 그러다 오세 먼지라도 하나 묻으면 너네 어머니가 너를 대리고 드러가서 오슬 가라 입피고 그러셔-찌." 우리 엄마는 아빠가 병원에 전화를 해서 나를 병원에 되돌려주지 않아도 된다고 하는 확답을 받은 후에 내 기저귀를 갈아주었고, 그들의 재력이 허락하는 한도에서 준비해 둔 가장 부드럽고 아름다운 아기용 잠옷을 입혔다.

엄마와 아빠는 내가 잠을 자는 모습을 지켜보면서 사랑하는 마음과 흐뭇한 마음으로 가득 차 심장이 터질 것 같았다고 하셨다. 그날 밤, 부모님은 자고 있는 나를 가장 사랑하셨지만, 매일 아침 내가 그들의 딸로 잠에서 깨어날 때 나를 더 사랑하셨다.

⁂

입양 소개서 서류에 붙은 아이의 사진만큼 꼼꼼하게 살피는 사진은 없다. 그 어떤 사진도, 절대로. 이 부분은 내 말을 믿어도 좋다. 입양 소개서 서류에 붙은 사진은 온라인 만남 사이트에 올리는 사진보다도 더 꼼꼼히 살펴보게 되고, 우크라이나와 몰도브의 국경에서 수상쩍은 여권에 붙은 사진보다도 훨씬 자세히 검열이 이루어지며, 나이트클럽에 가느라 날조한 신분증보다 심도 있는 분석이 이뤄진다. 이 사진을 하루에도 수백 번 사람들이 쳐다보고, 그 작은 아이의 눈, 코, 입 하나하나가 분석되고 또 다시 분석되곤 한다. 이보다 더 큰 가치가 있고 소중한 사진이 또 있을까.

나는 피비의 입양 소개 서류가 이메일로 도착했을 때 혼자 집에 있었다. 그때는 2005년 2월 말 무렵이었고 남편 도일은 회사에, 아들 둘은 학교에 있었다. 생전 처음으로 내 딸의 모습을 쳐다보게 되어 심장이 요동을 치며 뛰었다. 내 딸은 검은색 머리를 하고 있었고, 작고 완벽한 코에다 막 태어나 퉁퉁 부은 두 눈을 하고 있었다. 나는 이 아이의 모습에 사랑에 빠져서 또다시 울었다. 이제 우리는 딸을 얻게 된다는 희망을 현실로 만들어 줄 아이의 얼굴을 보게 되었다. 아이의 이름은 은정이었고, 2004년 12월 30일에 태어났다. '이런 말도 안 되는 놀라운 일이!. 라는 생각을 했다. 그것은 바로 은정이가 태어나던 날, 그녀의 사촌이 될 쌍둥이 제이든과 일라이는 두 살이 되었고 세 아이 모두 생일이 같았던 것이다.

　(하나님께: 크리스마스가 있는 달인 12월에 생일이 세 명이나 있다니요! 하하하! 재밌어 하는 거 아니에요! 웃는 거 아니에요!)

　나는 회사에 있는 남편에게 전화를 걸고 밴에 올라탔다. 나는 서둘러 오크데일 학교로 가서 유치원에서 에즈라를, 1학년 교실에서 조나를 데려왔다. 경력이 많고 사랑스러운 조나의 담임선생님인 나트 선생님은 이 일이 집안의 큰일이라는 내 말에 맞장구 치며 나를 끌어 안아주었다. 이 날 이후로 우리 가족은 형태 자체가 크게 바뀌게 될 터였다. 우리 가족은 집에 모여서 우리의 새로운 가족이 될 아이를 꼼꼼하게 살폈다. 나는 피비의 사진을 출력해 두었고 서로 사진을 돌려 보았다. 한번도 본 적도 없는 여동생 피비를 그리워하던 네살배기 에즈라는 사진을 가져가서 주지 않으려고 할 정도였다. 우리 가족의 막내딸 피비는 더 이상 말로만 존재하거나 유령 같은 존재가 아니게 되었다. 아이의 얼굴을, 이름을, 12월생이라는 것을 알게 되었다. 은정이는 우리 아이였다. 우리는 2년 간 우리가 이 날만을 기다리고, 바라고, 집을 세 채 사려고 할 때도 이보다는 서류를 덜 쓰겠지 싶을 정도로 많은 서류를 써야만 했는데, 그 결실이 보이는 것 같았다.

그날 밤 나는 그 사진을 한 번 더 보고 침대 옆에 고이 모셔 두고는 불을 껐다. 나는 두 달 된 내 아기를 그리워하고 아이에 대해 이런 저런 생각을 하느라 오랫동안 잠들지 못하고 누워있었다. 한국은 여기보다 13시간 빠르니 거기는 지금 대낮이겠지. 점심 시간쯤. 지금 이 순간에도 위탁모가 내 아기에게 젖병을 물리고 있으려나? 나는 질투가 나기도 하고 감사하기도 했다. 나는 피비 (은정!)가 내 꿈이고 희망이었을 때 최고로 사랑했음엔 틀림없지만, 그녀가 우리에게 현실이 되었을 때 더 사랑할 것이었다.

03

조시 파이(Josie Pye) 무찌르기

모든 것에는 틈이 있다.
빛은 그 틈(균열)으로 들어온다.

—

레너드 코헨의 노래, '송가(Anthem)'

내가 『빨강머리 앤』을 처음으로 파고들었을 때, 나는 열 세 살이었다. 나는 그보다 몇 년 전에도 이 책을 읽으려고 노력해 보았지만, 루시 모드 몽고메리의 섬세한 언어와 무게 있는 단어들은 그 당시의 내가 이해하기에는 너무나 풍부하고 어려웠다. 사람들은 이 책이 어린이용 책이라고 생각하지만, 사실 이 책은 청소년과 성인에게도 잘 맞는 책이다. 수 년 동안 여러 번 반복해서 읽은 후에야 고아라는 연결고리를 알아차릴 수 있었지만, 나는 인상적이고 꿈 많은 앤에게 곧바로 친밀감을 느꼈다. 나는 매튜의 부드럽고 아버지 같은 태도를 사랑했고, 내가 빅토리아 시대에 태어나지 않은 것과 길버트 블라이드가 나와 같은 학교인 메노파 학교에 다니지 않는 것을 슬퍼했으며, 앤의 절친한 친구 다이애나 배리에게 강한 유대감을 느꼈다.

　나에게도 진실된 친구의 정과 보살핌의 경험이있다. 유치원 때부터 6학년 때까지 단짝 친구였던 로리와 나는 떼려야 뗄 수 없는 관계였다. 우리는 함께 정글짐에서 거꾸로 뛰어내렸고, 로리네 트레일러에서 고리가 많은 필기체 'L'을 연습하기도 하고, 로리네 시원한 지하실에서 그녀의 어머니, 이모들과 텔레비전 드라마 "어나더 월드(Another World)"를 보기도 했다. 우리 가족은 나를 로리라고 불렀기 때문에 우리는 같은 이름을 갖고 있었다. 두 명의 로리들은 모든 첫 번째 단짝 친구들이 그러하듯이, 매우 특별한 방법으로 서로에게 속해있었다.

　중학생이 되면서 우리는 다른 길을 가게 되었다. 로리는 지역 공립 중학교에 가게 되었고 나는 우리 아빠가 1950년대에 자기가 했던 것처럼 사립 메노파 학교에 가게 되었다. 나는 로리와 다른 친구들을 떠나게 되어 당황스러웠고 부모님께 친구들과 같은 학교에 가게 해달라고 사정도 해보았지만, 우리 부모님은 완고하셨다. 두 분은 알뜰히 돈을 모으고 저축하며 부족하게 살면서도 나와 댄이 치아 교정을 하고 사립 메노파 교육도 받을 수 있게 해주셨다. 결국 로리와 나도 아이들이 서로 다른 학교에 다니게 되면 결국 흩어지듯이 소원해졌다. 나중에 성인이 되었을 때 다시 엄청나게 가까운 사이가 되었지만 말이다.

　내가 앤의 이야기를 진지하게 받아들이게 되었을 무렵, 나는 앤의 추종자가 되었고 앤에게서 배우고 있었다. 앤은 내가 절망적이고 외롭게 MBCI(매노파 학교)에서의 두 번째 해를 보내고 있을 때 기쁨, 예의, 그리고 꿈을 선택하는 방법을 알려주었다. 앤은 다른 친구의 삶을 슬프게 만드는 것이 삶의 목적인 것 같은 심술궂은 소녀에게 어떻게 대처해야 하는지 알려주었다. 중학교 2학년 때는 예전엔 친구로 지냈던 비올라 구슨이 나의 조시 파이로 변했다. 모욕에 모욕이 이어지고, 찔리고 또 찔리면서 나는 괴롭힘의 대상이 된 시시한 여중생으로 작아져만 갔다.

최악의 상황은 나의 지하 감옥과 같았던 왈켄타인 선생님의 수학 교실에서 찾아왔다. 비올라 구슨이 필통을 떨어뜨렸고 펜, 연필, 껌 껍데기가 내 책상 근처 바닥에 떨어졌다. 나는 내가 비올라에게서 호의를 한 조각 받을 수 있는 기회라고 생각했다. 비올라는 자기가 할 수 있다고 이야기했지만, 나는 바닥으로 내려가 재빨리 필통에서 나온 잡동사니들을 주워 담았다. 그러나 비올라의 짙은 눈에서 나는 혼란과 경멸을 보았고, 내가 필사적으로 발전시켜보려고 했던 나의 사회적 위치가 더 추락했다는 것을 깨달았다. 비올라는 자기 책상으로 돌아가 자기 친구들에게 쪽지를 휘갈겨 써서 전달했고 그들은 함께 속삭이고, 속삭이고, 또 속삭였다.

거의 6개월 동안 나는 무리에서 추방된 상태였다. 나는 과연 이게 끝나기는 할지 궁금했다.

나는 정말 비올라를 뼛속 깊이 증오했다. 이 증오는 한 여중생이 다른 여중생에게서 등을 돌리고, 친구들까지 합세해서 2학년 전체가 그렇게 돌아서게 되었을 때 자라나는 증오였다.

그러나 그 증오 한참 아래에는 오래된 애착, 그러니까 아주 작은 사랑의 조약돌이 놓여 있었다. 매트리스 스무 개와 깃털 침대 스무 개 아래 있는 완두콩 한 알과 같았다(역자 주: 완두콩과 공주님이야기에서 가져온 말이다). 이 애착이 모든 것을 더 나쁘게 만들었다. 완전하게 타는 숯처럼, 이전의 의리나 정에 대한 기억 없이 그녀를 그저 미워하기만 할 수 있다면 얼마나 편했을까. 하지만 나는 그러지 못 했다. 나의 지하감옥을 비롯한 학교의 여러 장소들에서 총검과 같은 날카로운 감정은 사라져 버리고 어쩌다 우리 둘 사이가 이렇게 틀어졌는지 고민하곤 했다.

비올라와 나는 주일학교 소풍 때 손을 잡고 소녀개척자(Pioneer Gilrs, 역자 주: 미국의 청소년 단체)의 일원으로서 나란히 앉아 "작은 불꽃 하나가(It only Takes a Spark)"를 부르곤 했다. 우리는 예배 후에 교회 로비와 모녀교실에서 비밀을 속삭였다. 비올라와 나는 단지 비슷한 유머 감각에, 소녀개척자 배지를 따지 못했다는 점에서만 유대감이 있었던 것은 아니었다. 우리는 둘 다 남자에 관심이 많았다. 그런데 이것이 어린 시절에는 친구관계를 돈독하게 해주었지만 중학생이 되어서는 서로에 대해 소원해지게 만들었다. 사실 우리는 교회 남자애들에게 반하는 것보다 더 깊은 관계 속으로 들어가 서로를 이해할 수 있었다. 비올라도 입양아였기 때문이다. 어느 순간 우리는 우리 둘 다 '타인'이라는 것, 그러니까 우리 둘 다 수증기처럼 손에 잡히지 않고, 다른 아이들이 가진 엄마와는 다른, 생모이면서도 엄마는 아닌 누군가가 세상 어딘가에 있다는 것을 이해했다. 우리는 수 만 번 같은 상상을 했다.

나와 비올라가 교회친구에서 학교친구로 바뀌지 못했다는 것은 꽤 비극적인 일이었다. 서로를 사랑하는 어린 소녀들로서 우리는 정체성을 찾아 헤매던 어지럽고 혼란스러운 그 시기에 공감과 지지를 보내줄 수도 있었다. 하지만 우리가 같은 중학교에 진학하게 되면서 첫째로는 남자를 두고, 둘째로는 사회적 지위를 두고 경쟁하는 사이가 되고 말았다.

비올라가 이겼다. 경쟁할 것도 없었다. 비올라가 나보다 더 예뻤고 자신감도 있었다. 그녀가 친구들 사이에서 가졌던 권력은 그 당시 그녀를 결정짓는 특징이었다. (어떤 반대도 용납하지 않았던 그런 타고난 지배력은 어디서 온 것이었을까? 어떻게 아이들이 그녀의 말을 그렇게 확고하게 따랐을까? 이 심술궂었던 소녀는 나를 골치 아프게 한다.)

피비가 학교에서 돌아와 이런저런 이야기를 하면 나는 정신나간 엄마 곰이 된다(Mama Bear, 역자 주: 미국에서 속어로 여자 경찰관을 뜻하기도 한다).

"왜 에이바는 네가 브린과 놀지 못하게 하는 거니? 왜 그 아이 마음대로 하는 거야?"

"왜 너는 에밀리가 네 친구들을 데리고 동아리 만드는 걸 그냥 두고 보는 거니? 누가 개보고 대장이래?"

아무도 그 답은 알지 못한다. 이런 일들은 나를 쿵쾅거리고 으르렁거리고 물건을 던지게 만든다.

나는 피비의 중학교 시절을 두려워하고 있었다. 피비가 친구들에게 사랑 받지 못해서가 아니라 그 나이 때의 여자 아이들과 친구 관계로 인해 얼마나 상황이 나빠질 수 있는지 알기 때문이다. 나는 친구들의 모욕이나 때리는 행동 때문에 이미 수없이 많이 피비를 위로해야 했다.

한번은 피비가 친구를 초대해 우유병으로 핼러윈 랜턴을 만들려고 했다(나에게도 가끔이기는 하지만 피비의 친구들로 인해 분주해지는 순간들이 있다). 피비가 초대한 친구는 몇 집 건너에 사는 또 다른 반 친구와 친했고, 그 친구를 좀 보고 와도 되겠냐고 물었다. 나는 그것이 좋지 않을 거라고 생각했지만 그렇게 하라고 했다. 십 분 후, 내 딸은 집에 돌아와 문이 부서질 듯이 닫으며 엉엉 울었다. "니나는 베일리의 집에 그냥 있고 싶대!" 피비가 울부짖었다.

나는 니나도, 베일리도 일부러 심술궂게 행동한 것이 아니라는 것을 알고 있었다. 두 아이의 엄마들과는 서로 아는 사이였고, 만약 그 엄마들이 이 사실을 알게 되면 니나가 우리 집에서 놀기로 한 약속을 어긴 것에 대해 그냥 넘어가지 않을 것도 알았다. 두 아이는 착한 소녀들이었고 다른 사람의 마음을 상하게 하지 않으려는 좋은 엄마가 있었다. 하지만 결국 피비는 찔리고 말았다. 아무도 방아쇠를 당기지 않았지만 총알은 내 딸을 스쳐 지나가고 말았다.

나는 우리 아이들의 사회적 갈등에 이성적으로 대처할 수 있기를 간절히 바라고, 그래서 그것을 대수롭지 않게 생각하려고 한다 (물론 완전히 그럴 수는 없다. 나는 이성적으로 대처할 수 있기를 간절히 바라지만 우리 아이들, 특히 피비가 괴롭힘을 당하거나 따돌림을 당하거나 경멸 당하거나 어떤 방식으로든 상처를 받으면 나는 미쳐버린다. 이 세상 모든 엄마들은 나와 똑같이 느낄 것이다. 당신도 그럴 것이라는 걸 안다).

이런 일이 나에게 그토록 겁이 나는 이유는 아마 이제야 이런 일들이 이해가 되기 때문일 것이다. 다른 아이들을 괴롭히는 소녀들은 우리가 허락하지 않는 한 활개칠 수 없다. 그들을 저지하지 않으면 그들의 힘은 맹렬하게 솟아오른다. 예를 들어, 나는 비올라에게 어떠한 반발도 하지 않았다. 나는 무조건 비올라와 그녀의 패거리에게 고개를 숙였다. 그게 나를 위해 좋은 것이라고 생각했다. 하지만 사실, 모두가 겪은 것처럼 여왕벌에게 쏘이지 않기 위해 여왕벌에게 절했던 그런 행동은 나를 해치고 있었다.

내 생각에는 우리의 학교 생활 첫 해 초반에, 체조 연습이었는지 배구 연습이었는지를 한 후에 탈의실에서 처음 괴롭힘이 시작되었던 것 같다. 나는 옷을 갈아입으면서 몸을 돌렸다가, 나를 노려보다가 천천히 고개를 돌려 친구들에게 무언가를 속삭이는 비올라를 보았다. 모두들 나를 쏘아보더니 웃기 시작했다. 그리고는 단체로 나에게 등을 돌렸고, 그곳엔 땀냄새와 Love's Baby Soft 향수 냄새, 그리고 나만 남게 되었다.

나는 비올라의 사랑을 다시 받기 위해 고군분투했다. 필통 사건에서 나의 가느다란 손과 무릎은 바닥을 기고 있었다. 나는 나를 둘러싼 채로 나를 밀어내며 내리누르는 벽을 향해 팔을 휘두르고 있었다. 어느 누구도 물리적으로 나를 밀치거나 나를 사물함에 밀어붙이고 침을 뱉은 사람은 없었지만, 감정적으로는 내 머리가 욱신거렸고 침과 마스카라가 내 뺨을 타고 흘러내렸다.

비올라는 사람들에게 내가 뚱뚱하고도 심각한 거짓말쟁이라고 말하고 다녔다. 사실 나는 당시에 그런 사람이었다. 돌이켜보니, 친구들에게서 다시 호의를 얻기 위해 나는 자주 과장을 하곤 했다. 거짓말은 사탕처럼 달콤했고 나에 대한 진실은 돌처럼 느껴졌다.

별로 예쁘지 않다.

별로 멋지지 않다.

사랑 받을 만하지 않다.

그다지 필요한 사람이 아*니다.

부족하다.

아니다.

투명인간이다.

그때 나는 균열들에 집중했다. 알다시피, 모든 것에는 균열이 있다. 우리는 모두 태어나면서 균열을 갖고 태어난다. 거기다 나는 다른 사람들보다 하나가 더 있었다. 원래의 가족을 잃으면서 생긴 균열, 그러니까 때때로 나에게 문제를 가져다 주고, 문제를 일으켰던 그 상처 말이다. 대부분의 사람들, 특히 입양아를 둔 부모님들은 그런 균열을 받아들이고 싶어하지 않는다. 그들은 상실에 대해 생각하고 싶어하지 않는다. 왜냐하면 무엇을 상실한 상황이라고 생각하는 것 자체가 싫기 때문이다. 그들은 자기 아이가 중국의 어느 계단 밑에 버려져 있거나, 우크라이나의 아이들이 득실거리는 어느 고아원에서 비참하게 살고 있는 모습을 상상한다. 그들은 아이의 생부모들이 엉망으로 살고 있고, 마약중독자이고, 게을러서 국가가 개입해서 친권을 종료시킬 수밖에 없었을 것이라고 생각한다. 설사 생부모가 훌륭하고 품위 있는 사람들이었지만, 다만 자녀를 가질 준비가 되어있지 않았던 것이라 해도 나의 자녀가 부모를 잃는 모습을 생각하는 것은 고통스러운 일이 아닐 수 없다. 반면에 자신들이 얻은 것에 대해서 생각하는 것은 훨씬 더 수월한 일이다. 즉 아이와 함께 사랑과 안전으로 가득한 세상을 생각하는 것이 더 편한 것이다.

입양을 전문적으로 다루는 심리치료사이자 한국인 입양아인 카리사 우드윅은 입양아를 둔 어머니들에게 이 부분을 정확히 짚어주었다. "여러분이 우리를 사랑하게 되었지만, 우리는 우리를 사랑해야 하는 사람들을 잃었습니다. 우리는 우리의 원래 가족을 잃었습니다.

… 그리고 이것은 우리 뼛속 깊이 새겨져 있습니다."

중학교 초반의 일들로 나는 뼛속 깊이 심하게 벌어져서 울부짖고 있는 균열을 갖게 됐다. 나의 생모를 찾는다는 생각 자체가 두려우면서도, 나의 생모가 여기로부터 나를 구해주는 공상을 끊임없이 했다. 나에게 일정한 패턴이 있다는 것을 알게 되었는데, 자신감이 바닥을 치고 심장이 내려앉을 때마다 나는 잃어버린 관계에 대해 가장 많이 갈구했고, 그것이 어떠했을지 궁금해했다. 비올라에게 거부당하는 것, 그리고 그것 때문에 2학년 모두에게 거부당하는 것은 이미 멍이 든 자리를 다시 걷어차이는 기분이었다.

그들은 내가 없는 것처럼 행동했고 이것은 내가 사랑 받을 자격이 없다는 생각을 강화시켰다. (그나저나 기독 사립 학교에서 가장 좋은 학생들이 따돌림이라니!) 입양아든, 입양아가 아니든 중학생 때는 모두 불안정함을 겪는다는 말은 별로 위로가 되지 못했다.

외로움을 느끼는 뇌의 부분은 육체적 고통을 느끼는 부분과 같다고 들었다. 그래서 이별, 거부, 사랑하는 사람과의 분리가 물리적 아픔을 가져오는 것이다. 사랑하는 사람을 잃고, 버림받고, 남겨지는 것은 실제로 아프다.

나는 두 가지 언어로 하나님께서 나를 사랑하신다는 문장을 쓸 수 있었다. Gott ist die Liebe, er liebt auch mich. Jesus loves me, this I know. 하지만 이 사실은 내 영혼 더 깊숙이 파고 들 필요가 있었고, 그 다음 해 여름에 나는 하나님의 손을 잡고 나를 끌어올려 달라고 요청할 수 있었다. 그런 후에 많은 변화가 있었지만, 빛나는 변화의 순간을 맞이한 매니토바 대학 캠퍼스에서 있었던 청소년 수련회까지는 아직 일 년이 더 남아있었다.

내가 부모님과 조부모님에게서 사랑을 듬뿍 받았다는 사실을 말해 둬야겠다. 우리 할머니 로웬 여사는 특히 사랑이 많은 분이셨다. 그분은 독일어를 사용하셨고 나는 영어를 사용했지만 나는 그 분의 사랑이 내 인생을 관통하여 종처럼 울리는 것을 느낄 수 있었다. 하지만 열서너 살 된 아이가 친구들에게 거부당하는 것은 세상 모두가 돌아선 것 같은 기분이 들게 한다. 그 해 나는 길을 잃었고, 너무나도 외로운 상처받은 소녀였고, 누군가에게 받아들여지고 인정받고 있다는 느낌과는 거리가 멀었다.

감사하게도 그 때는 인터넷이 없었다. 그리고 나는 아직 열세 살이어서 보수적인 메노파 교육의 품 안에 있었고, 나를 마비시킬 수 있는 모든 종류의 물질에 접근할 수 없었다. 그래서 나는 다음의 세 가지에서 위로를 찾았다.

1981년의 음악. 스틱스(Styx)의 "Too Much Time on My Hands"가 내가 내 돈으로 산 첫 번째 싱글 레코드였다. 한 푼도 아깝지 않았다. 또 블론디와 팻 베네타가 나를 힘이 나게 했다. 연약한 아이였기 때문에 내가 아무리 잘 차도 누군가를 맞출 수는 없었겠지만 그렇게 하고 싶게 했다.

위니펙 제츠(The Winnipeg Jets). 위니펙 제츠 청소년 응원단 카드를 갖고 있는 단원으로서 선수들에게 완전히 빠져있었다. 모 맨사(Moe Mantha), 모리스 루코비치(Morris Lukowich), 스콧 아닐(Scott Arneil) 순이었다. 아빠는 가능한 한 많이 댄과 나에게 7 달러짜리 맨 뒷 좌석에서 제츠의 경기를 관람할 수 있게 해주셨고, 우리는 엄청 기뻐하며 경기를 본 후에 영광스러운 오래된 차고에서 기다리며 선수들의 사인을 받았다. 경기 후의 링크-랫(rinkp-rat, 역자 주: 하키 경기 후에 경기장 일을 돕고 그 대가로 링크에서 무료로 스케이트를 즐기는 사람들을 뜻한다)이 내 삶의 낙이었다. 얼음, 버터 가득한 팝콘, 맥주 냄새가 섞인 독특한 냄새를 풍기던 아레나는 내 구역이었다. 고아의 마음을 가진 나에게 진정한 안식처였다. 여기서 나는 요즘 아이들은 상상만 할 수 있는 나의 영웅들과 사랑들을 만날 수 있었고, 거기에는 비올라 구슨의 흔적이 어디에도 없었다. 제츠가 빛나든 추락하든, 이기든 지든(제츠는 그해 80경기 중 9 경기쯤 이겼다) 나는 제츠를 숭배했다. 열심히 경기를 직접 관람했고, 텔레비전으로 보았고, 침대 옆에 두었던 라디오를 통해 들었다. 이런 집착이 나의 혹과 멍을 처리해 주었고, 학교에서 당한 가장 최근의 괴롭힘 이외의 것을 생각할 수 있게 해주었다.

내 고양이 토비. 2학년 모두가 나를 패배자 취급을 해도 전혀 신경쓰지 않았던, 내 고양이 토비가 내가 껴안을 수 있는 유일한 상대였고, 나는 가끔씩 참치 통조림 반 통을 가져다 주기도 했다. 배척당하고 있는 모든 사람들은 하루를 지탱해줄 애완동물을 키우는 것이 좋을 것이다.

물론 나의 문학 친구와 롤모델은 내가 학교에서 따돌림을 당할 때에도 내 옆에 있어주었다. 앤이 연극조로 말했을 때 ("저는 영혼이 혼란스럽기는 하지만 몸은 건강합니다. 감사합니다, 아주머니") 친구를 발견했다. 앤의 말은 내 고통을 대신 말하고 있었다. 거부와 모욕에 대한 그녀의 감수성은 나의 것과 같았다. 나는 앤에게 매달렸다. 그녀의 유쾌한 장난에 마음을 빼앗기고, 2학년의 잔인함 속에서도 희망과 아름다움을 찾으려고 했다. 앤은 마침내 견디기 어려운 마녀, 조시 파이를 이기지 않았던가. 어쩌면 나도 비올라에 대해 그렇게 할 수 있을지도 모른다. 나는 상황이 더 나아질 수 있을지는 모르겠지만 어쨌든 이러한 상황을 지나갈 수는 있을 것이라고 생각했다.

조시 파이! 시간 여행을 떠나 딱 한 번만 조시 파이의 이마에 딱밤을 때릴 수 있기를 얼마나 바랐는지. 조시 파이만큼 나에게 유치한 본능을 깨우는 사람은 없을 것이다. 문학 속 심술궂은 소녀들을 떠올려 순위를 매겨보면, 조시는 아마 꽤 위 쪽에 있을 것이다. 『초원의 집(Little House on the Priarie)』의 넬리 올슨만큼 유명하지는 않지만 꽤 심술궂은 축에 속한다. 모두에게 오만하다고 알려진 조시는 코를 킁킁거리며 자기보다 약한 사람을 찾고, 자기 영역 안에서 어슬렁거리며 잡아먹을 상대를 찾는다.

그 때 단정치 못한 차림의 앤 셜리가 들어섰다. 앤의 옷이 얼마나 촌스러웠는지 조시는 한 눈에 쉬운 먹잇감이라는 것을 눈치챘다.

운 좋게도 조시에게 이 버려진 아이는 놀려먹기 쉽게 빨강 머리와 주근깨를 갖고 있었고, 많은 돈을 들여야 벗어날 수 있을 곤경에 빠뜨리기도 쉬워 보였다. 조시의 야생적 본능은 앤 셜리가 공격에 취약하다는 것을 직감적으로 알고 있었다. 심술궂은 소녀들은 아주 멀리서도 무방비 상태의 상대를 알아차릴 수 있다.

그러나 우리가 알고 있는 첫 번째 결투에서 앤이 우위에 섰고, 이것은 나도 언젠가 이길 수 있다는 어렴풋한 희망을 주었다. 앤의 경우는, "도로에서 떨어져 있고, 뒤에는 어두운 전나무 숲이 있고, 아이들이 우유병을 저녁 시간까지 차갑고 맛있게 보존하기 위해 매일 아침 우유병을 담가두는 개울이 있는" 에이번리 학교에 다니기 시작한 지 셋째 주가 되던 날 일어났다.

우리의 앤은 이미 반에서 우등생 대열에 파고들어가 있었다. 재빠르고 똑똑하며 나무꾼들만큼이나 부지런했다. 이날 주어진 과제는 칠판 앞에 나가서 Ebullition(Ebullition이라는 단어는 내 유의어사전에는 등장하지 않았는데, 좀더 찾아보니 "거품이 일게 하거나 끓게 하는 행동" 또는 "감정이나 폭력성의 급작스런 폭발"이라는 뜻이었다. 루시모드 몽고메리는 앤의 인생에서 이 단어가 중요한 단어가 될 것이라는 사실을 알고 있었던 것 같다)의 철자를 쓰는 것이었다.

앤은 철자를 쓰다가 조시와의 싸움에서 승리자가 되었다. 앤은 조시가 철자책을 보고 단어를 베껴 적는 모습을 발견했고, 반의 최고 우등생 자리에 있던 조시를 끌어내린 것이다. (필립 선생님은 조시 파이가 속임수를 쓰고 있을 때 어디 있었던 걸까? 그는 열여섯 살 먹은 학생인 프리시 앤드루스 주변을 서성거리고 있었다. 선생님은 프리시에게 빠져 있었다.)

교실에서 있었던 이 사건은 내가 힘든 시기를 보낼 때 유쾌함을 선사했고, 심리적 위협을 경험해 본 사람은 누구나 이것을 유쾌하게 생각할 것이다. 우리의 빨강머리 앤이 파이빌에서 온 조시 파이에게 "모멸감에 얼어버린 얼굴"을 선사한 것이다.

물론 여러분은 이 부분을 알고 있을 것이다. 앤은 차갑게 노려보았고 조시의 얼굴은 빨개졌다. 조시는 책상에서 일어나 철자를 썼지만 책을 보고도 틀리고 말았다. 조시는 흔들리고 있었다. 그리고 이것은 앤의 승리를 뜻했다!

여기서 이야기가 끝이 났다면 얼마나 좋았을까. 조시 파이가 그다지 파이 집안답지 않았더라면 좋았을 것을. 레이첼 린드 부인에 따르면 파이 집안은 "학교 선생님들을 못 살게 구는 것이 일생의 과업인" 인종이었다. 앤은 전투에서 승리했지만 전쟁은 계속되었다. 사실, 앤은 그 전쟁 중에 거의 죽을 뻔 했다.

자연스럽게 들보 사건(Ridgepole Incident)을 이야기해야겠다. 조시는 앤을 조롱하며 배리 아저씨네 부엌 지붕에 수평으로 놓인 들보 위를 걸어보라고 부추겼다. 앤은 그 도전을 받아들여 몇 걸음 걸었지만 결국 지붕에서 땅으로 떨어지고 말았다. 놀랍게도 죽지는 않았지만 발목을 다치고 영혼에도 상처를 입었다.

앤이 늘어놓은 변명은 앤이 다친 다리로 제대로 걸을 수 없는 만큼이나 설득력이 없었다. 앤은 조시 파이의 경멸을 견딜 수 없었다. 그 마음을 전혀 이해하지 못하는 마릴라에게 "조시가 평생 내 앞에서 의기양양할 것 같았어요"라고 앤은 울부짖었다.

책 전반에서 조시는 앤의 갑옷의 빈틈을 찾아냈고 그 틈을 찔렀다. 조시의 성공적이었던 공격을 모아 노래로 만들어보면 다음과 같은 분위기가 될 것이다.

우울한. (그녀는 학교 연극에서 여왕 요정 역을 맡지 못하게 되자 우울해했다.)

심술궂은. (그녀는 줄리아 벨이 콘서트를 시작하기 전에 청중들에게 인사를 하자, 줄리아가 닭이 머리를 떠는 것처럼 보인다고 말했다. 정말 대단하다.)

비웃는. (사랑하는 스테이시 선생님은 앤이 수업 중에 캐나다 역사를 공부하는 대신 벤허를 읽는 모습을 발견했을 때 웃었다. 참고로 나는 변함없이 내 조국을 사랑하지만, 내 생각에 역사는 땅콩껍질만큼이나 건조한 과목이다.)

약화시키는. (그녀는 앤의 학업적 자신감을 매번 흔들어 놓으려고 했다. 한번은 앤에게 앤의 수험 번호가 13번이라서 너무 안 됐다고 말했다. 그 숫자가 "불운한 숫자"라는 이유였다. 그리고 그 외에도 아주 많이 이런 식으로 앤을 괴롭혔다.)

불화를 일으키는. (앤의 오랜 친구 다이애나에게 앤이 곧 다이애나를 잊을 것이며, 대학 친구인 스텔라 메이나드에게 "홀릴 것"이라고 말했다! 부끄러움도 모르나?)

　최악은 이것이다. "조시 파이는 자신은 교육받을 목적으로 대학에 가는 것이라고 말한다. 그렇게 말해야 스스로 생활비를 벌지 않아도 되기 때문이다. 물론 이것은 자선에 의존해서 사는 고아들과 다르다고 말하면서 말이다. 고아들은 몸을 팔아서 돈을 받는다는 것이다."

　이쯤 되면 나는 대문자로 쓸 수밖에 없다. **조시 파이, 도대체 뭐가 문제니? 그 입 좀 완전히 닫아버릴 수는 없겠니?** 그렇게 앞뒤로 물어뜯고, 밀고 찌르는 모든 행동들! 오소리가 키운 아이인 건가? (고양이에 그녀를 비유하는 것은 고양이에 대한 모독이기 때문에 고양이에 비유하지는 않겠다. 덧붙이자면 나는 우리집 고양이들이 나를 모멸감에 얼어붙은 얼굴로 쳐다보는 것을 바라지 않는다.)

　조시의 빈정거림은 앤의 딱지 않은 상처를 심각하게 건드렸고, 돌이킬 수 없었다. 아주 적극적이었던 조시는 앤의 주근깨 얼굴을 이기는데 성공하기도 했다. 그 증거는 앤이 까마귀 같은 흑발로 머리를 염색하려고 시도했다가 충격적인 초록색 머리가 되었던 유명한 장면에서 찾을 수 있다. 먼저 앤은 부끄러움으로 눈물범벅이 되어 이불 속에 숨었다. 콩과 당근을 으깨어 놓은 것 같은 머리 색깔은 마릴라에게 앤의 바보스러움을 드러낼 뿐이었다. 그 후에 앤은 아무리 문질러도 초록색을 없앨 수 없다는 것을 깨닫고 두려움에 떨었다. 앤은 울면서 자신의 두려움이 사실 단 한 사람의 반응 때문이라는 것을 깨달았다. "조시 파이가 얼마나 웃겠어! 마릴라 아주머니, 저는 조시 파이를 볼 수가 없어요."

앤이 초록 머리를 대충 자르고 마치 털이 깎인 양처럼 에이번리 학교에 돌아왔을 때, 다이애나만 전후 사정을 알고 있었기 때문에 앤은 겨우 고개를 들고 다닐 수가 있었다.

조시는 앤을 "완벽한 허수아비"라고 바로 놀려댔지만, 우리는 여기서 앤이 성장하고 있다는 것, 그러니까 어떤 것들은 내려놓을 줄 알게 되는 것을 보게 된다. 파이 홀 여사도 앤에게서 차가운 시선을 받았었다. 하지만 나중에 앤은 그녀의 머리 위에 핀 숯을 올려놓고 그녀를 용서했다.

조시에게 베푼 앤의 사랑은 아름다운 것이었다. 차가운 눈길을 보내는 대신, 시간이 흐르면서 앤은 조시를 용서하려고 노력했고 적을 친구로 바꾸려고 노력했다. 조시가 뜨개질 지방 품평회에서 대상을 받게 되었을 때 앤은 진심으로 기뻐했고, 이 기쁨이 앤 자신의 영혼에 부어진 자비와 축복의 표시라는 사실을 알게 되면서 더욱 기뻐할 수 있었다.

한 소녀의 엄마가 된 현재 관점에서 앤의 행동을 뒤돌아 바라보면, 심술궂은 아이들에게 어떻게 대처해야 하는지 앤이 나와 피비에게 가르쳐주는 것이 정말 많다. 앤은 차가운 눈빛이 필요할 때는 조시에게 당당히 맞섰고, 조시에게서 선한 점을 찾기는 어려웠지만 그래도 좋은 모습을 보려고 씩씩하게 노력했다. 그녀는 원수를 미워하는 진흙탕에 빠지는 것을 거절했다. 그 원수가 앤을 얕보고 부끄럽게 만들려는 시도를 멈추지 않았는데도 말이다. 심지어 앤이 음침한 골짜기를 지날 때에도, 그러니까 사랑하는 사람을 잃어 허무함에 빠져 있을 때에도 조시는 앤이 검은 상복을 입고 있으니까 머리가 더 빨갛게 보인다며 앤을 흠집내려고 했다. 그렇다. 이 세상의 조시 파이들은 누군가가 그들을 멈추게 하지 않는 한, 절대 스스로 멈추지 않는다.

상처받은 존재에 대한 이해가 풍부했던 앤은 조시 파이가 그렇게 행동하는 데에는 이유가 있다는 것을 알았다. 앤은 나로 하여금 이렇게 질문하게 한다. **이 세상의 조시 파이들은 도대체 어떤 상처를 받았길래, 나와 내 가족들, 그리고 다른 사람들에게 저렇게 상처를 주며 살게 되었을까?**

나는 외로운 2학년 시기를 보내는 동안, 앤이 조시에게 반응하는 방식을 주의 깊게 살펴보았다. 나의 적에게 차가운 눈빛을 단 한 번이라도 보내볼 수 있기를 얼마나 바랐던지! 하지만 나는 그렇게 하지 못했다. 나는 고장나 꺾였고 완전히 쓰러졌으며 짓밟혔다.

내가 조시 파이를 만나러 가는 시간 여행을 하게 된다면, 나는 1981년에 잠시 들를 것이다. 나의 파란색 닥터 후에 나오는 타디스 (Doctor Who Tardis, 역자 주: 드라마 시리즈 닥터후에 나오는 타임머신)를 모교에 세워두고 킹 여사님과 딕 여사님의 초콜릿칩 케익을 먹기 위해 학교 식당에 들렀다가 나의 지하 감옥으로 들어갈 것이다. 나는 두 분의 케익이 탁월하고 완벽한 빵이라고 말해주고 꼭 안아드릴 것이다.

과거의 나를 찾게 되면 오랫동안 내 팔로 꼬옥 안아줄 것이다. 그 소녀에게 그녀가 생각하는 것보다 더 많은 사랑을 받고 있으며 그녀가 금보다도 더 귀하다고 말해줄 것이다. 그리고, 아마 이렇게 얘기해주지 않을까.

조금만 참아, 곧 다 끝날 거야. 정말 그럴 거야. 상황은 나아져. 지금은 말해줘도 믿지 않겠지만, 머지 않아 너는 이 세상에서 가장 좋은 친구들을 만날 거야. 너를 웃게 하고 너와 너의 재능을 가치 있게 생각할 친구들 말이야. 너는 결혼식 때 신부 들러리를 열 명이나 둘 거라고 우겨서 엄마에게 거의 심장마비가 오게 만들거야! 그리고 비올라는 그 들러리들 중 한 명이 되지(이건 농담이야)! 그런데, 진짜로, 주변을 잘 봐. 네가 믿든, 믿지 않든, 이 교실 안에 네 평생의 친구들이 있어. 네가 너무 예민한 것 같다고 생각할 수 있지만, 사실 세상에는 그런 사람들이 필요하단다. 이 일그러진 세상에 어떤 사실들을 알아차리고, 열정과 눈물과 친절함을 공급해줄 사람들이 얼마나 필요한지! 이 굽어 보이는 길은 우리처럼 균열이 있는 사람들을 하나님에게로 이끌어주기 때문에 거룩하단다. 모든 사람에게 균열이 나 있어. 빛은 그 틈으로 들어오지.

비올라 구슨이 필통을 떨어뜨리면 조심스럽게, 하지만 분명하게 뒤로 물러서도록 해. 비올라가 줍게 해. 허리를 숙이지 마. 어깨를 세우고 강하고 담대하도록 해. 숙이지 마. 거짓말 하지 말고. 거짓말은 사탕처럼 달콤하지만 사실 매우 독성이 강하거든. 진실만이 양분이 되고 모든 것을 완전하게 해. 네가 비올라를 용서하고 하나님의 눈으로 비올라를 볼 수 있도록 도와주실 거야. 너희 둘은 다시 친구가 되지는 않겠지만 시간이 흐르면 너는 그 아이를 한때 기쁨과 웃음을 공유하던 사람으로 기억하게 될 거야. 너는 그 아이를 용서하게 될 것이고, 그녀에게 사랑과 좋은 일만을 빌어주게 될 거야. 비올라가 자기 행동이 얼마나 너를 다치게 하는지 몰랐다는 것을 깨닫게 될 거야. 다른 모든 사람들처럼 그 아이도 자신의 균열과 씨름하고 있거든. 그리고 네가 이걸 알게 되면 모든 것이 바뀔거야.

린드 부인이 말했듯이 이 땅은 우리의 고향이 아니다. 이 땅에 사는 동안 우리 주변에는 언제나 조시 파이가 있을 것이다. 우리에게 상처 주는, 상처받은 사람들 말이다.

이 세상의 마지막에서 나는 이런 일이 있었으면 좋겠다. 두 명의 옛 친구가 손을 꼭 쥐고 노래를 부르며 지금은 상상도 할 수 없는 물이 빛나는 호수에서 다시 웃고, 모든 동물들이 함께 뛰놀게 된 것을 기뻐하는 일 말이다.

빨강머리 인
나의 딸
그리고 나

04

마음이 맞는 영혼

환영의 정석은 사람들이 당신을 볼 수 있게 하는 것이다. … 친구를 만든
다는 것은 서로를 선택하고, 서로를 찾아내고, 많은 사람들 사이에서 선택
을 받는 것이다.
당신의 삶에 내가, 나의 삶에 당신이 들어온 이 놀라운 사건이 어떻게 일
어난 것인지… 당신에게 깊은 감동을 줄 것이다.

—

앤 라모트의 책, 『작은 기쁨들(Small Victories)』

처음부터 클라라 위비는 위화감이 없었다. 그녀는 내성적으로 보
인다거나 혹은 전학 온 친구라는 느낌이 들지 않았다. 클라라는 키가
180cm정도 되었고, 곱슬거리는 짙은 금발머리에 크고 짙은 녹색 눈
을 갖고 있었다. 중학교 2학년 영어 수업 시간 중간에 들어왔고, 그녀
의 큰 보폭과 활기참은 다른 누구와도 구별되었다. 선생님이 클라라
가 이제 막 스타인바그의 시골 마을에서 가족 모두가 이사를 왔다고
소개하자, 그녀는 웃으면서 약간 바보스러워 보이지만 힘차게 손을
흔들었다. 처음부터 클라라가 특이하다고 생각했지만 긍정적인 방향

으로 특이하다고 생각했다. 그녀의 태도는 "나에게 다가오든 나를 내버려두든 상관없어" 하는 듯이 보였다.

학교의 유명 인사들은 클라라를 한 번 보고는 그녀를 그냥 내버려두었다. 처음 본다고 일부러 알랑거리지도 않고 괴롭히지도 않았다. 클라라가 가진 아름다움(키가 크고, 인상이 깊고, 독특한)은 열네 살 소녀들에게 별로 끌릴 것이 없었다. 그들은 150cm 정도에 45kg정도가 아름다움의 정점이라고 생각했기 때문이다. 클라라는 그들에게 전혀 위험하지 않았다.

목사님의 딸이었던 드넬 롭크는 이미 클라라와 이야기를 하고 있었다. 두 사람의 부모님들이 아는 사이인 것 같았다. 내가 보기에는 학교에 있는 모든 여학생들 중에 드넬이 가장 선한 학생이었다. 우리가 잘 알듯이, 세상에는 괴롭히는 여왕벌과 괴롭힘을 당하는 대상만 있는 것이 아니다. 대부분의 학생들은 그 대상을 하찮게 대하지 않지만, 그렇다고 괴롭힘을 막지도 않는 방관자들이다. 드넬은 따뜻한 마음을 가진 방관자였고, 나를 투명인간이 아닌 한 인격으로 대해주었다. 그런데 나는 드넬의 눈 앞에서 클라라를 빼앗아오는 걸로 그 호의에 보답하고 말았다. **지금 생각해봐도 그것은 잘못된 일이었다.**

하지만 또 다시 생각해보면, 어떻게 다른 방식으로 일이 풀릴 수 있었을까? 이건 이제 막 사귀기 시작한 커플의 모습과도 같았다. 모든 것이 긍정적이고 앞으로 잘 되어갈 것 같았는데, 어느 날 남자가 자신의 여자친구를 자기 룸메이트에게 소개해준 것이다. 그런데 그

룸메이트와 여자친구가 소울메이트가 되어 버렸다. 결국 첫 번째 남자는 멋쩍어 하며 두 사람의 결혼식 사회를 봐주게 된다. 클라라와 나는 친구가 되지 않을 수 없었다.

드넬은 선한 마음에서, 그리고 어쩌면 약간의 부모님에 의한 압박으로 주말에 그녀의 집에서 케익 장식하는 일에 나를 초대해주었다. 황홀했다. 내가 도착했을 때 클라라는 식용색소로 장식하는 것에 열중하고 있었다. 클라라의 얼굴과 머리에는 스머프의 파란색 아이싱이 묻어 있어서 꼭 좀비 분장을 한 것 같았다. 우리가 왜 웃었는지는 잘 기억나지 않는데, 얼마나 격하게 웃어댔는지 나는 거의 울고 있었고 구토가 나올 지경이었다. 그 웃음들은 마치 나를 아프게 한 것들을 치료해 주는 약과 같았다. 클라라는 내가 만난 사람들 중에 가장 재미있는 친구였고, 비올라 구슨이나 다른 사람들이 자신을 어떻게 생각하는지에 대해 아주 조금도 신경 쓰지 않았다. 내가 비올라의 이름을 꺼냈을 때도 클라라는 눈알을 굴릴 뿐이었다. 그녀는 "누가 걔를 신경 쓰는데?"라고 말했다. 그리곤 비올라의 세계는 이야기할 가치가 없는 지루한 주제라는 듯 화제를 바꾸었다. 나에게 가장 필요한 치료법이었다.

그래서 나는 나도 모르는 사이에 어지러운 마음을 정리할 수 있었고, 친구들의 인정을 받기 위해 고개를 숙이거나, 나 자신에게 상처를 내지 않게 되었다. 우리는 각자 자기 엄마에게 가서 서로와 함께 있게 해달라고 졸랐고, 학교에서 하루 종일 붙어있다가 다시 한 시간씩 통화하며 집 전화를 독점했다. 우리는 우리 집에서 모두가 잠들기를 기다렸다가 냉동실을 뒤져서 찾은 반쯤 얼은 브라우니를 지하실의 머피 침대 위에서 먹곤 했다. 그리고 2번 채널에서 테리 데이비드 멀리건의 뮤직 비디오를 보았다. 클라라는 내가 누군가에게 속했다는 느낌을 다시 느낄 수 있게 해주었다.

클라라의 집에서는 라바 램프(역자 주: 야광 액체가 들어있어서 빛의 모양이 계속 바뀌는 장식용 램프)의 희미한 불빛 아래에서, 클라라네 집의 루이 카블루라는 새가 재미있게 재잘거리는 것을 들으며, 뜬 눈으로 누워 몇 시간 동안 수다를 떨면서 숨이 넘어갈 듯 웃기도 했다. 천장에는 맥도날드 감자튀김 상자가 스무 개 정도 실에 매달려 있었다. 클라라의 설치 미술이었다. 내가 처음 그녀의 집에 놀러 갔을 때, 클라라는 캔버스 위에 빨간색과 노란색 페인트를 떨어뜨려 말린 그녀의 작품 〈피와 햇빛〉을 보여주었다. 모네와 르누아르를 좋아하는 나 같은 소녀에게 〈피와 햇빛〉은 좀 무리가 있었지만 클라라에게는 완벽함에 다가가기 위한 해체적 작업이었다.

내가 연극조로 말하고, 예쁜 상상을 하고, 맨날 입던 분홍색 앙고라 스웨터 소매에 지쳐버린 앤 이었다면, 클라라는 또 다른 홍당무색 머리를 한 고아 삐삐 롱스타킹 이었다. 물론 클라라에게는 바다에서 표류하다가 남쪽 바다섬의 왕이 된 아빠가 없었지만, 그녀는 분명히 삐삐와 같은 관습 파괴자였다. 옷 입는 스타일 (대부분이 에메랄드빛 장식이 있는 검은 옷이었다), 머리 스타일 (부산스러워 보이는 머리), 그리고 한 손을 뒤로 하고도 불량 학생들을 물리치는 능력이 그것을 증명한다. 삐삐의 경우처럼, 그녀의 강력한 힘은 강한 의리와 상처입지 않는 마음에 있었다.

클라라가 나의 피난처와 시금석이 되어주었기 때문에, 나는 자연스럽게 4년 후 우리가 졸업하는 날까지 그녀와 함께하는 단짝이 될 꺼라고 생각했다. 그러나 클라라의 아버지가 브리티시 콜롬비아에 있는 교회에서 음악사역자로 일하게 되는 바람에, 그녀를 만난지 일년 반 후에 그녀를 떠나 보내야만 했다. 우리는 서로에게 빠져든 것 이상이었다. 눈 쌓인 버스 정류장에서 그녀가 이 끔찍한 소식을 전한 직후에, 아빠는 내가 가장 열광하던 에이미 그랜트를 볼 수 있는 표를 끊어주셨다. (내 방은 아빠가 서점에서 사다 주신 포스터와 다른 에이미 관련 상품들로 가득했다. 예를 들면 '에이미의 놀이동산'과 같은 것들이었다. 나에게 없는 게 딱 하나 있었는데, 에이미 밀납인형이었다. 물론 나는 보드로 만든 에이미를 갖고 있었고 이것만으로도 내가 열정적인 팬이라는 것을 증명할 수 있었다.) 공연의 서막을 열었던 것은 마이클 어쩌구 하는 사람이었는데, 레이저 빔처럼 무대를 휘젓고 다닌 열정적인 피아니스트였다. 보통 우리는 초조하게 에이미가 무대에 올라오기를 기다렸을 테지만, 그가 "프렌즈"를 부르기 시작하자 클라라와 나는 손을 꼭 잡고 눈물을 흘리며 흐느꼈다. 자신에게 영향을 준 친구들이 떠나게 된 감정을 노래한 이 노래는 우리의 마음을 곧바로 건드렸다. 서로의 반쪽 없이 어떻게 고등학교 생활을 버틸 수 있을까?

고등학생이 되기 전 늦은 여름에 클라라는 떠났고, 우리 둘은 가슴이 메이고 찢어지는 것 같았다. 평원을 가로질러 밴쿠버까지, 유리드믹스나 듀란듀란의 믹스테이프와 함께 편지가 오갔다. 남자아이들과의 일, 드라이 샴푸 대신에 베이비 파우더를 사용하는 것, 남자 아이들, 마돈나, 다시 남자아이들로 이어지는 산만한 편지였다. 장거리 통화요금이 비쌌던 시절, 우리 둘의 부모님 모두 가난했기 때문에 하늘 높은 줄 모르고 치솟는 통신료는 부담이 되었고, 편지만이 우리의 장거리 우정을 유지하는 방법이었다. 서로 피난처를 잃은 우리에게 차가운 외로움의 바람이 불었고, 우리 둘 다 조금 다른 의미의 고아가 되었다. 사랑하는 이를 잃었고, 버림받았고, 남겨졌다. 클라라는 머리를 잘랐고, 녹색 눈에 콜(kohl)로 테를 두르기 시작했다. 나는 집을 청소하며 반쯤 언 브라우니를 엄청나게 먹어댔다. 우리는 새해 전날 엘버타 벰프에서 개최되는 전국 메노파 청소년집회를 통해 만나게 될 날만을 손꼽아 기다렸다.

그런데 새 학년이 시작되고 쓸쓸한 몇 주를 보내면서 무언가를 깨달았다. 내 마음은 밴쿠버로 떠난 클라라와 함께 있었고, 그 자리는 무엇으로도 대신할 수 없었기에 나는 고등학교 1학년을 홀로 지내기로 마음 먹었었다. 그녀가 나에게 미친 영향들은 열다섯 살짜리의 삶을 더 씩씩하고 강하게 살 수 있도록 나를 바꾸어 놓았다. 가장 사랑하는 친구는 아주 멀리 떨어져 있었지만, 그녀는 나에게 홀로 설 수 있는 능력을 주었다. 그뿐만 아니라 오히려 내가 안식할 수 있는 믿음까지도 갖게 되었다. 아빌라의 테레사(Teresa of Avila)는 우리 마음 속에 있는 하나님의 집을 "마음 속의 성"이라고 불렀고, 나는 그 성 안으로 들어가서 나의 왕에게 모든 이야기를 할 수 있게 되었다.

그 해 가을 나는 다른 여자 아이들과 함께 웃기도 하고 그들을 위로할 수도 있게 되었고, 몇몇 친구들과는 지금까지도 계속되는 유대 관계를 맺을 수 있었다. 나는 클라라 없이도 자립할 수 있다는 것을 알게 되었다. 나는 단순히 클라라에게 의존하는 그녀의 단짝이 아니었다.

그렇지만 여전히 그날 중학교 2학년 영어시간에 클라라가 들어와서 얼마나 다행인지 모른다. 정확한 타이밍에 우리를 구해줄, 마음이 맞는 친구가 우리 모두에게 필요하다. 그런 친구는 우리가 스스로 사랑하고, 스스로 설 수 있다는 것을 알려준다.

외로움의 끝에서 진정한 친구관계를 경험하는 것은 어느 날 갑자기 삐삐의 뒤죽박죽별장에서 보물상자를 발견하는 것과 같다. 전화 한 통, 함께 시간을 보내는 것, 같이 하는 식사는 금화나 값비싼 진주와 같다. 친구는 여러분만의 갈라진 홍해나 광야의 만나가 될 수 있다. 여러분이 이해 받고 받아들여질 때마다, 그리고 친구가 여러분의 농담에 웃어주고 슬픔을 위로해줄 때마다 여러분은 삐삐보다 더 부유하고 운이 좋다고 느낄 것이다.

프린스 에드워드 섬에 오기 전까지 굶주리고 사랑 받지 못하는 삶

을 살았던 앤은 우리에게 마음 맞는 영혼이 필요한 것보다 더욱 절실
하게 다이애나 배리가 필요했다. 왜냐하면 단짝 친구가 유리에 비친
자기 자신 뿐이었다면, 그리고 그 유리마저도 양아버지에 의해 부서
지고 깨지는 경험을 했다면, 절친한 친구가 생기게 되었을 때의 행복
과 부자가 된 듯한 느낌은 다른 사람들보다 훨씬 더 클 것이기 때문
이다.

나는 앤 셜리와 다이애나 배리의 관계가 시작되는 부분을 사랑한
다. 앤은 흥분 반, 떨림 반으로 마릴라를 따라서 앤의 친구가 될지 모
르는 다이애나를 만나러 과수원에 갔다. 독자로서, 우리들은 배리네
정원에서 어떤 재미있는 일이 벌어질지 기대하면서 앤을 응원하게
된다.

다이애나가 앤의 오그라든 마음을 받아줄 수 있는 사람이라는 것
을 앤이 발견하게 될까? 앤의 외로움과 슬픔이 앤을 있는 그대로 받
아 들여주는 사람을 만나게 되면 다 사라질 수 있다는 것을 앤은 본
능적으로 알고 있을까?

앤은 진정한 친구 찾는 것을 더 이상 늦출 수 없었다. 붉은 장미, 금
낭화, 모란, 그리고 흰 수선화가 가득한 배리네 정원에서 앤은 진정
한 친구를 만났다.

"오, 다이애나." 앤이 손을 꽉 쥐고 거의 속삭이듯이 말했다. "네 생각에, 그러니까, 너는 나를 조금은, 음 그러니까 절친한 친구가 될 정도로 나를 좋아할 수 있을 것 같아?"

다이애나는 독특한 소녀가 재미있게 말하는 것을 보고 웃었다. 그리고 루시 모드 몽고메리는 "다이애나는 말을 하기 전에 항상 웃는다"고 알려준다. 다이애나는 앤이 말하는 방식이 마음에 들었다. 그녀는 단번에 앤이 특이하지만 긍정적인 방향으로 특이하다고 생각했다. 다이애나는 이상하면서도 독특하고 지금까지 만난 어떤 사람들과는 너무 다른 앤을 "이상한 아이"라고 불렀다. 다이애나의 우정 어린 눈길을 통해 앤의 "영혼, 불꽃, 이슬로 태어난"듯한 모습은 "선명함, 자유로움, 그리고 사랑 받을 만한" 모습으로 바뀌었다.

앤과 다이애나의 우정은 삶보다 더 깊은 것이었고, 『빨강머리 앤』의 전체를 관통하는 것이다. 앤은 더 이상 뒤에 남겨지지 않았다. 앤은 인생의 첫 번째 파트너이자 절친한 친구를 찾게 되었다.

다이애나는 앤에게 완두콩을 까면서 흥얼거릴 수 있는 "개암나무 골짜기의 넬리(Nelly in the Hazel Dell)"라는 노래를 가르쳐주었다. 클라라는 나에게 유투, 하워드 존스, 듀란 듀란의 노래들을 소개해주었다. 물론 내가 첫 아들의 이름을 사이먼 리 봉이라고 짓지는 않았지만 말이다.

다이애나는 앤에게 찰리 슬론이 자기에게 "푹 빠져있다"고 알려주었다. 클라라는 따분하게 보내고 있던 밸런타인데이 때 나에게 장미한 송이와 함께 "난 너를 원해, 리차드 기어가"라고 적힌 카드를 주었다.

앤에게 공감해주는 다이애나의 시선은 조시 파이의 악의적인 시선을 막아주었고, 다이애나는 앤이 필립 선생님께 억울하게 처벌을 받을 때 얼굴이 창백해질 정도로 마음을 졸였다.

앤과 다이애나는 서로에게 완벽했다. 다이애나는 평온한 연못 같았고, 앤은 기쁨과 고통의 파도가 치고 있는 바다처럼 소용돌이쳤다. 친구와 떨어지게 되는 절망적인 상황에서도 그랬다.

앤은 다이애나가 눈처럼 흰 옷을 입고 언젠가 결혼하는 모습을 상상해 보았다. 까만 눈에 붉은 볼, 까마귀처럼 검은 곱슬머리를 가진 여왕의 모습이었다. 앤은 자기 자신을 고통 중에 있는 신부 들러리에 투영시켰다. 그러니까 어쩔 수 없이 들러리 옷을 입고는 있으나 멋진 순교자의 미소 속에 가슴이 찢어지는 고통을 갖고 있는 들러리 말이다. 앤은 다이애나의 미래의 남편을 열정적으로 미워했다. 나는 다이애나의 미래의 남편이 유순한 프레드 라이트라는 사실을 앤이 알게 되면 앤이 이 선한 사람을 해치는 거 아닐까 하고 무서울 정도였다. (도망쳐, 프레드, 도망쳐!)

물론 두 사람은 함께 실수를 하기도 했고, 그 실수들 중 몇몇은 정말 걸작이었다. 대표적으로 내가 "조세핀 고모 할머니에게 덤벼들기"라고 부르는 사건이 있다. 이 사건은 다이애나가 토론동아리 발표회에 앤을 초대하고, 자기집 빈방에서 하룻밤을 보내게 하면서 시작되었다. 앤은 기뻐서 천장까지 뛰어올랐고, 그 모습은 꼭 오렌지에 빠져서 물이 든 풍선이 날아가는 것 같았다. 앤은 매번 "지금의 흥분은 그 이전의 흥분보다 더 흥분되었다." 심지어 필립 선생님이 마크 안토니가 시저의 죽은 시체 앞에서 연설하는 부분을 읽으면서 한 문장이 끝날 때마다 프리시 앤드루스를 쳐다보았던 때에도 그랬다.

(프리시의 부모님, 에이번리 학교 이사회, 그리고 비열한 필립 선생님에 대해 약간 이야기하고 싶다. 학자들을 통해 필립 선생님이 열여섯 살짜리 여학생에게 관심을 갖는 것이 그 시대의 규범을 벗어난 것은 아니었다는 것을 알고 있었다. 선생님이 수업 중에 "프리시"에게 편지를 썼고, 바보같이 큰소리로 웃으며 촉촉한 소 같은 눈으로 그녀에게 추파를 던졌다는 사실도 당시에는 그럴 수 있다고 받아 들여졌다. 그렇다고 해서 우리가 안심해도 되는 걸까? 그렇지 않다고 생각한다. 루시 모드 몽고메리는 서스캐처원에서 아버지와 함께 살고 있던 열여섯 살 된 자신에게 청혼한 머스타드 선생님을 기초로 필립 선생님 캐릭터를 만들어냈기 때문이다. 머스타드 선생님과 작가의 아버지 몽고메리와 대화를 꼭 한번 해보고 싶다! 그나저나, "촉촉한"과 "소같은"은 내 상상력으로 덧붙인 것이다.)

다시 앤과 토론동아리 발표회로 돌아가보자. 앤은 이 날의 경험으로 완전히 바뀌게 된다. 역설적이게도 그날 밤 그 곳에 간 실수를 통해서 말이다. 눈부신 연주회가 그렇게 신이 나지 않았다면, 앤은 아무 일 없이 배리네 빈 방에서 밤을 보낼 생각이었다. 이건 평소에 그녀에게 가장 큰 소원이었다. 어떤 집이든 가장 화려한 방은 보통 손님방에 있기 마련이다. 앤이 마릴라에게 "아주머니의 어린 앤이 손님방에서 자는 영광을 누리는 걸 생각해보세요"라고 말했을 정도니 말이다. 고아 앤 셜리는 드디어 사과 잎이 그려져 있는 가장 부드러운 이불, 그 집에서 가장 아름다운 전망, 그들의 가장 깨끗한 거울과 광을 낸 화장대를 누릴 가치가 있는 사람이 된 것이다. 그것을 기대하는 것만으로도 앤은 백만 달러를 번 것 같은 기분이었다.

앤과 다이애나는 흰 잠옷을 입고 복도를 달려 빈방의 문을 통과한 후 침대 위에서 선잠이 들어있던 조세핀 고모 할머니 위로 두 마리의 거대한 메뚜기처럼 뛰어올랐다.

우리는 이러한 실수가 조세핀 고모 할머니께서 너무 일찍 오신 탓이라는 걸 알고 있다.

그렇다고 하더라도, 앤은 실수를 인정했고 앤이 가장 잘하는 것을 해냈다. 할머니를 자기 편으로 만드는 데 성공한 것이다. 조세핀 고모 할머니를 무장해제시킨 것은 앤의 경력에서 가장 큰 성공이었고 또 다른 평생의 친구를 사귀게 되었다. 앤은 조세핀 고모 할머니와 친구가 되면서 친밀감은 생각지도 못한 곳에서 올 수 있으며 서로에게 헌신적인 친구는 그녀가 한 때 생각했던 것처럼 드물지 않다는 것을 배우게 되었다.

앤은 이렇게 말했다. "내일은 아직 실수가 벌어지지 않은 새로운 날이다." 그리고 이 두 소녀들은 다시는 이불 밑에 부유하고 괴팍한 친척이 있지는 않은지 확인하지 않은 채 빈방 침대로 뛰어들지 않을 것이다.

아, 하지만 친구들과 일으키는 실수들 중에는 내가 혼자였다면 결코 일어나지 않았을, 친구와 함께였기에 일어난 곤경들도 많았다.

나와 내 친구 보니가 소녀개척자 모녀교실에서 클라리넷 듀엣곡을 연주하던 중에 웃음을 도저히 참지 못해서 우리 악기의 아름다운 소리가 백파이프 같은 끽끽거리는 소리로 터져 나왔다. 이 연주를 통해 그 누구도 감동을 받을 수 없었다.

내 친구 낸시와 나는 우리가 대학교를 다니던 시카고에서 위니펙으로 오는 거의 살인적인 장거리 자동차 여행을 해야 했다. 낸시는 워터 타워 몰에서 소매치기를 당했고 우리 부모님이 내 몫의 여비로 그녀에게 부탁한 200달러를 포함해서 총 500달러 현금을 잃어버렸다. 우리는 현금도, 신용카드도 없었다. 이제 갓 20대가 된 젊은 아가씨들만의 낙관론으로 우리는 어쨌든 출발했고, 격렬한 눈보라 속으로 들어가게 되었다. 어느 순간 우리는 고속도로에서 차가 휙 돌면서 길을 벗어났고, 목청이 터져라 비명 소리를 질렀다. 그날 천사들이 우리의 무계획성을 자상하게 돌보아주었고, 그 덕분에 우리는 미니애폴리스의 한 모텔에 도착했다. 그리고 낸시 차의 엔진에 고장이 난 것을 확인했다. 안전은 했지만 돈도 없고 고립된 채, 우리는 정비사가 파란색 작은 시빅 자동차를 고치는 이틀 동안 자동판매기에서 "닭고기국수 스프", 다시 말해 "고기 국물"만 먹었다.

또 한번은 대학교에서 아름다운 룸메이트 베키가 딱, 탁, 펑 소리가 날 것 같이 인격에 심각하게 문제가 있는 사람과 학교 구내식당에서의 데이트를 받아들였던 적이 있었다. 사랑스러운 베키는 거절하지 못했고, 보호자로 함께 가달라는 베키의 부탁을 나도 거절하지 못했다. 그날 구내식당의 대구요리가 나를 폭발시켰는지, 아니면 마론 플리크마의 로봇 같은 언행이 나를 폭발시켰는지는 모르겠다. 나는 또다시 뒤집어지도록 웃었다. 이렇게 웃는 건 이제 그냥 내 인생의 한 부분이다. 불쌍한 마론은 대구요리를 사이에 두고 베키와 대화를 이어가려고 노력했다. 젖은 나무 막대기를 서로 비벼서 불을 붙이려고 노력하는 것만큼 노력했을 것이다. 나는 어딘가 고장난 부엉이처럼 계속 크게 웃었고, 베키는 마론에게 몇 번이고 이렇게 말했다. "얘 머리가 좀 이상해. 정말 미안해."

물론 이런 실수에서 나와 내 친구들이 많은 것을 배운 것은 아니다. 눈보라 속으로 운전하는 것, 하지 말았어야 할 데이트에 보호자 자격으로 동반하는 것 등은 하지 말아야 한다는 정도를 배웠을 뿐이다. 하지만 추억은 이렇게 만드는 것이다.

『빨강머리 앤』 시리즈를 다시 보면서 처음으로 앤과 다이애나의 관심꺼리가 다른 것이 있다는 것을 알게 되었다. 바로 앤의 글쓰기였다. 다이애나는 의리있고 차분했으며 매우 현명했지만, 글쓰는 사람으로서는 별로 였다. 다이애나는 앤의 글솜씨를 정말 존경했지만, (루시 모드 몽고메리가 스스로의 글쓰기에 대해 표현한 것처럼 "알프스를 오르는 길"을 걷고 있는) 앤의 동반자가 되어주지는 못했다. 그래도 다이애나는 앤이 제안한 못된 장난들에 동참했고, 더 나아가 제인과 루비와 함께 앤의 상상력을 "키우기" 위한 이야기 모임에도 함께 했다.

앤이 마릴라에게 말했다. "정말 흥미로워요. 여자애들이 각자 자기 이야기를 큰 소리로 읽고 다 함께 생각을 나누는 거에요. 우리는 그 이야기들을 거룩한 것으로 여기고 우리 후손들이 읽게 할 거에요."

루시 모드 몽고메리는 평생 가져보지 못했던 것이 바로 앤의 첫번째 글쓰기 모임이었다. 루시 모드 몽고메리에게는 펜팔이었던 메노파 작가 이프리암 베버나 스코틀랜드 언론인 조지 보이드 맥밀란 외에는 알프스를 오르는 길에 함께 할 사람이 없었다. 다른 모든 작가들과 마찬가지로, 들쭉날쭉하고 험준한 길을 오르는 길에 넘어져 무릎에서 피가 나고, 마음은 아프고, 낙담하게 되었어도, 그녀를 잡아줄 사람이 없었다.

그녀를 생각할 때 나는 나의 이야기 모임 길드(The Guild)에 더욱 감사하게 된다. 레이첼 린드 부인의 표현대로, 우리 일곱의 작가들이 모인 것은 하늘의 뜻이었다. 어린 아기 이름에 관한 내 첫 번째 책에 대한 인터뷰를 할 때, 앤이라는 이름을 가진 지역 언론 기자와 나는 둘 다 아이들을 데리고 만났다. 나는 둘째를, 그녀는 막내를 데려왔다. 우리는 대화가 잘 통했고, 그녀는 지역의 글쓰기를 좋아하는 다른 사람들과 함께 글쓰기 모임을 만들자고 제안했다. 우리 둘은 다섯 명이 되었다가 아홉이 되었고, 몇몇이 다른 동네로 이사가면서 최종적으로 일곱 명이 되었다.

우리는 길드에서 모든 것을 공유했다. 늙어가는 부모님, 슬픔, 청소년, 위험한 일을 하는 것 (셜리는 트레이시에게 성경 인물 요나를 탐구하려면 키프러스로 가서 배를 타고 나가 지중해에 뛰어들어보라고 권했고, 트레이시는 실제로 그렇게 했다), 방화범이 불을 지를 경우 대처방법 (어떤 미치광이에 의해 엘리슨의 집이 불탔을 때, 우리는 가장 먼저 엘리슨이 잠시 머물고 있던 그녀의 시누네 집으로 초콜릿시폼, 손편지, 길드 티셔츠, 책 한 상자가 들어있는 응급 상자세트를 가져다 주었다. 그 후에 우리는 안도와 함께 놀람과 사랑의 눈길을 주고받았다.) 등에 대해 이야기했다.

우리와 우리의 작품은 함께함으로써 매우 성공적일 때도 있었고, 실패한 것처럼 느껴지는 길고 차가운 침묵의 시간도 있었다. 우리가 높은 산과 깊은 골짜기가 많은 루시 모드 몽고메리의 길을 걸을 때, 서로에게 셰르파가 되어주었다. 편집자가 안되겠다고 말하거나, 에이전시가 잘될 수도 있다고 말하고는 사라져 버리거나, 우리 중 한 사람이 애정어린 마음으로 쓴 소설이 비평가들의 호평을 받았으나 독자들 사이에서는 가차없이 무시되었을 때도 우리는 함께했다. 우리는 그랜드 래피즈의 슐러서점에서 수년 동안 매달 한 번씩 모였다.

그 외에도 우리가 주최하는 작가들의 협의회인 크리스마스 티 파티
가 열릴 때나, 콜린 퍼스가 반바지를 입고 나오는 영화와 함께 초콜
릿시폼이 잔뜩 준비된 밤샘파티 때도 모였다.

　이번 여름에는 우리 중 한 명에게 출판에 관련된 일로 매우 가슴
아픈 사건이 있었다. 우리는 분노와 격노로 뭉친 커다란 불덩이로 모
였다. 군대용어를 즐겨 사용하는 트레이시가 우리를 이끌었다. 우리
들 중 한 명이 거부당했다는 소식을 듣자마자, "전투의 첫번째 규칙
은?"이라고 그녀가 이메일을 보냈다. "누군가 총을 쏘면 계속해서 전
진하도록 해. 우리가 네 뒤에 있어. 우리 모두 그을린 상처를 갖고 있
거든. 이렇게 그을린 상처가 있는 사람들은 믿어도 좋아."

　나는 그을린 상처가 있는 사람들을 신뢰한다. 그런 사람들은 모두
상처받은 치료자이며, 내 인생에 기여한 사람들이다. 작가든 작가가
아니든 내 친구들이 없었다면, 나는 어디선가 태아 같은 모습으로 몸
을 웅크린 채 엄지 손가락만 빨고 있었을 것이다.

　나는 여기서 한 발 더 나아가 특히 고아에게 친구가 갖는 의미가
훨씬 더 크다는 점을 말하고 싶다. 우리는 우리에게 간절하게 필요
한 사람들을 잃으면서 시작했고, 그래서 우리가 친구들의 선택을 받
고, 사랑을 받으면 그건 정말 대단한 사건이었다. 나는 내 딸 피비가
친구들과 있는 모습을 본다. 축구를 하고, 동물들을 돌보고, 자전거를
타고 쏘다닌다. 그 모습을 보며 나는 웃는다. 피비는 다양한 방식으
로, 그렇지만 정말 필요한 방식으로 친구들에게 인정을 받고 사랑을

받고 있다. 피비는 그들에게 속했고 그들은 피비에게 속했다.

절친한 친구란 이런 것이다. 우리가 서로를 선택하고 또 서로에게 발견된다. 우리는 서로를 많은 사람들 중에서 골랐다. 그녀가 내 삶에, 내가 그녀의 삶에 들어가는 일은 엄청나게 놀라운 일이다.

내 친구들 중에서 가장 다이애나 배리와 비슷한 보니는 차분하고, 친절하며, 진실된 친구이다. 그녀는 해와 달이 있는 한 나와 붙어 다닐 것이다.

낸시와 나는 넓은 어깨의 도시 시카고(역자 주: the city of broad shoulders는 시카고의 별명이다. 칼 샌드버그라는 시인이 공업도시인 시카고에게 이 별명을 붙여주었다.)의 메노파 가정에서 자랐다. 우리 둘 다 이국적인 다른 도시의 남자와 결혼했다. 한 명은 미시간 출신이고 한 명은 플로리다 출신이다. 그리고 우리는 우리가 사랑하는 진정한 목표를 가지고 미국 아이들을 가르치고 있다. 우리 아빠가 죽어가고 있을 때, 그리고 돌아가셨을 때 낸시가 나와 함께 가장 많은 시간을 보내주었다. 나는 친자매처럼 그녀를 사랑한다.

베키는 마음이 태평양처럼 넓고, 요리를 통해 자비를 베풀며, 셀 수 없이 많은 감정의 소용돌이 속에서 나의 절친한 친구이자 동반자가 되어주었다. 그녀는 누군가를 이것저것 재지 않기 때문에 내 모습을 있는 그대로 보여줄 수 있는 친구다.

내 단짝 친구인 로리는 내 어깨 위에 있는 천사와도 같다. 그녀는 아직까지도 마음이 통하고 선물 같은 사람이다. 우리는 이름이 같고,

같은 거리에 살았다. 우리 두 사람의 운명은 유치원 때 그녀가 내 뒤에 서 있던 날부터 시작되었다. 그 때 로리는 내 모자 끈을 재빠르게 묶어 리본으로 만들어 주었다. 선생님은 내가 보지 않고는 리본을 묶지 못한다는 사실에 놀라셔서 방과 후까지 남아있게 하셨고, 로리는 선생님이 그렇게 까다로운 사람이라는 사실에 놀랐다. 그날 우린 손을 잡고 함께 집에 돌아갔고 그 후로도 계속 그렇게 했다.

우리가 다른 중고등학교에 가게 되면서 우리의 친밀함이 느슨해졌지만, 우리 집에서 여섯 집 건너 있는 그녀의 집을 지날 때마다 편안함과 안정적인 느낌, 그러니까 함께 하고 있는 느낌을 받았다. 나의 오래된 친구이자 동지인 로리가 그녀의 가족과 함께 여전히 그곳에 있는 것 같았다. 목이 쉰 듯한 목소리를 가진 맥카스킬 아주머니는 나에게 두 번째 엄마 같았다. 우리를 하키 경기에 태워주신 후 피자펍을 사주셨고, 베이비오일을 듬뿍 바르고 금실 은실로 엮어진 천으로 만든 비키니를 입고 썬텐을 하면서 함께 수다를 떨었다. 이렇게 무언가를 거의 걸치지 않은 의상은 우리 엄마의 수수한 수영복 차림새와는 완전히 대비되었다. (엄마는 원피스 치마를 입을 때도 금실 은실로 짠 천으로 만든 옷은 입지 않았다. 왜냐하면 그런 천은 디스코를 추러 가야 할 것 같은 인상을 주었기 때문이다.) 맥카스킬 아주머니는 수영복 차림새와 양육의 능력 간에는 아무 관계가 없다는 것을 가르쳐 주셨다. 엄마로서의 본능에 걸맞는 복장이란 없다는 것이다. 그녀는 항상 나를 '우리 아이'라고 불렀다.

고등학교 졸업 후에 아르네스 캠프에서 상담사로 일하고 있을 때 엄마에게 한 통의 편지를 받기 전까지는 내가 얼마나 이 가족과 이 가족의 딸에게 연결되어 있는지 깨닫지 못했었다. 편지에는 로리가 희귀한 조직암 진단을 받았다는 것이다. 우린 둘 다 겨우 18살이었다. 나는 매점 옆 뜨거운 벤치에 앉아서 무너져 내리는 나 자신을 두 팔로 감싸 안고 떨고 있었다. **어떻게 이런 일이 일어날 수 있을까?**

13년 후, 나는 죽어가는 로리의 손을 잡고 쏟아질 것 같은 눈물을 초인적인 힘으로 참고 있었다. 로리는 첫 진단 이후로 다섯 개의 악성 종양을 이겨냈다. 하지만 여섯 번째 종양은 이겨내지 못했다. 그녀는 이 초록별 지구를 떠나는 것과 그 이후의 삶에 대해 이야기하고 싶어했다. 그녀의 부모님은 종교가 없었고, 그녀의 다른 가까운 친구나 남편도 종교가 없었다. 그러나 놀랍게도 그녀는 아주 아주 오래 전에 우리 집 뒷마당에서 있었던 성경모임에서 배운 것들을 기억하고 있었다. 아이스캔디를 먹으며 타이어로 만든 그네를 타던 때에, 로리는 예수님의 손을 잡고 싶어했다. 내 평생의 가장 큰 영광스러운 일들 중 하나는 그 못 자국난 손으로 로리를 이끌어 주었던 일이다. 곧 그녀는 자기를 위해 준비된 곳으로 떠날 것이지만, 잃어버린 양이 되지는 않을 것이다.

우리가 함께 한 마지막 날에 나는 눈물이 고인 눈으로 웃어 보였다 (오, 이건 정말 어려운 일이었다!). 그리고 로리에게 천국에 대해 이야기했다.

나의 천사야, 본향을 바라봐. 넌 곧 그곳에 갈 거고, 우리가 그 아름다운 나라에서 만나게 될 때까지 나는 이곳에서 너와의 추억을 함께 할 거야. 그날 이후로 나는 내 오른손에 있는 그녀의 사파이어 반지를 매일 바라보며 기억한다. 내 인생의 첫 동반자를 기억한다. 죽음은 참 많은 것을 빼앗아 가지만, 우정은 더욱 선명하게 만든다.

조시 파이의 생각에 노예처럼 매여있던 나를 해방시켜준 절친한 친구 클라라와는 어떻게 되었냐고? 그녀는 프레드 라이트, 음 그러니까 같은 고등학교에 다녔던 U2의 팬인 브루노 클라센과 결혼이라는 곳으로 달아났다. 신부 클라라는 아이보리색의 옷을 입었고, 괴로워했던 신부의 대표 들러리는 짙은 초록색의 벨벳 옷을 입고 짧고 재미있는 연설을 했다.

내가 이것을 이해하기까지는 꽤 오랜 시간이 걸렸다. 친한 친구들은 걷는 길이 지리적으로, 정치적으로 또는 종교적으로 갈라지기 전까지는 떼려야 뗄 수 없는 사이일 수 있다. 당신의 친한 친구가 한쪽 길로 걸으면 당신은 나란히 다른 길로 걸어가면 된다. 그런데 이것이 정말 어려워지는 날이 찾아온다. 그 친구가 수업을 들으러 가는 길에 재밌는 일을 겪었고, 그 일을 딱 한 사람에게만 이야기 하는데 그 사람이 당신이 아니라 브루노가 되는 날, 그날이 오는 것이다. 어쩌면 이건 내가 고아의 마음을 가졌기 때문에 하는 말일 수도 있다. 하지만 나는 모든 것이 예전 같기를 20년쯤 바라다가, 그 후에야 그렇게 되지 않아도 괜찮다고, 진짜 괜찮다고 말할 수 있게 되었다.

절친한 우정이 변하게 되면 우리는 새로운 관계를 위한 마음의 여유를 갖게 되고, 어느 날엔가 이전의 절친들이 없었으면 우리가 살 수 없었을 것이라는 생각을 하게 된다. 그들이 우리의 인생에 남겨둔 것이 너무 많은 것이다. 클라라와 나의 관계가 예전 같았다면 나는 보니, 베키, 낸시 그리고 다른 내 인생의 사랑하는 사람들을 위한 여유가 없었을 것이다. 그럴 여유가 있었다는 것이 정말 기쁘다.

당연히 클라라와 나는 여전히 친구이다. 단지 드물게 만날 뿐이다. 최근에 우리는 기적적으로 같은 날 시카고에 모이게 되었다. 클라라와 브루노는 온타리오에, 나와 내 남편은 미시간에 살기는 했다. 우리는 루말나티에서 시카고식 피자를 먹고, 러쉬 스트리트를 거닐고, 대화를 나누고 웃으며, 즐거운 한 때를 보냈다. 클라라와 나는 아직도 약칭을 사용해서 대화할 수 있다. 갑작스러운 만남은 나를 나와 그녀의 추억에 다시 한 번 감사하게 만들었다. 그 시절은 나를 형성했고, 나를 회복시켰으며, 지금의 나를 만들었다. 그리고 브루노 클라센은 어쨌든 꽤 멋진 녀석이었다.

앤도 길이 갈라지며 다이애나와 떨어지게 되었고, 필, 스텔라, 레슬리와 같은 새로운 친구들을 만났다. 그들은 앤의 대학 생활, 교사 생활, 그리고 엄마로서의 삶을 공유하기에 좋은 사람들이었다. 그래도 앤의 시금석과 같은 다이애나는 여전히 에이번리에서 그녀를 기다리고 있었다.

그런 끝나지 않는 친밀감을 경험할 수 있는 사람은 많지 않다. 하지만 또 앤이 다이애나의 위로와 사랑을 필요로 했던 식으로 친구가 필요한 사람도 많지는 않다.

그래도 만일 앤이 우리에게 우정에 대해 가르쳐 주는 것이 있다면 당신이 나를 발견하고, 내가 당신을 발견하게 되는 그런 일, 그런 만남을 기대하지도 않았던 이상한 곳에서 일어날 수 있다는 것이다. 내 마지막 결론은 이 세상에 마음이 맞는 친구들이 아주 많다는 사실을 발견한 것이 정말 좋다는 것 뿐이다.

빨강머리 연
나의 딸
그리고 나

05

그는 그녀를 "홍당무"라고 부르지 말았어야 했다. 하지만, 길버트 블라이드는 그렇게 불러버렸다!

진정한 사랑의 길은 절대 순조롭지 않다.

–

윌리엄 셰익스피어, 『한 여름 밤의 꿈』

눈이 오는 날이었고, 8살 된 피비는 DVD로 빛나는 미니시리즈인 『빨강머리 앤』을 보고 있었다. (사실 첫 시리즈의 8시간이 빛나는 것이고, 후속 편은 완전히 책과 별개였으며, 앤과 길버트를 연기한 배우들은 1차 세계대전을 배경으로 한 영화에나 나올법한 연기를 했다.) 그런데 갑자기 피비가 내 사무실로 쿵쾅거리며 올라오는 소리가 들렸다. 피비는 문을 박차고 들어와 놀란 눈을 크게 뜨고 있었다.

"엄마! 정말 비극적인 일이 생겼어! 길버트 블라이드가 죽어가고 있고, 그는 앤이 아닌 다른 사람과 약혼을 했어!"

나는 책에서는 길버트가 앤과 약혼했으며, 앤이 길버트가 다른 사람과 약혼했다고 오해한 것뿐이라고 설명하려다가 그만 두었다. 그리고 이게 정말 큰 비극이라는 점에 동의했다. 피비를 꼭 껴안아주고 "그냥 계속 봐봐"라고 말했다. "일이 어떻게 될지는 아무도 모르는 거야."

피비는 길버트 블라이드를 정말 사랑하는데, 사실 뭐, 누가 안 그러겠나? 피비가 전체 이야기에서 가장 좋아하는 부분은 바로 석판 사건이다. 피비는 같은 반 친구들인 오웬 시라스마, 놀란 카이저, 그리고 그들과 같은 아이들의 머리 위에서 석판을 깨는 상상을 좋아할 것이다. 피비는 석판이 길버트의 귀여운 머리 위로 떨어지는 모습을 볼 때마다 지나치게 흥분하며 웃는다.

아, 길버트 블라이드. 우리의 앤에게 푹 빠져서, 앤이 그의 머리에 충격을 가하려고 했을 때도 스스로 책임을 진 이 남자아이를 위해 다 같이 그에게 마음을 빼앗겨보는 것은 어떨까? 휴. 누가 길버트 블라이드라는 문학적 캐릭터를 사랑하지 않을 수 있을까? 내가 보기에 그런 사람은 많지 않을 것 같다. 빨강머리 앤에 대한 그의 헌신과 친절이 정말 너무나 커서, 나는 감히 길버트는 모든 남자주인공들을 이끄는 남자주인공이라고 말할 수 있다. 그냥 옆 집에 사는 남자 아이라고? 맞기도 하고 틀리기도 하다. 수년간 조용하게 쌓인 그의 감정이 그냥 옆집 남자 아이를 사랑할만한 사람으로 만들어냈다.

물론, 냉담해 보이는 겉모습 뒤에 열정을 숨기고 있는 미스터 다이시가 있긴 하다. 영국에는 그가 흰 셔츠를 입고 거칠게 끓어오르는 상태로 물 속에서 나오는 조각상이 있다고 한다. 아무렴 미스터 다이시는 대부분의 여성들이 저항할 수 없는 매력이라고 생각하는, 쉽게 다가갈 수 없어 보이나 억제되지 않는 열정으로 끓고 있는 아우라를 갖고 있다. 하지만 안개와 잡초를 걷어내고 나면 그에게 무엇이 남을까? 짧은 바지를 입은 괴팍한 남자일 뿐이다!

또 남자다운 와일더도 있다. 솔직히 말하자면, 많은 책벌레 여자아이들은 톱질을 하는 근육과 눈 덮인 초원을 가로질러 로라 잉걸스를 바라보는 뜨거운 눈빛을 가진 알만조 와일더에게 반했다. 분명히 알만조는 소설책에서 좋아할만한 사람이다. 그는 사우스 다코타 주의 드 스멧에서 1881년 추운 겨울에 굶어 죽어가는 개척자들을 (로라의 가족을 포함한) 구하기 위해 목숨을 걸었다. 그가 "안녕하세요? 제 이름은 (이러이러한 이상한 이유로) 알만조에요. 하지만, 아가씨? 당신은 나를 맨리라고 불러도 돼요."라고 말했을 때 우리 대부분은 그에게 빠졌다.

하지만 우리의 길버트 옆에 있으면 남자다운 맨리도 빛 좋은 개살구에 불과하다.

피츠윌리엄 다이시와 알만조 와일더라는 문학 속 매력적인 두 남자들은 얼마 동안 각각 리지와 로라를 갈망했던가? 고작해야 몇 달? 그들의 사랑은 지속성의 측면에서 아주 오랜 시간동안 앤 셜리를 향해 꺼지지 않고 확고하게 불타는 길버트의 마음과 비교할 수 없다.

그렇기 때문에 사람들이 길버트나 영화에서 길버트를 연기한 조나단 크롬비의 얼굴이 그려진 베개를 사는 것도 이해할 수 있는 것이다.

조나단 크롬비… 그는 너무 일찍 떠났다. 2015년 4월 중순에 그의 죽음이 알려졌을 때, 이 배우와 그가 연기를 통해 생생하고 강렬하게 살려낸 캐릭터에 대한 사랑이 나를 눈물에 젖게 했다. 그는 우리 상상 속의 길버트를 분명하게 표현했고, 그를 앤의 유일한 사랑으로 머릿 속에 그려보며 책을 다시 (그리고 또 다시) 읽지 않을 수 없게 만들었다. 그는 앤의 동반자를 생기 있고, 아름답게, 그리고 깊이를 가지고 그려냈다.

크롬비의 죽음에 대한 사람들의 반응은 우리가 앤 뿐만 아니라 매튜, 마릴라, 레이첼 부인, 다이애나 그리고 특히 길버트에게 큰 애정을 갖고 있다는 것을 알려주었다. 소셜미디어에서 #길버트 블라이드를 보는 것은 가슴 아픈 일이었고, 그런 유행이 단 이틀만에 끝났다는 것을 발견하고 다시 마음이 쓰렸다. 그래도 나는 전세계적으로 그를 향한 슬픔과 사랑의 표현이 우연은 아니었다는 것을 안다. 크롬비의 죽음은 독자들의 마음에서 길버트가 차지하고 있는 비중을 알게 해주었다. 길버트는 오랜 벗이자 첫사랑이었다. 우리 모두는 길버트가 앤을 사랑한 것처럼 사랑받고 싶어했고, 우리 자신 그 자체로 누군가에게 주목과 사랑을 받고 싶어했다. 자극적인 머리 색깔, 버릇, 결점 등 그 모든 것을 그 자체로 인정받는 것 말이다. 내 친구 알렉산드라는 이걸 참 아름답게 표현했다. "길버트는 사랑이 어떤 느낌인지 알려주었어. 어린 소녀로서 스크린에서 그를 보고 또 책을 읽고 또 읽으면서 나도 그와 앤이 공유하고 있는 공감대, 상대방에 대한 헌신, 서로간의 존중을 갖고 싶었어."

그렇기 때문에 크롬비의 죽음 전에도 길버트 베개, 길버트 토피 (toffee, 역자 주: 캔디의 일종) 등으로 길버트를 향한 우리의 사랑이 표출되었다고 생각한다. 길버트 토피는 토피를 별로 좋아하지 않는 나도 샀었다. 길버트 스타일로 불리는 뜨개질 무늬도 있다. 약간 에드워드 7세 시대의 스카프 느낌이 난다. 그리고 유튜브에는 앤과 길버트의 다정한 장면을 가져와 에어 서플라이를 비롯한 우리가 젊은 시절에 활동했던 밴드의 음악이 깔린 포스터도 올라와 있다. 앤의 남자 팬들을 위한 길버트 향수를 왜 팔지 않는지 신기할 따름이다.

그래서 나는 앤과 길버트의 선율을 혼자 들으며 설거지하는 것을 좋아한다. 이 노래는 2013년 샬롯 타운에서 초연을 시작한 뮤지컬로 완벽하게 매력적인 사운드 트렉이다. (내가 "혼자"라고 하는 이유는 우리 남편은 뮤지컬 공연을 그다지 좋아하지 않아서. 그가 말하는 것처럼 빨강머리 앤 영화의 정통성 있는 앞부분 8시간을 보았고, 테이프로 시리즈의 첫 번째 책과 다섯 번째 책을 다 듣기는 했지만, 우리 남편이 길버트 블라이드에 관한 활기찬 쇼까지 볼 것이라고 기대할 수는 없는 것이다. 오랫동안 성공적인 결혼생활을 한 것을 토대로 대신 변명을 해주자면, 그가 노력했다는 점은 정말 인정한다.) 첫 번째 곡의 제목은 "블라이드 선생님"이고, 이 곡은 에이번리의 가장 귀여운 새로운 학교 선생님에 대한 존경을 담고 있다. (그리고 필립 선생님 보다 엄청나게 멋진 선생님이었다. 그렇고 말고.)

숨을 쉬고 있는 모든 사람은 앤과 길버트를 보아야 한다. 정말이다. 하지만 당장 그럴 수 없다면 사운드 트랙 첫 곡의 한 조각을 알려주겠다. "블라이드 선생님! 정말 아르으으음 다우세요. 블라이드 선생님! 보기이이에만 아름다우신 게 아니에요." 여기서 시작해서 노래는 현기증이 날 정도로 매우 흥분되며 거의 기절할 듯이 황홀한 가사로 발전해나간다 (도일은 발전이 아니라 그냥 "옮겨가는 것"이라고 말할 것이다.).

이루 표현할 수 없을 정도로 우스꽝스럽게 윙크를 하고, 강철 같은 앤과 맞설 만 하며, 우리 모두에게 빠르고 묘한 심장 박동을 일으키는 길버트 블라이드에 대한 노래가 나올 때가 되긴 했다.

"홍당무!"

오, 길버트, 제발, 그 말은 하지마! 몇 년 동안 머리 색이 짙은 다이애나를 "까마귀"라고 부르고도 무사했지만, 이 여자아이는 네가 지금까지 놀렸던 다른 아이들과는 다르다고.

내가 책 여행을 할 수만 있다면 길버트 블라이드에게 이 여자아이의 머리를 수확된 그 채소에 비유한다면 이후에 매서운 바람이 불어올 거라고 경고해 줄 텐데. 그 바람은 수 년간 지속될 것이고 바람의 냉각효과 지수가 영하 30도까지 떨어질 것이다. 얼마나 추운지 그의 그림자조차도 얼어버릴 것이다. 그렇지만 결국 그는 그가 생각한대로 행동하겠지.

이 책을 쓰며 앤의 이야기를 다시 들여다보면서 가장 즐거웠던 점은 그녀와 길버트의 사랑의 즐거운 두근거림과 전율을 다시 확인하는 것이었다. 투닥거림과 열망과 마음을 끄는 매력과 아주 오랜 동안 감정적 결실을 기다리는 것과 불꽃! 이건 정말 너무 즐겁다! 성인 여성으로서 나는 앤을 향한 길버트의 헌신에 새롭게 감탄하게 되었다. 우리는 앤이 가치있고 속이 깊다는 것을 알고 있지만, 구스베리를 닮은 이 소녀는 그렇게 행동하지 않는다.

그렇다고 해도 처음으로 두 사람이 만났을 때 나쁘게 행동한 것은 길버트였다. 만난 지 얼마 되지 않아 길버트는 "말할 수 없이"라고밖에 표현할 수 없는 우스꽝스러운 표정으로 앤에게 윙크를 했다. 하지만, 불행하게도 앤에겐 이 윙크가 재미있지도 않았고 예의 있게 보이지도 않았다.

서로의 첫인상에 대해 어떻게 말했는지는 알고 있을 것이다.

하지만 진짜 사건은 오후에 시작되었다.

길버트 블라이드는 **자기 생각엔** 심하지 않은 놀림이었지만, 실제로는 다른 사람을 무섭게 불타오르게 할 수 있는 단어들은 말하지 말았어야 한다는 사실을 얼마 가지 않아 알게 되었다. 하지만 어쩌겠는가. 모르는 것은 모르는 것이다.

길버트는 복도 끝으로 가서 앤의 길게 딴 빨강 머리 끝을 잡아 팔을 쭉 뻗어 들어올리면서 날카롭게 속삭였다. "홍당무! 홍당무!"

앤은 즉각적으로 반응했다. 앤은 자리에서 뛰어올라 그의 이름을 부르며 석판을 그의 머리 위에서 부숴버렸고, 부서지는 석판 소리가 크게 났다. 그의 머리도, 그의 자존심도 정말 아팠을 것이다.

필립 선생님은 교육학의 화신이 되어 앤의 행동에 대한 벌을 내렸고, 그 때 길버트 블라이드는 그가 얼마나 훌륭한 사람이 될 수 있는지 힌트를 보여주었다. 그는 앤이 폭발해서 일으킨 행동이 사실은 자기의 책임이라고 선생님께 "용감하게" 말했다. 우리의 길버트는 흐리멍덩하게 이야기하는 법이 없다. **다 제 잘못이에요. 제가 앤을 자극했어요.**

물론 그렇다고 해서 앤의 분노가 사그라지지는 않았다. 그리고 "계속 화내지는 마"라는 말로 끝난, 후회로 가득한 그의 사과도 앤의 분노를 꺽지 못하였다. 이후에 앤이 교실에서 강제로 그의 옆에 앉게 되었을 때 그가 미약하게나마 앤에게 작업을 걸어보았던 것도 그랬다. **길버트, "넌 사랑스러워"라고 적힌 분홍색 하트모양 사탕으로 모든 것이 최고의 상태가 될 거라고 생각한 거야?**

앤의 반응은 정말 대단했다. 그것에 대하여 앤은 일어나 분홍색 하트를 차분하게 손가락으로 집어서 바닥에 떨어뜨리고 구두 굽 아래에서 가루로 만들어 버렸으며 길버트에게 눈길도 주지 않고 자리에 다시 앉았다.

분명히 길버트는 앤과의 관계 회복을 위해 많은 노력을 하고 있었다. 하지만 그러한 노력 중에 분홍색 하트 사탕을 내미는 것은 침을 뱉어서 불을 끄려는 것과 같은 행동이었다.

이봐 친구, 너는 이제 피할 수 없게 된 거야. "홍당무"라는 말에 그렇게 큰 의미가 없다는 것은 알고 있지만, 그녀의 마음에 심각한 상처를 주었고, 이제 그녀의 발 아래에서 가루가 될 거야. 그녀의 영혼이 철갑을 둘렀어! 그렇게 앤은 계속해서 화를 냈다.

앤과 길버트의 이야기를 다시 보면서 나는 내 평생의 사랑과의 첫 만남을 떠올렸다. '내 평생의 사랑'이라는 말이 좀 남용되는 경향이 있기는 하지만, 여기서는 딱 맞는 말이다. 길버트처럼 내 사랑은 잠깐 반짝인 것이 아니었으며, 구내 식당 식탁을 가로지른 유혹의 윙크 같은 뜻밖의 매력에 대한 끌림과 함께 시작되었다. 바로 그 사랑을 찾기 전에 다른 몇몇이 지나갔다. 그 당시에는 그 남자아이들이 나를 완성시키고, 내가 갖고 있는 굶주린 고아의 심장의 고통을 멈춰줄 것이라고 생각했었다.

아무도 도일과 내가 이렇게 오래 사랑할 수 있을 거라고 생각하지 못했다. 우리는 서로 완전히 다른 세상에서 살다가 도시에 있는 대학에서 만났다. 그는 쭉 시골에서 살았고 술이 달린 산악용 모카신을 신고 양털 같은 턱수염이 있었다. 그는 조용하고 침착하며 평온한 사람이었다. 반면에 나는 시카고 시내의 높은 아파트에 사는 것을 좋아했다. 이로(역자 주: 그리스식 샌드위치) 냄새, 초콜릿 공장 냄새, 사이렌

소리, "택시!" 하고 부르는 소리, 그리고 끊이지 않는 사람들의 소리
가 좋았다. 도일은 멀리 황야에서 온 것처럼 문명에 지친 제레미아
존슨이었고, 나는 내가 사랑하는 도시에서 기뻐하는 매리 테일러
무어였다. 나는 잘 웃고 수다스러웠으며, 학교에서 사회활동위원회
일을 하고 있었다. 그는 남자합창단에서 베이스 파트를 불렀고, 컬
버트슨 홀 무대에서 기타를 연주했다. 도일과 로릴리는 이론적으로
맞지 않았다. 하지만 "오, 작업을 걸어오는 파란 눈과 빛나는 하얀
치아라니".

때는 1990년이었고 나는 풍성한 소매에 강렬한 꽃무늬가 있는
옷을 입고 거대한 미국인 소녀 인형처럼 행진하고 다녔다. 어느 날
저녁 시간에 누군가 그렇게 입고 다니는 내가 마치 소파 같아 보인
다는 참 슬프고도 진실된 이야기를 해주었다. 나는 조마조마한 마
음으로 "도일, 내가 소파처럼 보여?"라고 물었다.

"아니", 그가 말했다. 진주처럼 하얀 치아를 반짝이며, 말할 수 없
이 우스꽝스럽게 보이는 윙크를 보내며. "소파는 수평이잖아."

아주 파란 눈, 아주 하얀 치아, 그리고 우스꽝스러움까지? 나는
반해버렸다. 불행히도 도일은 나에게 반하지 않았다. 왜냐하면 그는
저녁 시간에 우리 식탁 주변을 계속 맴돌던 다른 남자와 내가 연애
중이라고 생각했기 때문이다. 사실 그 남자가 나에게 마음을 두고
있기는 했지만 나는 도시에 와 있는 제레미아에게 더 눈길이 갔다.

한 달 정도 밀당을 한 후에, 정확히 말하자면 내 입장에서는 한달 동안 당기기를 한 후에, 도일의 절친한 친구 카일에게 내가 도일을 좋아한다는 사실을 말해버렸다. 전형적인 중학생의 방법이라고? 정확히 그렇다. 이 방법은 통한다. 그렇기 때문에 전형적 일 수밖에 없는 것이다.

그 다음에 있었던 일은 시카고에서 성 패트릭 기념일에 벌어졌다. 그 날 우리는 미시간 호수의 올리브 공원에서 추위에 떨고 있었다. 도일은 소풍을 가자고 했고 나는 옷을 여러 벌 입어본 후에 내 친구 레이첼의 노란 케이블 니트 스웨터를 입고 나갔다. 물론 내 코트 속에 입었기 때문에 그가 보지는 못했다. 나는 첫 번째 데이트에 소파처럼 보이지 않기 위해 노력했다. 그는 베이글, 크림치즈, 보온병에 든 핫초코 음료를 꺼냈다. 그는 익살스러웠고, 나는 잘 웃었고, 우리 둘 다 이가 덜덜 떨렸다. 덕분에 대화는 많이 하지 못했다.

그래서 우리는 소풍을 그만두고, 써드 코스트 카페에 들어갔다. 카페 안에서 느낀 아늑함은 보헤미안 풍의 분위기와 잘 어울렸다. 나는 유리잔에 담긴 애플 시나몬 티를 마셨고, 그는 토라니 시럽을 넣은 커피를 마셨다. 음료의 열기가 모든 것을 따뜻하게 달아오르게 해준 덕분에 더 이상 이가 떨리지 않았다. 그래, 이제 시작된 것이다.

그날 디어본과 괴테 거리 사이 한 구석의 적갈색 건물 지하에 있는 카페를 내려다 본 사람이라면 두 대학생이 부산스럽게 음료를 홀짝거리고, 웃고, 듣고, 이야기 하고, 서로를 향해 몸을 숙이는 모습을 볼 수 있었을 것이다. 두 사람의 행복이 태어난 날이었다. 그리고 만약 그 모습을 본 사람이 예지의 능력도 있었다면, 이 두 사람이 스무 살을 더 먹은 후에 같은 카페에서 이번에는 금발머리 아이 두 명과 흑발의 소녀 한 명과 함께 앉아 오믈렛을 먹으며 아이들에게 그 카페에 깃든 추억을 설명하고 그 가족의 시작을 떠올리는 모습도 볼 수 있었을 것이다.

　　　　　　　　　　❦

　내가 도일을 갈망했던 것만큼, 길버트 블라이드와 앤 셜리의 러브 스토리에도 놀라운 갈망이 들어있다. 대부분이 길버트의 갈망이다. 그는 이 갈망이 얼마나 오랫동안 일방적인 것이 될지 알지 못했다. 계속해서 앤은 그를 무시했고 그는 앤의 마음을 얻기 위해 노력했다. 그리고 마침내, 그는 해냈다.

　루시 모드 몽고메리는 투표권도 갖지 못했는데, 매혹 당한 남자아이와 완고한 여자아이를 동등한 위치와 학문적 라이벌 관계로 설정했다는 것에 새삼 놀랐다. 많은 남자아이들에게는 반감을 일으킬 수 있는 앤의 총명함은 길버트에게 있어서 그녀를 더욱 사랑하게 만드는 것이었다. 그래서 앤은 그에게 무관심한 척 했지만, 사실 그녀는 학교에서 그를 이기는 것에 아주 관심이 많았다. 그렇게 둘은 왔다 갔다 했다. "자 이제 길버트가 철자 수업의 1등이다. 그러고 나면 앤이 그 빨강 머리를 흔들며 그를 눌렀다."

그녀가 그를 눌렀다! 그리고 길버트가 다시 그녀를 눌렀다. 시험마다, 문제마다, 두 사람은 서로에게 철을 단련하는 철이었다. 앤이 그정도로 바보만 아니었다면 이건 정말 재미있는 일이었을 텐데.

심지어 다이애나도 몇 번이나 중재를 하려고 했다. 한번은 토론동아리 발표회에서, 앤이 길버트에 대한 뒤끝이 너무 긴 것에 대해 잔소리를 했다.

이 문제에 관해서는 난 다이애나 편이다. 앤, 정말 좀? 길버트가 "라인 강의 빙겐(Bingen on the Rhine)"을 낭독할 때 도서관 책을 읽는 척하면서 그걸 듣고 있었지? 그가 "다른 소녀, 그런데 여동생은 아닌" 부분을 읽으며 앤을 보았을 때, 그녀는 모른 척 했다.

나는 앤에게 이렇게 소리지르고 싶었다. "에이번리에서 가장 매력적인 소년이 너를 남다르게 생각하고 있어! 우리가 지금 얘기하는 건길버트 블라이드라고. 이 아가씨야, 너 혹시 돌로 만들었니? 이건 어때? 도서관 책을 당장 덮고 그의 열정적인 갈색 눈을 바라봐. 하지만그에게 윙크하지는 마. 그가 단상 위에서 떨어질지도 모르니까. 미소를 약간 띠고 이 불쌍한 소년에게 희망을 한 조각 주도록 해. 그리고적절한 때에 마릴라의 자두 파이와 산딸기 음료를 먹으러 오라고 그를 초대해!"

하지만 앤은 "그 사람"에 관한 한 누구의 말도 듣지 않았다.

앤의 생명을 구하는 것이 그녀의 마음을 녹이는 촉매제가 된다는 것을 길버트가 알았다면, 배리 연못에 있는 하몬 앤드루스의 작은 배에서 매일 노를 저으며 기회를 기다렸을 것이다. 하지만 그가 정확한 장소로 정확한 타이밍에 노를 저어 가서, 마치 해양 복족동물처럼 쌓아 올린 다리에 창백해진 얼굴과 손으로 매달려 있던 앤을 끌어내렸을 때도 그녀의 마음은 녹지 않았다. 우리가 보기에는 용서하기에 충분한 행동이었다고 해도 말이다.

대신 그녀는 그가 안전하게 기슭으로 노를 저어 갔을 때, "흙투성이가 된 채 사납게" 배에 앉아서 배에서 내리도록 도와주려는 그의 도움의 손길도 거부했다. 그리고 그의 마음을 움직이는 사과와 그녀의 머리가 정말 예쁘다는 진실된 감정표현에도 또 다시 긍정적인 반응을 하지 않았고, 자비 대신에 뒤끝을, 연약함 대신에 자만심을 선택했다.

그녀는 그를 영원히 잃을 뻔 했다. 길버트 블라이드도 한계가 있는 법이다. 앤이 그의 사과를 받아주지 않고 절대 그의 친구가 되지 않겠다고 말했을 때, 그는 화가 났고 그건 당연한 것이었다. 그런데 그날 물이 빛나는 호수의 기슭에서 어떤 변화가 일어났다. 길버트는 몰랐지만, 부끄러움 반, 열정 반인 길버트의 눈빛을 보면서 앤은 무언가를 느꼈고 그녀의 고집 센 심장이 빠르고 이상하게 뛰었다.

자신의 자존심을 내려놓는 것이 앤에게는 자신의 세계에 크게 균열이 생기는 것일 수 있었다. 1년 정도 후에 앤이 매튜의 죽음 후에도 마릴라와 함께 할 수 있도록, 길버트는 자신의 삶에 있어서의 안정, 에이번리에서의 교사직을 향한 꿈을 모두 포기했다. 그때서야 앤은 마침내 자기 앞에 서 있는 용감한 기사를 보았다. 이것을 통해 나는 내 고집에 대해 생각해 본다. 나의 고집을 위해 영광이나 용기를 놓치진 않았던가?

이 부분에서는 미소가 지어진다. 앤이 마침내 그에게 고백하며 후회의 뜻을 보였을 때, 길버트는 필사적으로 그녀를 붙잡았다. (문자적으로는 앤이 손을 빼는데 "실패했다"고 나온다.) 5년 간의 교착 상태 후에 이 좋은 원수들은 좋은 친구들이 되었고, 아마 더 나아갔을 것이다. 왜냐하면 그 모든 기다림 끝에 길버트 블라이드가 손을 놓지 않았기 때문이다.

루시 모드 몽고메리가 빨강머리 앤 3권에서 "모든 사람의 인생에는 계시의 책이 있다"고 말했다. 나는 죽을 것 같은 쓰라린 밤에 그런 책을 읽었다. "도일… 도일은 어디있어? 도일은 괜찮은 거야?!" 나는 거의 정신을 놓고 쉬지 않고 도일을 부르고 있었다. 그는 병원에서 내 손을 잡고 바로 옆에 있었다.

네다섯 달 전에 나는 매우 절망적이었다.

매달 공과금을 처리하고, 여가 시간을 어떻게 보낼지 고민하고, 서로가 너무 다르다는 현실을 알게 되면서, 결혼 5년차에 나의 불평불

만이 시작되고 있었던 것이다.

놀랍게도 이 시기는 도일의 인생엔 열정이면서 나에겐 파멸과 같은 사냥 시즌과 겹쳤다. 우리는 나를 껴안아주는 것보다 사슴과 뛰는 것을 더 좋아하는 것 같아 보이는 도일의 행동 때문에 다투었다. 도시에서 자란 나는 새벽 4시 반에 일어나서 위장 부츠 위로 떨어지는 너구리 소변을 맞으며 암사슴이나 수사슴을 쏠 기회만 기다리며 몇 시간이고 추위와 비와 눈을 견디는 일에 매력을 느끼는 것을 도무지 이해할 수 없었다. 우리가 연애 중일 때 그의 부모님이 크리스마스 선물로 주신 석유로 만든 위장 옷을 입고 나도 한 번 따라간 적이 있었다. 매니토바 출신이다 보니 추위는 문제가 아니었는데, 그날은 비가 왔고 "아침"이라고 부르기에는 너무 이른 시간이었다. 나는 아침형 인간으로 살아본 적이 없었다. 그래서 나는 나무 한쪽에서 잠이 들었고, 비가 내 입 속에 떨어졌을 때 물에 젖은 암탉처럼 몸을 떨며 깨어났다. 명백하게 사냥은 내 취미가 아니었다.

8월 말부터 남편은 내가 다른 주제를 이야기하려고 할 때마다 따분해하며 사냥 외의 다른 것은 생각하지 않았다. 맞다. 나는 제레미야 존슨과 결혼 생활을 하게 되었고, 그와 영원히 함께 하기로 했다.

내가 그의 야외활동에 대해 불평하자 도일은 "아, 그렇지만 나랑 결혼하기 전에 이럴걸 알고 있었잖아"라며 나를 놀렸다. 하지만 사실, 어떤 사람도 '이럴걸' 알지 못한다. 진짜로 아는 것은 아니다. 진짜 선택은 앞으로 어떻게 될지 보이는데도 계속 나아갈지 여부를 선택하는 것이다. 그리고 그 때, '이럴걸' 알고도 선택하게 된다.

그 해 가을과 겨울, 나는 사냥을 싫어하는 마음보다 더 깊은 불안함에 빠졌다. 나는 소외되고 이해 받지 못하는 느낌을 받았다. 나는 도시에서 자란 메노파 캐나다 사람이었고 미국 시골의 침례교 가족과 결혼을 했다. (이 말에 상처받는 사람만 없다면 여기에 "총 쏘기를 좋아하는"이라는 말을 덧붙이고 싶다.) 결혼 5년 차에 나는 **집에서 멀리 떨어져 나온 내가 정말 이 가족, 이 남자에게 속해 있기는 한 건가?** 하는 의문이 들었던 것이다. 전혀 그렇게 느낄 수 없었다. 1월의 어느 날, 나는 병원 침대에서 가혹한 운명을 생각하며 뒷집과 옆집, 푸른 풀밭을 상상하고 있었다.

아마 핀니 할머니 차의 브레이크가 고장 났던 것 같다. 나는 아무 것도 기억이 나지 않았다. 우리 집에서 2초 정도 떨어져 있는 버튼가와 매디슨가의 교차로에서 빨간 신호등 아래로 내가 밀려났고, 시속 40마일의 속력으로 측면에서 부딪혔으며, 나의 무덤이 될 뻔한 일그러진 차 안에서 거대한 금속 집게가 나를 꺼내주었다고 한다. 도일이 차 사고 소리를 들었고 직감적으로 그것이 나라는 것을 알았다고 한다. 그는 담청색 사이테이션 자동차가 깡통처럼 찌그러지는 것을 보고 내가 죽었거나 온몸이 마비되었을 거라고 생각했다. 그는 두려움에 떨며 속절없이 난파된 차에서 내가 꺼내지는 것을 지켜볼 수밖에 없었다. 내 머리는 축 늘어져 있었고 피가 여기저기서 흘러나오고 있었다.

나는 성마리아 병원에 가서야 정신을 차렸고, 나는 도일밖에 생각
이 나질 않았다. **도일… 내가 너를 선택했어! 내가 너를 선택했다고!**
혼란 속에서도 나는 그도 다쳤을 까봐 무서웠고 나를 진정시키려는
그의 목소리와 내 손을 잡고 있는 그의 강한 손을 알아차리기까지는
시간이 걸렸다.

이 사고는 뼛속 깊이 새겨진 진실을 드러냈다. 나에게는 도일밖에
없다는 것이다. 그는 내 평생의 사랑이었고, 여기에는 그의 플란넬
셔츠, 사슴고기, 너구리 소변까지도 포함되었다. 머리 상처를 꿰매고
부러진 골반과 꼬리뼈가 치료되면서 결혼에 대한 나의 기대도 치료
가 되었다. 앤처럼 책에서 보던, 또 앤과는 달리 영화에서 보던 감상
적 로맨스를 떼어놓게 된 것이다. 우리의 문화는 로맨스나 흥분이 우
리의 구원자이자 구출자인 것처럼 말한다. 우리는 밸런타인데이 때
엠파이어스테이트빌딩 꼭대기에서 소울메이트를 찾으면 행복해지
고 완전해질 것이라고 생각한다. 앤처럼 나는 동화 속 사랑을 기대하
다 참된 사랑을 놓칠 뻔했다. (어쩌면 이것 때문에 조나단 크롬비의 죽
음이 우리에게 힘들었을 지도 모른다. 그는 우리가 바랐던 소울메이트
의 전형이었다.)

그런데 병원에서 여기저기 부러진 상태로, 반쯤 정신을 놓고 누워
있을 때, 멋진 나만의 계시의 책이 이건 거짓이라는 것을 알려주었
다. 나는 도일에게 속했고, 그와 함께 내가 모든 것을 나누고 있었다.
시를 읊으며 도시에서 세련되게 살길 바랐던 나의 환상은 이미 지나

간 물고기였다. 대신 내 엉덩이에서 경련이 일어날 때마다 매번 나와 내 골반을 조심스럽게 돌려줄 시골 사람을 얻었다. 그런 환상은 나의 생부모에 대해 가졌던 환상만큼이나 공허한 것이었다. 연기처럼 흩어지는 것이었고 현실을 보여주지 못하는 거울이었다.

이와 비슷하게 앤도 길버트가 장티푸스로 죽을지도 모른다고 생각했던 괴로운 밤에 그녀의 게시의 책을 읽었다. 밤새도록 잠을 이루지도 못했고, 아직은 그냥 친구로서만 대하던 길버트에게 찾아갈 수도 없었던 그녀는 "죄를 지으면 벌을 받는 것처럼 자신의 어리석음에 대한 대가를 치러야 한다"는 것을 깨달았다. 수년 간 그녀는 이런저런 사람을 조합하여 스스로 만들어 낸 키가 크고 짙은 머리에 잘생기고 수수께끼 같은 자신만의 로이 가드너(역자 주: 앤이 대학에서 만난 친구)인 퍼시벌 맬림플이라는 환영에 사로잡혀 있었다. 그리고 그녀가 어쩌면 길버트에게 자신이 그를 정말 사랑했다고 말하지 못할 수도 있다는 것을 알게 되면서 그런 속임수는 사라졌다. 마찬가지로 나도 도일이 나의 유일한 사랑이라는 것을 알게 되면서 행복, 소울메이트, 큰 소속감과 같은 내가 헛되게 붙잡고 있던 환상들에서 자유로워졌다.

레이첼 린드 부인의 말을 빌리자면, "삶이 있는 한, 희망이 있으며", 아침이 되자 앤과 길버트에게 기쁨이 찾아왔다. 마침내 앤은 벽난로, 고양이, 강아지, 친구들이 오고 간 흔적이 있는 집이라는 길버트의 작은 꿈을 함께 할 준비가 되었다. 그리고 드디어 독자들은 빨강머리 앤 세 번째 책 마지막 장에서 아름다운 짧은 키스를 추정할 수 있게 되었다. 길버트는 수 천 페이지에 걸쳐서 바라보기만 하다가 소망을 이루었고, 우리는 만족스러운 안도의 한숨을 쉴 수 있었다. 앤과 길버트의 러브스토리는 모든 것을 녹일 듯이 로맨틱하다. 정말 그렇다. 한편 나이가 들어가는 사람들에게 교훈을 주기도 한다. 그녀는 태양 모양의 다이아몬드나 대리석 복도에서 행복을 찾은 것이 아니고 우리도 그럴 수 없을 것이다. 앤은 자신의 결점을 숨길 필요가 없는 옆 집 소년에게서 행복을 찾았다. 우리가 우리의 길버트를 발견하면, 우리는 죽음이 우리를 갈라놓기 전까지 서로를 지키고, 바라보며, 서로에게 속한다.

06

클라라 맥닐 찾기

이 섬은 꽃이 정말 많이 피는 곳이다. 나는 벌써 이 섬을 사랑하고 앞
으로 여기서 산다는 것이 너무 기쁘다. 프린스 에드워드 섬은 세상에서
가장 예쁜 곳이라고 들었다.

—

앤 셜리, 『빨강머리 앤』

24년 전, 그리고 지금도 여전히 프린스 에드워드 섬은 문학적 유령
들이 일렁이는 곳이다. 나는 24년 전에 처음으로 세인트 로렌스 만에
위치한 그 섬에 가 보았다. 그곳은 그 아름다움과 위치 때문에 누군
가가 "Garden of the Gulf"라고 부르기도 했다.

내가 너무나 기대했던 그 곳으로의 첫 번째 여행은 내가 도일과 약
혼 중이었던 1991년에 있었다. 중학교 2학년 때 앤을 알게 된 후로
고등학교 때까지 그녀에 대한 나의 애착은 점점 더 심해졌다. 특히
1986년에 멋진 텔레비전 미니시리즈가 나오면서 더욱 그랬다. 대학
생이 되어서 다시 책 시리즈 전체를 읽을 때는 분홍색 연필로 특별히

놀라운 부분에 밑줄을 그었다.

그 중 하나는 빨강머리 앤 세 번째 책에 나오는 부분이었다.

"앤, 너에게는 절대 큰 슬픔이 오지 않았으면 좋겠어." 자기 옆에 있는 생기 넘치고 밝은 존재와 슬픔을 연결지을 수 없던 길버트가 말했다. 하지만 이것은 감정이 가장 고조될 수 있는 사람이 가장 깊은 감정의 골까지 추락할 수 있으며, 가장 강렬하게 즐거워할 수 있는 본성을 가진 사람이 가장 통렬하게 고통스러워할 수 있다는 것을 모르고 한 말이다.

24년이 흐른 지금, 나는 대학에 다니던 내가 마치 거울을 보는 기분으로 이 구절들을 보았다.

나의 부모님은 대학 졸업 선물로 프린스 에드워드 섬에 여행을 보내주었다. 아마 가장 멋진 졸업 선물이었던 것 같다. 누군가의 꿈을 실현시켜주는 것보다 더 의미 있는 선물이 있을까? 돈을 낭비하는 것처럼 보일 수도 있겠지만, 이건 정말 그렇지 않았다. 그 당시에는 지팡이 모양 사탕을 나눠주듯이 비행기에서 내리는 사람들에게 무료 항공권(할인권)을 나누어 주었다. 그래서 무료 항공권(할인권) 한 장과 200달러 정도만 있으면 전부 해결이 되었다.

앤에 미친 친구 스테파니와 함께 여행을 떠났다. 우리는 카리부, 노바 스코티아, 우드 섬, 프린스 에드워드 섬 사이로 배가 지나갈 때 손을 꼭 잡고 있었고, 처음으로 섬을 보았을 때는 숨이 멎을 것 같았다. 쌀쌀한 5월의 오후였고 오래된 절벽과 백랍색이 나는 파도는 우리가 상상했던 것보다 더 아름다웠다. 우리는 아주 "상상력이 풍부한" 소녀들이었는데도 말이다.

우리는 배에서 내리자마자, 에이번리의 배경이 된 루시 모드 몽고메리의 고향인 캐번디시와 그곳에 있는 물이 빛나는 호수 민박집으로 향했다. 우리가 처음 만난 유령은 레이첼 린드 부인이었다. 루시모드 몽고메리가 레이첼 린드 부인의 모델로 삼은 사람이 우리가 머무는 바로 그 집에 살았다고 한다. 나는 그녀가 옷장 문을 열고 나와 나에게 손가락을 흔들며 "아이야, 너는 너무 부주의하고 충동적이야"라고 말하기를 반쯤 기대했다. 그런 일은 없었지만 자기주장이 강한 그 여인이, 그녀의 집에서 아침을 먹고 붉은 흙이 덮인 해안과 멀리 있는 멋진 파도의 흰 물결을 감상하는 우리 가까이에 있는 것 같았다.

스테파니와 나는 다른 많은 앤의 순례자들처럼 앤을 찾기 위해 섬에 간 것이었지만, 우리는 오히려 작가의 더 거대한 이야기에 빠져 우리 자신을 잃어버렸다. 루시 모드 몽고메리가 가졌던 고아의 마음은 또 다른 버림받은 사람에 대한 아이디어를 불러일으켰고, 그녀는 그 사람에게 자신은 거부당했던 모든 것을 주었다. 이 사실이 내 마음을 울렸다.

우리는 루시 모드 몽고메리의 걸음을 따라갔다. 그녀의 요람에서 (프린스 에드워드 섬의 클리프턴에 있는 그녀의 생가) 출발해서 캐번디시에 있는 그녀의 화려하게 장식된 무덤까지 갔다. 묘지를 돌아다니는 우리의 소녀같은 마음은 흥분되었고, 루시 모드 몽고메리가 열정적으로 사랑했던 허먼 리어드의 무너져가는 묘비도 찾아보았다. 민박집 여주인은 허먼의 무덤을 그만 쳐다보라고 말했고, 그녀가 들려준 허먼에 대한 이야기가 끝나갈 쯤에는 우리 눈이 휘둥그레져 있었다. "그가 정말 루시 모드 몽고메리 평생의 사랑이었어. 남편 이완이 아니라." 그녀가 말했다.

허먼 리어드와 루시 모드 몽고메리는 그녀가 그의 가족 농가에 교사로 오면서 만났지만 둘의 관계는 곧 뜨거운 화산과 같은 상태로 빠르게 발전했다. 그는 지독히도, 정신이 아찔할 만큼 잘생겼고 알려진 바에 따르면 두 사람은 서로에게 매료되었다. 하지만 그녀는 그가 자신의 지적 측면에 맞춰줄 수 없다는 것을 깨닫게 되었다. (그녀가 어떻게 알게 되었는지는 나도 모르겠다. 둘 사이에 별로 많은 대화가 오갔던 것 같지는 않다.) 또 소문에 따르면 허먼은 그녀에게 그녀가 "너무 야심이 많다"고 말했다고 한다. 그 시대에는 불행하게도 이것이 일반적인 사고방식이었다. 그래도 우리는 불쌍하고 멋진 허먼을 계속해서 사랑하기로 했다. 왜 이 사랑스러운 신사는 더 잘 할 수 없었을까! 그는 분명히 그 시대의 희생양이다!

루시 모드 몽고메리는 이 관계를 1898년에 끝냈고, 2년도 채 되지 않아 그의 나이 26세에 허먼은 폐렴으로 죽었다. 그녀는 평생 그를 위해 슬퍼했다. 약간 소름 돋는 이야기라는 생각이 들지 않나? 앤이 여기 끼어든다면, 그녀는 연극 톤으로 한숨을 쉬며 "너무 비극적이게 로맨틱 해..."라고 말할 것이다.

스테파니와 나는 불쌍한 허먼이 낙담하여 죽은 것이라는 소문을 강하게 믿는다. 당연히 그랬을 것이다! 그것 말고 어떤 이유로 그가 그렇게 일찍 죽었겠는가? 우리는 그 어떤 다른 이유도 없다고 생각한다. 한편 루시 모드 몽고메리는 그녀의 길버트, 즉 그녀의 글쓰기 활동을 지지해줄 남자를 찾지 못했다. 견딜 수 없을 만큼 슬픈 일이다. 우리 남자들은 우리의 작품을 열정적으로 응원해주었다. 사랑하는 루시 모드 몽고메리가 삶을 함께 하는 남자의 열렬한 지원 없이 글을 쓰는 모습을 상상하는 것은 고통스러운 일이었다.

어느 날 저녁 우리는 스웨터를 입고 프린스 에드워드 섬 국립 공원의 캐번디시 해안을 따라 걸었다. 우리는 모래 언덕을 기어 올라가 꼭대기에 서서 태양이 바닷속으로 사라지는 모습과 하늘이 빨강, 분홍, 금빛 색조로 물드는 모습을 보았다. 그 순간 육지에서만 살았던 우리 두 소녀들은 앤이 바다는 "보이지 않는 모든 것을 보이게 하는 은빛 그림자이다. 우리가 수백만 달러와 셀 수 없는 다이아몬드를 갖고 있었다면 바다의 사랑스러움을 누릴 수 없었을 것이다"라고 말한 것을 이해하게 되었다.

축복 같았던 5일동안, 스테파니와 나는 우리가 사랑하는 이야기와 맺은 약속을 지켰다. 클리프톤에 있는 루시 모드 몽고메리의 생가에서 그녀의 오래된 타자기를 관찰하고, 그녀가 조부모님 아래서 자랐던, 여전히 아름답게 보존되어 있는 캐번디시의 집에서 그녀가 빨강머리 앤을 쓰면서 바라보았을 전망에 감탄했다. 집에서 운영되는 서점은 그녀의 조카 존 맥닐과 그의 아내 제니가 운영하고 있는데, 장서가들에게는 축제의 장소이다. 루시 모드 몽고메리는 스스로를 "책고래(독서광)"라고 표현했다. 책을 "거부"할 수가 없다는 뜻이다. 그곳이 잉크와 종이와 이야기의 성지가 될 것을 알았다면 그녀는 황홀경에 빠졌을 것이다.

우리는 연인의 오솔길(Lover's Lane)과 유령의 숲(Haunted Wood)도 산책했고, 앤이 가장 많은 사랑을 느낀 장소인 초록지붕 집의 모태가 된 루시 모드 몽고메리의 사촌의 집, 은빛 숲의 집(Silver Bush) 밖에 있는 은빛 연못, 물이 빛나는 호수 기슭에 경건하게 앉아있기도 했다.

내 집 같은 편안함 때문이었는지, 은빛 숲의 집에서 나의 생부모, 특히 생모에 대한 그리움과 궁금증이 루시 모드 몽고메리가 자신의 어머니를 갈망했던 것과 교차하는 기분이 들었다. 6개월 후에 내 결혼식이 있을 예정이었다. 걱정으로 가득한 이 중요한 행사는 나를 온갖 종류의 깊은 사색에 잠기게 했다. **늦지 않게 나의 첫 번째 엄마를 찾아서 결혼식에 초대할 수 있을까? 엄마가 오고 싶기는 할까?** 내 생각은 계속 돌고 돌아, **당연히 엄마도 자기가 낳은 첫째 아이의 결혼식을 보고 싶으시겠지!** 하는 생각에 이르렀다.

하지만, 만약 그렇지 않다면 어쩌지?

나는 이전보다 더 나의 뿌리에 대해 숙고하고 있었다. 13살 때 우리 부모님은 나의 원래 출생증명서를 주셨고, 원래 내 이름은 샬린 루디네스카(Charlene Rudineska)라는 것을 알게 되었다. 나는 한동안 이것에 집착했고, 위니펙 전화번호부에서 이 이름을 찾아냈다. 그리고 몇 개 안 되는 전화번호를 알아냈다. 그 중 몇몇 번호로 전화를 걸었고 누군가 받으면 미친 사람처럼 전화를 끊었던 것 같다. 하지만 이 집착은 자연스럽게 내가 10대의 삶에 집중하게 되면서 사라졌다. 그런데 이제 내가 다시 생각하고 있었다. **루디네스카 씨는 나를 어떻게 생각할까? 이제 그녀의 성이 바뀌었을까?**

단서들은 있었다. 내가 프린스 에드워드 섬으로 여행하기 5달 전에 크리스마스 방학을 맞아 아빠의 서점에서 일을 돕고 있을 때, 나를 더 궁금하게 만들고 더 깊이 조사하게 이끈 두 가지 일이 있었다. 어느 날 저녁 나는 계산대 앞에 서 있었고 한 손님이 나에게 1달러 수표를 내밀었을 때 그대로 얼어버렸다. 수표 아래 쪽에 검은 잉크로 또박또박 쓴 대문자, 루디네스카라는 글자가 적혀 있던 것이다. 나는 자동 장치를 열어 계산을 끝냈지만 내 머리는 바퀴처럼 빙빙 돌고 있었다. 나는 그 수표를 간직했고, 이게 무슨 뜻일지 고민했다. 그건 마치 허깨비 같은 이 가족이 정말로 시공간 속에 존재한다는 잉크로 쓰여진 신호이자 증거 같았다.

또 다른 단서는 더 크고 더 내용이 많았다. 역시 아빠의 서점에서 드러났다. 그리고 이 힌트는 내가 이 문제를 풀기 위해 나아갈 방향을 알려주기도 했다. 어느 날 저녁 내가 일을 하러 나갔을 때 계산대 왼편에 시내에서 있을 여자 기독 사업가와의 오찬을 홍보하는 포스터가 차곡차곡 쌓여있었다. 그 사람은 제인 루디네스카였다. 다시 한 번 나는 그 이름을 뚫어져라 보면서 강한 충격을 느꼈고 다른 것은 쳐다볼 수도 없었다. 그녀는 미국 상원의원에 해당하는 입법의회의 구성원이었다. 그녀는 "시장에서 믿음으로 살기"라는 주제로 연설을 할 계획이었다. 닭고기 샐러드와 초콜릿 케익이 제공될 예정이었다. 입장권은 1인당 20달러였고 현장에서 또는 포스터에 적힌 전화번호로 전화를 해서 살 수 있었다.

모든 것이 들어맞았다. 나는 항상 생모를 어깨 패드가 들어간 정장을 입고 시내의 세련되면서도 멋진 아파트에 사는 출세 지향적인 사람으로 상상했었다. 아마 내가 언젠가 전문직 여성이 될 것으로 상상했기 때문인 것 같다. 내가 맞을까? 그 여자의 사진은 없었지만 나는 곱슬거리는 머리와 짙은 화장 아래 능력과 따뜻함을 갖춘 사람을 떠올렸다. 정말 **그녀**일지도 몰랐다.

그녀는 정치적 성향을 가지고 있었다. 나도 7살 때 내 남동생과 함께 피에르 트뤼도 총리에게 사진을 찍어달라고 부탁했을 때부터 정치적 성향이 있었다. 우리 엄마는 아빠의 오랜 친구가 운영하는 시내 미용실에 우리를 데려갔었다. 그 분은 미용용품 판매원이던 시절부터 엄마에게 할인가 혜택을 주셨었다. 미용실이 있던 호텔에서 트뤼도와 그의 수행원들이 우리를 지나갔고, 수행원 중 한 명이 우리를 막아섰다. 고작 7살이었던 나는 총리가 매우 매력적이고 따뜻하다고 말했다. 총리는 우리 엄마에게 자녀들이 예쁘다고 말했고 그가 나를 볼 때 그의 눈이 반짝였다. 나는 빨리 커서 그를 위해 투표를 하고 싶었고, 특히 선거철이 되면 그가 활동하는 곳에 열심히 따라다니고 싶었다.

제인 루디네스카는 트뤼도의 자유당에 속해 있었다. 모든 것이 미리 예정된 것 같았다. 제인이 내 생모가 아니라면, 적어도 내 친척은 될 것이라는 확신이 들었다. 그녀는 내가 전화번호부에서 보았던 몇 안 되는 루디네스카 중 한 명이었다. 하지만 나는 그 오찬에 참석하여 제인을 만나지 않았다. 그 때는 왜 그랬는지 몰랐다. 나는 아직 준비가 되어있지 않았고, 내 머리 속에서 뒤로 밀어두었다. 내가 미래에 이 단서를 좇아갈 준비가 될 때까지 제인의 이름과 직함을 한 쪽으로 치워두기로 했다.

루시 모드 몽고메리가 그녀의 어머니를 찾았던 단서는 달랐지만 연결고리와 관계 형성을 갈망했던 것은 나와 같았다. 그녀가 21살이었을 때, 그녀의 어머니 클라라 맥닐 몽고메리는 결핵으로 죽게 되어, 시골 상인이었던 그녀의 아버지에게 루시 모드 몽고메리를 맡겼다. 그 당시 일반적인 관습대로 휴 "몽티" 몽고메리는 어린 딸을 클라라의 부모님께 떠넘겼다. 바로 루시 모드 몽고메리의 맥닐 할머니 할아버지에게 말이다.

루시 모드 몽고메리의 묘사로 세련되게 복제한 듯한 초록지붕 집도 어떤 충직한 느낌을 주지만, 커스버트의 집의 정신을 담고 있는 것은 은빛 숲의 집이었다. 흰색과 초록색으로 이루어진 1872년의 이

농촌 주택에 존 이모부와 애니 캠벨 이모와 사촌들을 방문하러 온 루시 모드 몽고메리는 평생 받을 사랑을 다 받은 것처럼 느꼈다. 사촌들과 뛰어다녔고, 웃었고, 찬장에서 야식을 꺼내 먹기 위해 조용히 아래층으로 내려오기도 했다. 그녀는 은빛 숲의 집에서만큼은 어린아이가 될 수 있었다. 이곳 사람들은 그녀를 원했고, 그녀는 이곳에서 환영 받았다.

스테파니와 나는 은빛 숲의 집을 방문하고서, 그곳이 루시 모드 몽고메리와 그녀 가족의 연관성에 대한 정보의 샘이라는 것을 알게 되었다. 문과 계단은 삐걱거렸고 벽지는 구김이 가고 군데군데 얼룩져 있었다. 오래되고 거대한 흑색, 은색의 난로가 마치 왕좌처럼 입구에 있었다. 그 옆에는 방의 중심을 차지하고 있는 낡고 연한 청색 서랍장이 있었다. 루시 모드 몽고메리가 구전되어 온 그녀의 가족 이야기에서 따온 이야기로서, 그녀의 책 중 가장 사랑 받는 책인 『이야기 소녀(The Story Girl)』에 들어가 있는 이야기 "레이첼 워드의 파란 서랍장(The Blue Chest of Rachel Ward)"에 나오는 바로 그 서랍장이라고 들었다. 우리 가이드는 신부 레이첼 워드의 이야기를 다시 들려주었다. 그녀는 결혼식 날 신랑에게 배신당한 분노로, 빛나는 웨딩 드레스를 입은 채 쿵쿵거리며 밖으로 나가 웨딩 케익을 앞마당에 묻어버렸다. 그녀는 신랑이 체포되어 채무자의 감옥에 갔했다는 소식은 듣지 못했다. 사랑하는 이를 잃고, 버림받고, 혼자 남겨진 레이첼은 또 다른 종류의 고아였다.

우리는 흥미롭게 서랍장에 들어있는 것을 보았다. 레이첼의 이야기에 나오는 아이보리색과 금색으로 만들어진 이상적인 드레스, 정교하게 생긴 삶은 달걀을 올려놓는 컵, 그녀가 혼수로 장만한 린넨 제품들이 지금은 유리 안쪽에 보관되어 있었다. 나는 크게 분노하고 있는 신부가 쿵쿵거리며 돌아다니고, 삽질을 하며 흙덩어리들을 던지고, 케익 장식에 독이 들어있기라도 한 것처럼 그 불쌍하고 죄 없는 케익을 구덩이에 던지는 것을 상상해보았다. (하객들이 화려한 옷을 입고 둘러 서서 "네가 화난 건 알겠지만, 그 케익은 레몬 커드로 가득한 걸"하고 생각하는 모습도 상상해 보았다.) 그녀는 드레스를 찢고 혼수로 가져온 파란 서랍장에 드레스를 처박아 넣고, 이 세상이 끝나는 날까지 아무도 그 상자를 열지 말라고 했다. 40년 동안 아무도 감히 그것을 열 수 없었는데, 당시 유명한 작가였던 루시 모드 몽고메리가 여전히 결혼하지 않은 늙은 신부에게 매우 조심스럽게 이 이야기를 꺼냈다. 그녀는 루시 모드 몽고메리에게 여는 것을 허락하면서 "지금까지 아무도 열지 않았다니, 믿기지가 않네"라고 말했다. ("지금까지 아무도 열지 않았다니, 믿기지가 않네"라니, 정말 의미심장하지 않은가?)

정말 대단한 책벌레 괴짜이다! 우리는 루시 모드 몽고메리의 "놀라운 성(wonder castle, 역자 주: 그녀는 은빛 숲의 집을 이렇게 불렀다.)"의 삐걱거림 사이로 레이첼의 광택나는 스커트가 격앙된 채 마루 바닥을 쓸며 바스락거리는 소리를 들을 수 있을 것만 같았다. 이런 생각은 등골을 오싹하게 만들었다. 왜냐하면, 우리가 머무는 동안 그녀가 정말 벽에서 희미하게 보이는 유령의 모습으로 나타났다면, 이 유령은 삽을 들고 있었을 것이고 삽을 사용하기 두려워하지 않았을 것이기 때문이다. 더욱이 밖은 어둡고 비가 내리고 있었다.

하지만 은빛 숲의 집은 매력적이었다. 얼마나 사랑스러운지? 왜 루시 모드 몽고메리가 여기서 자신이 인정받고 발견된다는 느낌과 자신이 중요하다는 느낌을 받았는지? 이해할 수 있을 것 같았다. 나의 생모에 대한 생각이 떠오르면서, 어린 루시 모드 몽고메리가 이모 애니 캠벨에게 자신의 어머니에 대해 묻고, 그녀가 들려주는 모든 일화가 천국과의 금빛 연결고리인양 그것을 음미하는 모습을 상상했다.

그러나 애니 이모가 그녀에게 어머니와의 가장 소중한 연결고리를 제공한 것은 아니었다. 은빛 숲의 집 벽에는 그녀의 일기에서 인용한 문구가 액자에 걸려 있는데, 정말 신성한 이야기를 담고 있다.

나이 많은 부인이 말했다. "하루는 내가 클리프톤에 있을 때, 너희 엄마를 보러 갔었단다. 그녀는 나를 위해 문을 열어주었고 '당신을 볼 수 있어 너무 기뻐요. 나는 완전히 혼자 있고 누군가 오지 않으면 도저히 못 견디겠다고 생각하던 참이었어요'라고 외쳤지."

"그래, 내가 지금 왔고, 너를 도와줄 수 있어"라고 내가 말했어.

"무슨 문제야?"

클라라가 답했어. "오, 어린 루시 모드가 오ー늘 너무 예쁘고 사랑스러운데 휴 존이 멀리 가서 내가 이 아기를 예뻐하는 것을 함께 해줄 사람이 없다는 거에요!"

나는 나이 많은 부인이 곧 흙으로 돌아갈지도 모르는 그녀의 깊은 기억 속에서 나에게 진주와 같은 이 이야기를 끄집어 냈을 때 수백만장자가 된 기분이었다. 내가 이것을 놓칠 수도 있었다니!

나는 미소지었다. **이 아기를 예뻐하는 것을 함께 해줄 사람이 없다는 거에요!** 나는 루시 모드 몽고메리가 『빨강머리 앤』 세 번째 책에서 앤의 잃어버린 엄마에 대해 비슷한 보물을 앤에게 주었던 것을 떠올리며 기뻐했다. 그녀의 갈망을 이해할 수 있었다. 여러분이 여러분을 낳은 어머니 품에서 자라지 못한다면, 당연히 온갖 궁금함이 밀려올 것이다. 제자리에 끼워 맞춰야 하는 퍼즐 조각 같은 것이다. 루시 모드 몽고메리가 어머니에 대한 이 이야기를 들었을 때, 꼭 필요한 조각이 자기 자리에 맞아 들어갔다. 그녀의 어머니는 그녀를 소중하게 여겼다.

어떤 사람들은 평생 그 잃어버린 조각, 그러니까 잃어버린 어머니를 찾아 헤매지만 실망만 하게 된다. 더 나쁜 경우에는 알게 된 사실로 인해 더 심하게 부서진다. 잃어버린 어머니들 중 일부는 죽었거나, 일부는 스스로를 파멸시켰고, 그래서 자녀를 포기하도록 강요 받았거나 그렇게 선택했다. 잃어버린 사람을 아예 보지 못하는 것과 찾았으나 기대에 못 미치는 것을 알게 되는 것 중 어떤 것이 더 낙담이 될까? 일부 생모들은, 그리고 대부분의 생부들은 그냥 아이가 자기를 찾지 않기를 바란다.

내 딸과 나는 운이 좋은 경우이다. 내가 기억하는 한 우리 부모님은 나의 생모가 나를 사랑했고 나를 포기한 것이 그녀의 희생적 선택이었다고 알려주셨다. 우리 엄마, 아빠가 들려준 이야기는 이것이었다. 두 분은 이렇게 믿으셨고, 성화를 전달해주듯 나에게도 이 믿음을 전해주셨다.

수년 후에 피비의 생모와 함께 했던 사회복지사 써니는 젊은 여자가 피비를 어떻게 지켰고, 얼마나 사랑했으며 그녀를 위해 얼마나 울었는지 알려주었다. 나는 이 횃불을 피비에게 전해줄 것이다. 나는 루시 모드 몽고메리도 알았을 것을 안다. 우리의 원래 엄마는 우리를 사랑했다. 언젠가 피비가 이 횃불을 받아들이길, 이것을 들고 전진하길, 그리고 이것으로 인해 그녀의 영혼 깊은 곳까지 따뜻해지길 기도한다.

루시 모드 몽고메리를 클라라 맥닐과 연결해주는 사람이 애니 이모였던 것처럼 제인 루디네스카는 나와 생모를 연결하는 중요한 고리였다. 도일과 내가 결혼하고 몇 년이 지난 후에, 나는 나의 뿌리를 찾아갈 준비가 되었다. 나는 제인을 다시 조사하기 시작했다. 알고보니 제인은 나의 생모의 친척 중 한 사람의 전처였다. 제인은 나에게 천사였다. 그녀는 전남편의 친척들을 더 이상 보고 싶지 않았는데도 나의 의지를 이해했고 돕고자 했다. 그녀는 그들에 대해 아는 것을 나에게 알려주었고 나의 생모는 아마 가장 나이가 많은 아이였던 테오도라일 것 같다고 이야기해주었다. 또한 생모를 찾을 때 필요한 정부의 몇몇 형식적 절차를 단축할 수 있게 도와주었다. 매니토바 입양 후 사무국의 사회복지사가 나의 생모를 추적하여 찾았다. 그녀는 정말 테오도라 "도라" 스미스였고, 결혼 전 성은 루디네스카였다.

나는 즉시 그때까지의 나의 삶에 대한 두서 없는 편지를 도라에게 썼다. 편지에는 조금의 적의도 없었다. 왜냐하면 나에게 정말 적의가 없었기 때문이다. 그녀에게 우리 부모님, 내가 자란 사랑 많은 가정, 친척들에 대해 썼다. 그리고 이 모든 것에도 빠진 조각이 있었고, 그 조각이 바로 당신이라고 썼다. 매니토바에 있는 사회복지사는 도라가 전화를 받고 매우 충격을 받았고, 아주 우호적이지는 않다고 했다. 지금은 그녀의 반응과 당황한 마음을 이해할 수 있지만, 그때는 그녀의 방어적인 반응에 내가 자기를 찾지 않기를 바랄지도 모른다는 생각이 들어 나의 불안감은 커져만 갔다.

도라의 답을 기다리는 몇 주는 거의 고문이었다. 나는 도라가 나의 친한 친구가 될 수 있을 것이라는 희망과 그녀가 나를 거부할 것이라는 두려움 사이를 매우 심하게 오갔다.

날 사랑할거야!

사랑하지 않을 거야!

아마, 어쩌면, 날 사랑한다고 할지도 몰라…

아마, 어쩌면, 날 사랑하지 않을지도 몰라…

　미시간 어드벤처에서 끔찍한 수상비행기 놀이기구를 타는 듯한 기
분이었다. 천천히 흔들리며 꼭대기에 올라갔다가 바닥을 향해 자유
낙하 하는, 결국은 죽을 것만 같은 놀이기구였다. (그렇다. 나는 그 놀
이기구를 정말 못 타겠다. 이제 다 큰 성인이 된 내 조카들에게 물어보
면 알 것이다. 그 아이들은 8살쯤인가 로리 숙모랑 함께 놀이기구를 탔
는데, 숙모가 죽을 것처럼 꽥꽥거리고 팔다리를 휘젓고 몸을 꼬면서 공
중에서 내리려고 하던 모습이 **정말 웃겼다**고 한다. 나는 이 이야기를 못
하게 해왔었지만, 한 번 물어보길 바란다. 그 아이들의 가장 소중한 어
린 시절 추억 중 하나이다.)

　그렇게 몇 주 동안 감정적 수상비행기 놀이기구를 탄 후에, 도라의
이름이 적힌 두툼한 편지봉투를 받고는 정말 크게 안도했다. 처음 몇
줄을 읽은 후에는 내가 이제 숨을 쉬어도 되겠다고 느꼈다. 도라는
나를 향한 사랑을 표현했고, 나는 새삼 세상이 평화롭고 질서정연하
다고 느꼈다. 이 재결합 문제는 내가 원하는 방식으로 이루어 질 것
이다.

　우리 둘 사이에 편지가 계속해서 오갔고 모든 편지에서 오랫동안
수수께끼 같았던 이 사람에 대한 새로운 사실을 알게 되었다. 열렬히
사랑에 빠지는 기분이었다. 도라는 수개월 동안 내 생각과 감정을 지
배했다. 나는 도라가 작가라는 것을 알게 되었다. (사람들에게 이 말

을 하자, 사람들은 다들 기절했다. 사람들은 모두 혈연적 관계의 힘을
보여주는 흔적을 좋아한다.)

내가 그랜드 래피츠 신문사의 연예부 기자로서 거친 록스타들과
아이스쇼 투어 중인 우아한 피겨스케이팅 선수들을 열심히 인터뷰할
동안, 도라는 열대우림에서 발견할 수 있는 야생버섯과 아름다운 꽃
에 대한 글을 썼다. 내가 데프 레퍼드나 스틱스의 무대 뒤에서 글을
쓸 자료를 수집하고 있을 때, 그녀는 견과류와 베리 종류를 찾으며
오지에 나가 있었다.

"그래서 당신이 작가가 되었군요"라고 사람들은 고개를 끄덕이며,
스톤헨지의 비밀이라도 해결한 것처럼 얼굴을 빛내며, 나에게 말한
다. 나는 이런 글쓰기 연결고리가 멋지다고 생각했지만 마음 더 깊은
곳에서는 사람들의 일반적 생각에도 불구하고, 이 연결고리가 내 인
생의 반쪽이 도라라는 것을 의미하지는 않는다고 생각했다. 이건 내
가 작가가 된 이유 중 한 조각이긴 했지만, 그건 사실 작은 부분이었
다. 나의 잠재적 가능성이 글자와 책으로 가득한 분위기 속에서 우리
부모님을 통해서 세심하게 자라나지 않았다면 글쓰기는 "학교 다닐
때 재주 좀 부릴 수 있었던" 쓰레기에 불과했을 것이다. 도라가 씨를
뿌리기는 했지만, 자라기 위해서는 매일매일 가꾸어주어야 했다. 나
는 우리 부모님, 특히 책을 판매하시는 아빠 에이브가 나의 글쓰기를
향한 꿈과 관련해서 가장 큰 비중을 차지했다는 것을 안다.

그렇다고 해도 나는 도라가 새, 이끼, 그리고 다른 야생의 주제들에

관해 보내준 편지들을 잘 보관했다. 어쩌면 내가 그렇게 보려고 해서 그런 것일지도 모르지만, 한번씩 그녀의 글의 흐름을 따라가다 보면 내 글의 흐름이 떠오른다. 마치 내 손이 이미 그녀의 리듬에 맞추어진 것처럼.

그리고 마침내 4년 후에 우리는 도라의 집이 있는 지역에서 직접 만났다. 나는 폭풍우 가운데 흔들리는 작은 비행기를 타고 브리티시 컬럼비아로 갔다. 안 그래도 떨리는 비행이었는데, 불과 몇 달 전에 불쌍한 존 F. 케네디 2세와 그의 아내 캐롤린이 바다 상공에서 비행기 사고로 죽었기 때문에 내가 죽는 상상을 하는 것은 전혀 어렵지 않았다. 비행기가 뜨자마자 멀미가 난 것은 당연했다. 그 순간이 너무 비현실적이고 너무 운명처럼 느껴져서 안 그래도 토할 것 같은 기분이 들었을 것이다. (원래 어머니를 만나는 것을 스포츠에 비유할 수 있다면, 엑스 게임과 같을 것이다.)

우리가 승강용 통로 밖에서 만났을 때, 도라는 팔로 나를 안았다. "우리 아기." 그녀가 나를 껴안을때 훌쩍이며 속삭였다. "우리 아기."

토템 조각과 불가사리의 도시이자 안개 낀 항구 도시인 도라네 동네를 여러분이 생모와 다시 만나는 장소로 추천하고 싶다. 우리는 숲길을 따라 오래도록 산책을 했고, 도라는 나무, 곤충, 그리고 그녀의 31살 먹은 어린 딸의 사진을 찍었다. 또 부두 주변을 거닐며 불가사리와 조개를 찾았고, 캐나다 원주민들이 경영하는 해안가의 작은 가게들에서 기념품도 샀다. 아침으로 머핀과 오믈렛을 먹고, 그곳 바다에서 잡은 연어를 도라의 멋진 남편 빌이 요리해주어 저녁으로 먹었다.

한편으로는 아름다웠지만 한편으로는 불편하기도 했다. 내가 살과 피를 나눈 엄마의 집에서 외부인처럼 느껴지고, 출신국가에서 외국인처럼 느껴졌다는 것을 이해할 수 있을까? 도라는 내가 편안하게 느끼게 하기 위해 최선을 다했지만, 그래도 무언가 불안정한 느낌이었다. 예를 들자면, 일과 후 휴식시간을 그곳에서 보낸다는 사실이 이상했는데, 왜 그랬던 것일까? 바다가 내려다 보이는 창 앞에서 레드 와인 한 잔을 즐기는데 무엇이 문제였을까? 아무 문제도 없었다. 하지만 주일 오후에 교회에 다녀온 후 CBC에서 방송하는 **Hymn Sing** (역자 주: 캐나다 위니펙의 CBC 방송에 나오는 텔레비전 프로그램)을 시청하며 휴식 시간을 보내는 가정에서 자란 사람으로서는 이것이 어려웠다.

최고의 위치에 있는 그 멋진 집에서, 나는 우리 엄마, 아빠 밖에 생각나지 않았다. 두 분은 토템 조각들도, 크루즈 배도, 불가사리도 없는 수백 마일 떨어진 곳에서 초록색과 흰색으로 만들어진 작은 방갈로 앞에 쌓인 눈을 치우고 계실 것이다.

우리 부모님은 도라를 찾고 만나는 모든 과정에서 나를 도왔다. 두 분은 원래 내 이름과 도라의 결혼 전 이름이 적혀 있는 출생증명서, 두 분이 알고 있었던 모든 정보를 빠짐없이 알려주었다. 지금 생각하면, 당시에 입양아를 둔 부모가 보통 숨기고 싶어했던 주제에 대해 엄마, 아빠는 열려 있었다는 점에서 꽤 시대를 앞서 간 분들이었다. 두 분은 바로 그 순간에도 우리를 위해 기도하거나 나와 도라에 관한 생각을 하고 계실 것 같았다. 도라의 집에서 두 분에게 전화를 했을 때, 왜 그랬는지 모르겠지만 갑자기 눈물이 났다.

프레드릭 부흐너(Frederick Buechner)에 따르면, 우리는 예상치 못한 눈물에 관심을 가져야 한다. 왜냐하면 "그런 눈물은 당신이 어떤 사람인지를 알려줄 뿐 아니라 그 눈물을 통해 하나님은 당신이 어디로부터 왔는지, 만약 당신의 영혼이 구원받았다면 이제 당신이 어디로 부름을 받았는지 알려주신다." 당시에는 몰랐는데, 하나님은 그 때 나를 내 뿌리에 대한 비밀로 불러 주셨다.

도라를 만날 수 있어서 정말 기뻤다. 그녀를 사랑했다. 바로 그 여행에서, 나는 이부 자매인 다니카와 처음으로 통화도 할 수 있었다. 그녀도 사랑할 수 있었다. 의문의 여지 없이, 이 가족은 내 삶의 풍경에서 중요한 자리를 차지하고 있었다.

하지만 프린스 에드워드 섬에서 떨어진 캐나다의 한 섬에서 무언가 새롭고 중요한 것이 명확해졌다. 하나님은 나의 모순되는 감정을 통해 나를 집으로 부르셨다는 사실을 알려 주셨다. 나는 내 사랑의 우선순위가 우리 엄마와 아빠와 남동생 댄에게, 그리고 우리가 함께 킹스턴 가에 꾸며놓은 집에 있다는 것을 깨달았다. 나의 대부분은 그 가정에 속했다. 나는 이 땅에서 내가 진짜 속한 곳을 찾아 브리티시 콜롬비아에 갔지만 내가 진짜 속한 곳은 항상 나와 함께 있었다는 것을 깨닫고 돌아왔다.

07

사랑하는 이를 잃고, 버림받고, 혼자 남겨진
(두 생모와 두 딸)

당신의 모든 이야기 뒤에는 당신 어머니의 이야기가 있다.
그녀의 이야기에서 당신의 이야기가 출발했기 때문이다.

미치 앨봄의 책, 『단 하루만 더』

언제나처럼, 내 친구 트로이는 정확하고 바른 사람이다. 트로이는 혈연관계라거나 입양에 의한 것은 아니고 우리의 선택으로 형제관계를 맺은 내 남동생이다. 나는 그를 "데이지 듀크(Daisy Duke, 역자 주: 1970년대 방영된 시트콤 "Duke of Hazzard"의 여주인공)"의 약칭으로 "데이지"라고 부른다. 이 별명은 몇 년 전에 그의 멋진 아내 줄리가 시내에 나가고 없을 때, 트로이만 아주 짧은 반바지를 입고 나와서 캐나다 데이(Canada Day, 역자 주: 캐나다 연방의 설립을 기념하는 날)를 같이 보내면서 생긴 별명이다. (나는 생선 배만큼 흰 그의 다리를 보지 않을 수가 없었다.)

우리는 15년 전에 아기들을 교회 영아부에 데리고 나오면서 만나게 되었다. 놀랍게도 트로이는 자신이 위니펙에서 왔다고 소개했고, 트로이도 내가 위니펙 제츠를 미친듯이 좋아했던 것만큼 자기도 위니펙 제츠를 사랑했다고 알려주었다. 그도 입양아였고 나보다 딱 10달 어렸다 (그의 모습을 보면, 나는 거의 치매를 앓을만한 노인이고 그는 통제할 수 없는 젊음으로 뛰어다니는 청년처럼 보일 지도 모르겠다). 또한 그는 부모님 중 한 분이 메노파였고, 이 사실이 가장 크게 다가왔다.

우리는 처음 만났는데도, 내가 자동차를 운전하지 않는다거나 교유기를 사용해 스스로 버터를 만들어 먹지 않는다는 설명을 할 필요가 없었다. 우리는 5분만에 서로를 완벽하게 이해하게 되었다. 독자 여러분이 이 부분은 이해해주어야 한다. 대부분의 사람들은 위니펙을 세련되고 아름다운 도시임에도 불구하고 알레스카에 속한 도시 정도로 생각한다. 대부분의 사람들은 한번도 들어본 적도 없고, 그랜드 래피즈보다 큰 도시라는 것을 모른다. 위니펙이 노스다코타와 미네소타 위쪽에 있다고 알려주면, 사람들은 "북쪽에 사는" 모든 사람들이 난로가 있는 천막집에 살며, 개썰매를 타고 여행하면서 드라이브스루 방식으로 비버 튀김을 주문해서 먹는다고 생각한다.

나와 고향, 종교, 응원하는 팀이 같은 트로이와 줄리는 윈스턴 처칠의 말처럼 절대 포기하지 않고 같이 나아갈 수 있는 소중한 사람이 될 것이라고 확신했다. 그리고 우리 두 가정 또한 서로에게 속할 수 있다고 느꼈다. 그들이 우리를 선택했고, 우리도 그들을 선택했다.

트로이는 호스피스의 유가족들을 상담해주는 사회복지사이다. 그는 현명하고 열정적이며 일을 잘 하는 사람이지만, 딱 한가지 바라는 것이 있다면 직장에서 적절한 바지를 입는 것이다.

최근 우리는 배우자들과 함께 결혼식 피로연에 가게 되었는데, 키예프 풍의 닭고기 튀김을 먹고 트로이가 라인댄스를 추는 잘못된 선택을 한 후에, 우리는 서로에게 베리나 권하며 즐기던 평소와는 달리 진지한 대화를 하게 되었다.

우리의 주제는 입양과 인종이었다. 우리 둘이 언제든지 이야기 나눌 수 있고, 언제든지 느낄 수 있는 주제였다. 우리 딸은 한국인이고, 그의 자녀는 아메리카 원주민의 혈통 일부를 이어받았다. 캐나다 정부가 보기에는 원주민신분(Status Indian, 역자 주: 연방원주민법에 따라 캐나다 정부에서 원주민으로 등록한 사람들에게 부여하는 신분)이다. 줄리는 흑인과 백인의 혈통을 모두 물려 받았고, 그래서 두 사람의 세 아들들도 이 인종의 피를 모두 물려받았다. 우리가 출석하는 교회에는 지금까지 언급한 인종들 모두가 있고, 아프리카계 사람들과 히스패닉계 사람들도 있다.

나는 그의 친구로서 이제 나이가 차서 위탁 가정에서 나와야 하는 테오라는 아메리카 원주민 아이에 대해 물었다. 이것은 미국의 노예제도와 캐나다 기숙학교(Canadian Residential Schools, 역자 주: 캐나다 정부가 후원한 종교계 사립학교로 토착민들을 유럽-캐나다식 문화로 동화시키기 위한 학교들이었다.)로 인한 거대한 상처들에 대한 대화로 이어졌다. 1880년대부터 1950년대까지 성공회와 가톨릭 교회 출신이었던 캐나다 정부 공무원들과 지도자들은 원주민의 자녀들이 부모와 아이들 모두의 의지와 다르게 기숙학교에 다니도록 강제했다.

북아메리카 대륙에서 가장 많은 아메리카 원주민들이 살고 있는 위니펙 출신으로서 나는 그런 기숙학교의 비극을 잘 알고 있었다. 그곳에서 원주민 아이들은 두려워하고 슬퍼하면서 유럽식-미국식 문화에 처박아졌다. 아이들은 스코틀랜드, 잉글랜드, 또는 독일에서 온 조상을 두고 있는 아이들처럼 보이도록 머리를 잘라야 했다. 모국어는 금지되었고, 누타("나의 심장")나 키치("용기")와 같은 전통적인 이름들은 앨리스나 에드워드 같은 이름으로 대체되었다.

이렇게 이름을 바꾸도록 강요하는 것은 수 세기에 걸쳐, 아프리카계 미국 노예들, 일제의 지배 하에 있었던 한국인들, 그리고 다른 문화에 의해 쓰러진 문화권에 살고 있던 많은 사람들에게 일어났다. 우리 아빠와 고모도 스탈린의 소련에서 히틀러의 독일로 떠나는 무서운 여행길에서 어릴 때 가졌던 히브리식 이름 아브람과 사라를 아돌프와 수지로 바꾸어야 했다. 1947년에 캐나다로 오면서 우리 아빠는 이름을 곧바로 아브람으로 바꾸었다. 하지만 나의 수지 고모는 이름을 다시 사라로 바꾸지 않았다. "사라라는 이름은 충분히 고통받았어." 고모가 말했다.

기숙학교에서 있었던 일들은 잔인했다. 특히 부모와 떨어져야 했던 어린 아이들에게는 더욱 그랬다. 나는 캐나다 원주민들을 사랑하고 그들의 고통에 대해 연민을 느낀다. 이전에 크리족 원주민들과 메티스 원주민을 위한 사회복지 일을 했던 트로이에 의하면, 그들의 고통은 마치 심장에 총알이 박힌 것 같은데, 그 고통은 세대를 거쳐 계속된다고 한다.

하지만 나는 내가 속한 메노파 사람들이 당한 고통도 잊을 수 없다. 그들의 대부분은 스탈린에 의해, 나머지는 히틀러에 의해 넌더리 날 정도로 고통과 충격을 받았다. 우리 아빠의 가족은 모든 것을 잃었다. 땅, 집, 살림, 소유물, 문화 등 모든 것을. 그리고 다른 많은 메노파 사람들처럼 이름도 잃었다. 우리 할머니의 어린 두 딸은 굶어 죽었다. 그 중 한 명은 우리 아빠의 쌍둥이였던 안나였다. 다른 수백만의 사람들의 피처럼 우리 고모 두 명의 피가 스탈린의 손에 묻어있다.

"메노파 사람들이 어떻게 그렇게 심한 피해를 입고도 난관을 극복할 수 있었는지 항상 궁금했어." 내가 트로이에게 말했다. "그런데 캐나다 원주민들 중 어떤 사람들은 과거에 있었던 폭력의 끔찍함을 있는 그대로 현재로 가져오고 있어." 성공회와 가톨릭 교회 그리고 캐나다 정부는 모두 기숙학교와 관련하여 원주민들에게 마음 깊은 곳에서 우러나온 사과를 했다. 수십 년이 흘렀고 그들의 고통은 널리 알려졌으며 가해자들은 용서를 구했다. 그러나 왜 이것으로 충분하지 않은 것일까?

많은 피해와 부당함을 경험한 트로이는 내가 아는 사람들 중 가장 긍정적이고 자애로운 사람이다. 타인을 향한 그의 동정심은 태양처럼 빛난다. 그는 하나님의 목소리만큼 온화하면서도, 강하고, 침착한 목소리로 대답했고 나는 그것을 잊을 수 없다. 그는 내가 퍼즐 한 조각을 놓쳤다고 말하지 않았다. 그는 나의 연민이 충분하지 않으며 내가 정치적으로 옳지 않다고 말하지 않았다. 트로이는 단지 그가 보고 있는 진실을 이야기해주었다. "내 생각에 중요한 점은 그들의 자녀가 그들의 의지에 반해서 떠나갔다는 거야. 누군가가 네 아이를 강제로 데려가는데 그것에 대해 네가 할 수 있는 것이 아무것도 없다면, 그건 정말 끔찍한 일 일거야. 어떤 사람들은 이걸 도저히 극복할 수가 없는 거지."

내가 머리로 그려보던 그림이 바뀌었다. 나는 딸을 빼앗기는 어머니가 소리 지르고, 울고, 굳은 표정을 한 정부 공무원들에게 아이를 데려가지 말아달라고 비는 모습을 보았다. 사람을 잃는 데에 단계가 있다면, 이 어머니는 지옥의 가장 깊은 곳에 있을 것이다. 그리고 내가 요나, 에스라, 피비를 꼭 붙들고 울며 소리지르면서 굳은 표정을 한 정부 공무원들에게 아이들을 데려가지 말아달라고 비는 모습을 상상해보았다. 이것은 내가 절대 극복할 수 없는 일이라는 것을 알았다.

자녀를 포기하는 어머니들에 대해 생각하면 아주 개인적인 두 가지 이야기가 떠오른다. 하나는 나의 생모 테오도라에 관한 것이다. 이 이야기를 떠올리게 되면, 내가 처음 그녀를 찾았을 때 그녀의 반응을 상상하고, 그녀가 나를 임신했을 때, 입양 서류의 답을 작성하고 나와 대화를 하고 수년 동안 편지를 주고 받을 때 그녀가 느꼈을 기분을 상상한다.

테오도라는 자신의 귀를 믿을 수가 없었을 것이다. 그녀는 부엌의 수화기 걸이에 전화기를 내려놓았다. 그 긴 시간이 흘렀는데, 어떻게 내가 드러났고 나를 찾을 수가 있었을까? 전화 반대편에서 부드러운 목소리로 말하고 있는 사회복지사에게 이것을 물었다. 그녀의 목소리는 날카로웠고, 조금 집요하기도 했지만, 그렇게 말한 것을 후회하고 있었다. 그녀는 단지 너무 두려운 것뿐이었다. 그녀가 27년 간 지켜왔던 견고한 벽이 무너지고 있었다.

그녀의 심장이 쿵쾅거렸다. 쿵, 쿵, 쿵! 그녀는 머리 속으로 밀려 들어오는 기억 앞에서 힘없이 부엌 의자에 털썩 주저앉았다. 곧 빌이 돌아올 것이고 그 전에 자기 자신을 추스려야 했다. 지금 가장 괴로운 것은 그녀가 가장 무서웠고, 혼란스러웠으며, 외로웠던 그 옛날을 다시 떠올리는 것이었다. 지금 자기 부엌에서 또 다시 완전히 무너져 내릴 것이 두려웠다. 하지만 그 기억을 떠올리지 않을 수가 없었다.

그 당시에, 그녀는 다른 많은 형제들보다 나이가 많았다. 캐나다의 한 대학교에 다니는 21살 학생이었다. 그녀가 고등학교를 졸업하자마자 지저분하고 가시가 많은 둥지와 같았던 집에서 날아올라 도시로 향한 후였다. 고향에서 3시간 정도 떨어진 위니펙은 그녀의 피난처가 될 수 있었다. 테오도라는 섬세한 사람이었고, 종종 지나치게 섬세하다는 이야기도 들었다. 이 섬세함은 사랑하는 아버지와 어린 동생들을 떠났다는 양심의 가책을 느끼게 했다. 동생들 중 가장 어린 아이는 3살이었다. 하지만 엄마와 떨어져 있을 필요가 있었다. 두 사람 사이에는 서로 부딪치는 음이온만 있는 것과 같아서, 서로에게 충전의 시간이 필요했다. 멀어지면 멀어질수록 좋았다.

운좋게도, 그녀는 똑똑했고 열심히 공부했다. 도시에 가면 이런 저런 일을 해서 스스로 학비를 대고 스스로의 인생을 꾸려나갈 수 있을 것이다. 친구들을 사귀었고, 룸메이트들의 도움을 받아 졸업을 하고 정말 완전히 독립할 때까지 이런저런 비용을 댈 수 있었다. 그리고 그녀는 믿음을 갖게 되었다. 가톨릭 교회는 그녀의 위안이고 안식처였다. 그녀는 가능한 한 자주 미사에 참석했고, 때때로 그녀는 수녀가 될 생각도 했다.

어느 여름 날, 톰이 테오도라의 삶으로 들어왔을 때, 그녀는 그에게 기대를 갖고 있지 않았다. 왜 그녀가 하필 다른 남자가 아니라 톰과 그 시시한 연애를 했을까? 빛나는 짙은 눈에, 흥미를 더해주는 짤막한 농담을 하고, 강인한 에너지를 가진 톰에게 그녀는 끌렸다. 둘 사이의 이온은 명백히 양이온이었고, 짧은 시간 안에 불꽃이 튀었다. 번쩍, 번쩍. 그런데 오늘은 불꽃이 튀었지만, 내일이 되니 사라져버렸다. 그랬다, 그녀는 불꽃으로 번쩍였지만, 이제 약간 화상을 입은 느낌이었다. 맨눈으로 봐서는 잘 보이지 않는 그을음이었다. 테오도라는 더 이상 이것이 낭만적이지 않았다. 그녀는 자기 자신을 분명하게 볼 수 있었다. 그녀가 공격하기 쉬운 대상이라는 것과 순진하다는 것, 그리고 그 큰 도시에서 외로움에 쓰러지게 되었다는 것을 알게 되었다.

장미빛 기억 속에서도 그랜드 비치의 일몰이나 모래 언덕 산책 또는 그 무엇이 됐든 아쉬운 것은 없었다. 그녀가 별로 신경 쓰지 않았고, 이것을 낭만적으로 생각하기에는 그녀가 충분히 사랑을 받지 못했다. 둘의 이야기는 러브 스토리가 아니었던 것이다. 물론 처음에 그녀가 그에게, 그가 그녀에게 강하게 끌렸던 것은 사실이다.

테오도라가 자신이 톰의 아이를 임신했다는 사실을 알게 되었을 때, 바닥이 꺼지는 느낌이었다. 그녀는 가라앉고 있었고, 아무도 그녀를 꺼내줄 수 없었다. 이 상황에서 가족에게 돌아가는 것은 바보같은 생각이었다. 안 된다. 그 문은 꽉 닫힌 문이다.

그녀가 톰에게 임신 소식을 알려주기도 전에 톰은 급작스럽게 그녀에게 이별을 선언했다. 그의 말투가 차가워진 것 뿐이었는데도, 테오도라의 느낌은 그가 그녀의 임신을 알고 있다고 말하고 있었다. 톰은 속내를 잘 드러내지 않았지만 그녀는 이 남자가 자신의 임신 사실을 알면서도 그냥 무시하고 있다는 것을 알아차렸다.

테오도라는 자신과 자신의 몸에서 자라고 있는 아이로부터 전속

력으로 도망 간 톰에 의해 버림 받았다. 그가 남긴 흙먼지 위에 그녀와 그녀의 아기만 남겨졌다. 걱정해 줄 아기의 아버지도 없고, 정중한 청혼도, 심지어 양육비도 없었다. 그녀는 그 어느 때보다 더 철저히 혼자였다.

그녀가 무엇을 할 수 있었을까? 그 때는 1967년이었다. 가톨릭 신자들은 혼외 임신을 하면 안 되었다. 만약 그렇게 되면 그 사실이 마치 국가 기밀처럼 새나가지 않도록 해야 했다. 그녀는 자신이 처하게 될 것이라고는 한 번도 상상해보지 못한 "곤란에 빠진" 소녀였다.

그러나 테오도라는 자기가 18살이 넘었고 스스로의 운명을 이끌고 갈 수 있다는 사실이 그나마 하나 있는 위안거리라고 생각했다. 부모님이 간섭하실 수 없을 것이고, 부모님에 의해 미혼모 시설에 강제로 들어가지도 않을 것이며, 부모님이 동생들에게 비밀을 지킬 것을 맹세하라고 하지도 않을 것이고, 그녀가 캠프 지도자로 일하고 있다거나, 위니펙에 계신 고모를 방문 중이라거나, 서스캐처원의 기숙학교에 다니고 있다거나, 전염성 강한 병을 앓고 있다고 사람들에게 둘러댈 필요도 없을 것이다.

이제 모든 사람들이 그녀가 난잡하다고 생각할 것이다. 수녀원에 들어가기를 꿈꾸었던 단정한 가톨릭 소녀가! 낙태는 불법이었지만 그녀가 스스로 알아볼 수 있는 밀실 수술은 있었다. 하지만 생명을 없애겠다고 생각하는 것은 지금 그녀의 상황보다 더 나빠 보였다. 테오도라는 이 생각을 하면 구역질이 났다. 그녀는 아기를 입양 보내는 선택지 밖에 없었지만, 그 생각도 너무 괴로웠다.

테오도라의 임신 사실은 헐렁한 드레스와 수치심으로 오랜 기간 동안 비밀에 묻혀있었다. 그녀는 키가 크고 말랐다. 그래서 6개월 정도가 되기 전까지는 표시가 나지 않았다. 그녀는 아기를 보호하고 싶었다. 이 어린 것이 "사생아"라는 말을 듣게 될 것이라니! 그녀의 임신으로 인해 자라고 있는 작은 영혼이 이미 부패한 존재로 결정되었다고 세상이 말하는 것만 같았다. 하지만 테오도라는 자기 아기가 죄가 없으며, 순수하다는 것을 알았다. 이 아기는 그런 나쁜 오명에서 벗어나 살 권리가 있었다.

입양 관계자들을 만나러 갔을 때, 그녀는 쾌활한 태도를 취했다. 짙은 갈색 머리를 깔끔하게 빗고 옷에도 신경을 썼다. 테오도라는 자신이 할 수 있는 최선을 다해 그들의 질문에 답했다. 그녀에 대한 질문은 어렵지 않았다. 그녀는 부모님의 직업이나 인종에 대해 줄줄이 말했다. (나중에 아기와 다시 만났을 때, 사회복지사들이 양부모가 될 사람들의 성향에 맞게 그녀의 인종 관련 정보를 압축해서, 그녀의 부모님 중 한 분이 "독일인"이라고 적었다는 것을 알게 되었다.) 그래, 그녀는 가족과 긍정적인 관계를 맺고 있는 것이다! 사회복지사는 만족스럽다는 듯이 미소를 지었다. 물론 그녀의 가족은 3시간 떨어진 거리에 살고 있는 큰 딸이 임신을 했으며, 사회복지사에게 그들에 관한 정보를 주고 있다는 사실을 까맣게 모르고 있었다.

톰에 관해서는 최대한 희망적인 답을 하려고 했다. 그녀는 그들에게 자신이 톰에 대해 진짜 어떻게 생각하고 있는지 말하고 싶었다. 하지만 이 정보로 그녀의 아기가 좋은 가정에 입양되는 것을 방해한다면? "그는 멋진 사람이었어요." 그녀는 부드럽게 사회복지사에게 말했다. 그리고 함께 했던 짧은 시간 동안 얻었던 사소한 정보들을 알려주었다. 한 번도 본 적이 없는 그의 부모님의 배경에 대한 정보도 말했다. 그의 성은 고든이었는데, 그녀는 영국식 성이라고 생각해서 그가 영국계라고 말했다. 그는 취직된 상태였고 열심히 일했다. 그가 멋진 사람이라는 것을 말했던가? 그래, 그는 멋졌다.

테오도라는 한 가지 부탁을 했다. 그녀의 아기가 가톨릭 가정이나, 그게 안 된다면 적어도 기독교 가정으로 갔으면 했다. 그녀 안에서 움직이고 있는 생명이 세례를 받는 모습을 그려보았다. 친절한 사제는 아기의 이마에 성부와 성자와 성령의 이름으로 거룩한 물로 십자가의 징표를 줄 것이다. 그녀는 주름 하나 없는 흰 옷을 입은 어린 소년 또는 주름 장식이 많은 흰 드레스를 입은 어린 소녀가 로마 가톨릭 교회에서 세례 받는 모습을 상상해보았다. 그녀는 자기의 믿음에서 그녀가 발견한 평화와 안정성을 아기도 찾길 바랐다. 적어도 그 정도는 그녀가 소망할 수 있었다.

그녀는 자기가 임신했다는 걸 알게 된 여름, 그녀의 직장이었던 가톨릭 학교를 그만두었다. 그리고 다른 직장을 구해서 6개월 간 한 사무실에서 열심히 일하고 허름한 아파트로 귀가하곤 했다. 그녀는 할 수 있는 한 오래 일했다.

테오도라의 진통이 시작된 것은 3월 말의 어느 화요일 밤이었다. 그녀는 당황했다. 어떻게 해야 할까? 룸메이트는 직장에 나가있었고, 그녀를 병원까지 태워줄 사람이 아무도 없었다. 아무도 앞으로 어떻게 진행이 될지 알려준 사람이 없었다. 계획도 없었고, 호흡법도 배우지 못했고, 그녀의 몸에 어떤 일이 생길 것인지 알려주는 작은 책자도 없었다. 특히 앞으로 다가올 슬픔과 이미 그녀의 마음을 태우고 있는 슬픔에 대해 준비하지 못했다. 테오도라는 시내 버스보다는 낫다고 생각해서 콜택시를 불렀고, 기다리는 동안 이것저것을 챙겼다.

밤새도록 외롭게 격렬한 진통을 겪은 후, 마지막에 그녀는 한 방으로 들어갔고, 그녀를 못마땅하다는 듯이 바라보고 있는 너무나 강렬한 흰 등 아래의 분만대에 누웠다. 머리 맡에 있는 램프에 비친 모습을 통해 그녀의 아기가 태어나는 모습을 볼 수 있었다. 앞으로 그녀의 아기에 대해 자신이 어떠한 목소리도 낼 수 없다는 것을 깨닫는 것은 진통의 괴로움만큼이나 참혹했다.

테오도라가 딱 한 번만 아기를 안아봐도 되냐고 물었을 때, 간호사는 분명히 그렇게 해도 된다고 말했다. 하지만 그녀는 2.4kg 나가는 그 작은 아기를 바라보기만 했다.

"수요일에 태어난 아기는 슬픔으로 가득하대." 그녀가 부드럽게 말했다. "하지만 아가야, 너는 아니야." 슬픔으로 가득한 사람은 아기가 아니라 테오도라였다. 가슴 미어지는 일이 다가오고 있었고, 그 일은 그녀를 찢어놓을 것이다. 그녀도 알고 있었다. 하지만 그녀의

마음이 자랑스러움과 태고의 사랑으로 가득했다는 것 또한 부인할
수 없었다.

"잘가, 우리 아가. 영원히 널 사랑해." 아기의 이름은 샬린이었다.
누가 될지 모르는 양부모가 의심할 여지 없이 이름을 바꿀 테지만 그
래도 이름을 지어주었다. "네가 어디에 있든, 너에게 축복을." 그녀는
흐느껴 울며 속삭였다. "우리 아기를 잘 돌봐주세요."

그녀는 모유가 차오르기 시작한 날, 병원에서 나왔다. 병원에 간 방
법 그대로 스스로 택시를 잡아 집으로 돌아갔다. 그녀는 아팠고 지쳤
으며, 혈육을 떼어놓아야 했던 모든 어머니들이 그러했듯이 비통했
다. 병원에 있던 그 누구도 놀랄 만큼 뿜어져 나오는 모유를 어떻게
처리해야 하는지, 그리고 그 후에 따라오는 고통스러운 울혈을 어떻
게 관리해야 하는지 알려주지 않았다. 다음 날 직장에 복귀했을 때는
격식을 갖춰 입은 블라우스 밖으로 모유가 새어 나올까 봐 브래지어
속을 식품 포장용 랩으로 가득 채웠다. 왜 그랬는지 모르지만, 수치
심이 슬픔만큼 크지는 않았다. 병원에 아기를 두고 온 사람은 도라였
는데, 그녀가 혼자 남겨진 것 같은 기분이 들었다.

한번은 치과에서 진료를 기다리면서 도라는 50년대, 60년대, 70년
대에 자기 아기를 포기했으면서 아기를 낳은 적이 없는 척 하는 여자
들이 150만 명 정도라는 잡지를 읽었다. 테오도라도 그 중 한 명이었
다. 그리고 27년 후에 그녀는 자기 집 부엌에 앉아서 요동치는 심장
을 붙잡고 믿을 수 없는 현실에 멍해졌다.

그녀는 심호흡을 하려고 했다. 아기가 나를 찾고 있다는 것이 그렇게 믿기 어려운 일인가? 이 날이 올 것을 알았고, 원하지 않았었나? 그랬기 때문에 지난 27년 간 들고 다닌 손가방마다 한 가지 정보를 넣어 다니지 않았던가? 그래서 손가방을 뒤지며 립스틱이나 껌을 찾다가 종이 한 조각이 만져지면 섬광처럼 떠오르는 기억과 고통이 따라왔다. 가끔씩 그녀는 그 종이를 묵주 구슬처럼 만지기도 했다. 그 종이에는 매니토바 입양 후 사무국의 연락처가 있었다. 이곳에 그녀의 정보를 등록해서 더 이상은 샬린이 아닐 샬린과 다시 만나고 싶다는 의지를 표현할 수 있었다. 하지만 그녀의 아기가 선수를 쳤다.

톰. 무거운 돌처럼 심장이 내려앉았다. 그녀와 빌은 수년 전에 위니펙을 떠나왔고 톰과 다시 연락할 일은 없었다. 그런데 이제 열쇠를 돌려 그 판도라의 상자를 열어야 하는 것일까?

매년 3월 말의 같은 날마다, 그녀는 울며 아기를 그리워했다. 아기가 행복할까? 건강할까? 안전하게 있을까? 살아있기는 할까? 아주 작은 정보라도 얻을 수만 있다면 자신의 왼손도 내놓을 수 있을 것 같았다. 그리고 그녀는 걱정했다. 그녀가 아기를 보낸 것 때문에 아기가 분노하고 상처받았을 것이고, 그것이 확실해 보인다. 하지만 그 문제와 관련해서 그녀가 다른 어떤 선택을 할 수 있었을까? 달리 어떻게 할 수 있었을까?

오랫동안 알 수 없었다는 것이 가장 힘들었다. 이제 꼼짝 못하게 닫혀있던 문이 열렸다. 다른 편에는 그녀의 질문에 대한 답이 있다.

다른 편에는 더 이상 아기가 아닌 그녀의 딸이 있다.

나는 피비의 생모를 문(Moon)이라고 부를 것이다. 왜냐하면 한국 이름 중에 내가 가장 좋아하는 이름이기 때문이다. 선(Sun)이라는 이름도 좋아하는데, 내가 갖고 있는 그녀의 사진과 왠지 잘 맞지 않는 것 같다. 우리 딸을 낳은 대학생 나이의 소녀를 생각하면 광채 속에 있으면서도 어둠과 비밀로 가려진 느낌이 든다. 나아가 나는 항상 해(sun)보다 달(moon)을 더 좋아했다.

그녀가 김씨라는 것은 알고 있다. 이 사실이 후보자의 숫자를 그리 줄여주지는 않는다. 5000만 명이 넘는 남한 사람의 1/5은 김씨이다. 건초더미에서 바늘찾기다.

그녀에 대해 내가 아는 것은 도라의 이야기와 아주 유사하다. 문은 21살 도라와 같은 나이였고, 다른 도시에서 가족들과 떨어져 살고 있었다. 그녀는 생부(나는 그를 진(Jin)이라고 부를 것이다)와 짧은 관계를 맺었고, 그는 그녀를 실망시켰다. 둘 사이의 로맨스는 두 사람이 함께 만든 아기를 어떻게 할 것인지 이야기 해보기도 전에 끝났다. 문의 사회복지사는 자세한 사항들을 말해주었다. 문의 어머니가 어느 날 그녀의 집에 갑자기 찾아갔다는 것과 피비가 태어날 때 함께 있었다는 것 등 말이다. 문이 전화를 했을 때, 그리고 피비를 포기해야 했을 때 매우 감정적이었다고 사회복지사는 말했다.

최근에 피비와 나는 원치 않게 태어난 아이들을 위해 마련된, 서울의 어떤 한국인 목사님의 "베이비 박스"를 다룬 다큐멘터리 '드롭 박스'를 보고 나서 그녀의 생모와 할머니에 대해 이야기를 나누었다. 이 다큐멘터리는 생모들이 짊어져야 하는 거대한 오명과 그들 대부분이 비밀이 드러나는 것이 두려워서 적당한 경로(그러니까 사회복지사와 병원에서의 출산)로 나아가지 않는다는 사실을 강조했다.

"너의 한국인 엄마는 네가 뱃속에 있을 때 너를 아주 잘 보살핌으로써 옳은 일을 한 거야." 내가 말했다. "그 분은 병원에서 너를 낳았어. 그게 너를 위해 가장 좋은 것이기 때문이었어. 곤란해질 것이 두려웠을 텐데 말이야. 그 분은 너를 정말 사랑했고 아주 용감했어. 그리고 너의 할머니도 용감했고 정말 정말 자기 딸과 너를 사랑하셨어. 그 분과 같은 상황에 있는 많은 사람들은 자기 딸에게서 등을 돌리지만, 그 분은 너의 생모와 너를 위해 그곳에 계셨지."

피비는 이것을 받아들이며 냉정하게 고개를 끄덕였다. 피비는 이상하리만치 침착하고 어두운 표정으로 온 정신을 집중해 듣고 있었다. 나는 그녀의 마음에 큰 선물을 주는 기분이었고, 문과 그녀 어머니의 용기와 사랑에 감사하게 되었다.

내가 알고 있는 문에 대한 자세한 사실들, 한국과 그곳에서 혼외관계로 아이를 낳는 것에 대해 알고 있던 사실들을 토대로, 이제부터 여기서 멀리 떨어진 곳이자, 내가 사랑하는 곳이고, 오렌지 색 천으로 만든 아기띠로 나와 문의 아기를 데려온 내 아기의 모국에서 벌어졌을 문의 이야기를 상상해보려고 한다.

문은 자신의 귀를 믿을 수 없었다. 그녀는 전화를 끊어버렸다. 아기에게 무슨 일이 벌어지고 있는 걸까? 문은 사회복지사에게서 아기의 최근 소식을 알기 위해 전화를 걸었고, 사회복지사는 문이 알고 싶어 했던 내용을 차분한 목소리로 들려주었다. 하지만 문은 두려움 때문에 주체할 수 없을 정도의 떨리는 목소리로 말하고 있었다 .아기는 태어난 지 세 달 되었고, 미국에서 온 양부모들과 연결이 되었다. 몇 달 안에 그들은 한국에 와서 그녀의 아기를 자기들의 아기라고 주장할 것이다.

그녀는 많은 생각과 감정을 추스르려고 노력하면서 자기 침대 위에 구부정하게 앉았다. 그녀의 룸메이트는 잠시 동안 집을 떠나 있었고, 스스로 마음을 가라앉혀야 했다. 울음을 멈추기 위해서는 지난 일을 떠올리지 말아야 했다. 그녀를 실망시킨 남자와 병원 속싸개에 만두처럼 쌓여 있던 놀랍고도 감사한 작은 신생아를 생각하는 것 말이다. 문은 지금 자기 방에서 완전히 무너져 내리고 있는 자신이 두려웠다. 하지만 영사 슬라이드처럼 떠오르는 기억을 그녀도 어찌할 수 없었다.

그녀는 가족들이 사는 안산에서 10km 정도 떨어진 천안의 한 마트에서 일하는 21살 젊은 아가씨였다. 밝은 녹색의 인삼 밭이 기찻길 옆으로 펼쳐져 있었던 그 길은 기차로 여행하기는 좀 짧았지만 무척이나 아름다웠다. 문은 가족과 가깝게 지내기는 했지만 어느 정도 독립한 상태였다. 그런데 그녀가 진의 아기를 임신했다는 것을 알게 된 후에는 수백만 마일 떨어져 있는 기분이었다.

문은 진에게 기대를 갖고 있지 않았다. 그는 그 해 봄과 여름에 그녀가 일했던 **건배** (Geonbae)편의점에서 어느 여름 날 그녀의 삶으로 들어왔다. 그는 그곳에 고용된 신입 종업원이었고, 처음 들어왔을 때, 빈 잔 그림이 그려진 우스꽝스러울 만큼 쾌활한 작업복을 입고, 웃음으로 가득한 모습이었다. 이 남자 아이를 보고 여자 아이들 사이에서는 약간 들뜬 흥분이 흘렀다. **Geonbae**(건배)는 "건배!" 또는 "건강을 위하여!" 라는 뜻이고 문자 그대로 해석하자면 "빈 잔"이라는 뜻이다.

시시한 관계로 끝나버릴 것이었는데, 어쩌다 그녀는 진과 그렇게까지 깊어졌을까? 빛나는 짙은 눈에 천연덕스럽게 짤막한 농담을 하는 강인한 에너지를 가진 진에게 그녀는 태풍에 빨려 들어가듯 빠져들었다. 그러나 태풍은 오늘뿐, 내일이 되니 사라져버리고 말았다. 이제 그녀는 홀로 남겨졌고, 사랑이라 할 수 없는 그의 '가벼운 의도라는 잔해' 위에 버려졌다.

문은 자신이 진의 아이를 임신했다는 사실을 알게 되었을 때, 슬로모션으로 자신이 추락하는 꿈을 꾸는 기분이었다. 팔다리를 휘저어도 멈출 수 없는, 너무 현실 같은 꿈말이다.

가족에게 절대 이 소식을 들고 갈 수는 없었다. 단순히 이렇게 말하는 것은 절제된 표현일 뿐이고 현실은 더 어려웠다. 그녀는 용서받을 수 없는 일을 저지른 여자들의 이야기를 들은 적이 있다. 혼인 관계 밖에서 그리고 가부장적 가족관계 밖에서 임신을 하게 되면 그 대가를 치러야 했다. 일부는 가족들에 의해 불법이긴 하지만 만연해있는 낙태를 강제로 해야 했고, 일부는 아기를 입양 보내고 평생 배척 당해야 했다. 아기를 지키는 것은 거의 선택할 수 없는 행동이었다. 그런 행동은 부모와 조부모의 이름에 먹칠을 하는 것이었다. 문은 부도덕하고, 실패자이며, 범죄자라고 낙인 찍힐 것이고, 아기도 똑같이 소외 당할 것이다. 그녀는 직업을 구할 때마다 곤란을 겪을 것이고 집주인에 따라서는 그녀를 쫓아낼 수도 있다. 문과 아기는 둘 다 거리에 나앉게 되거나, 노래방 "도우미"가 될지도 모른다. 그녀는 떨렸다. 문은 덫에 걸린 쥐와 같았다.

문은 진을 찾으려고 하지 않았다. 임신 사실을 알기도 전에 헤어졌기 때문이다. 그녀가 원하는 대로 일이 풀리지 않았던 것이다. 그는 그녀가 바라던 사람이 아니라는 것이 드러났다. 하지만 그녀는 임신을 알기 전에 관계가 끝나서 다행이라고 생각했다. 만일 그나 그의 가족이, 아기가 그들의 씨라는 이유로 낙태를 강요하면 어쩔 뻔 했나? 그녀는 진이 이미 떠났다는 것에 안도했다.

문의 임신은 특대 사이즈 후드 티와 수치심으로 숨겨졌다. 그녀는 174cm정도로 한국인치고는 키가 큰 편이었고, 마지막 3개월이 되기 전까지는 임신한 티가 나지 않았다. 더 이상 숨길 수 없게 되었을 때 그녀는 손님들, 특히 이상한 파마 머리를 하고 운동화를 끌고 마트에

오는 수다스러운 나이 든 아줌마들의 신랄한 말과 차가운 눈길을 견
뎌야 했다. 그래, 이것이 혼인 관계 밖에서 임신을 했을 때 겪어야 하
는 수치였지만, 그녀는 아기가 자랑스러웠고 밤에 자려고 누웠을 때
아기가 몸을 움직이면서 머리 위로 발을 들어올리며 발로 차는 느낌
이 소중했다.

임신 7개월이던 어느 날 밤, 아파트 문을 두드리는 소리에 문을 열
었다가 어머니가 음식이 가득 든 가방을 들고 문 앞에 서 있는 것을
보고는 얼어 붙어버렸다. 문은 이런 저런 핑계를 대며 집에 가지 않
고 있었는데, 그녀의 어머니는 무슨 문제가 생긴 것이라고 생각하게
되었다. **문제가 있었고** 이제 그녀의 어머니는 그 문제가 무엇인지 눈
으로 볼 수 있었다. 문의 어머니는 경찰에게 쫓기기라도 하는 것처럼
밀고 들어왔다. 그녀는 음식을 바닥에 떨어뜨렸고 소리지르며 통곡
하기 시작했다. "미안해요! 미안해요!" 문이 외쳤다. 문은 고개를 떨
구었다가 부은 자신의 발을 보았다. 면목이 없었지만, 문은 어머니를
잘 알았다. 어머니는 고래고래 고함을 지를 것이지만 좀 가라앉고 나
면 행동하실 것이다. 그럼 아버지는 절대 모르실 것이다. 문은 어머
니가 울부짖는 동안 음식들을 정리했다. 이제 더 이상 이 문제와 관
련해서 혼자가 아니었다.

문의 진통이 시작된 것은 12월 말 어느 수요일 밤이었다. 어머니가
그녀의 전화를 받고 아버지와 그녀의 형제들에게 적당한 핑계를 대
고 1시간 안에 그녀 옆에 와주었는데도, 그녀는 너무 무서웠다. 친절

한 사회복지사가 임신 기간 동안에 몸에 어떤 변화가 생기는지, 출산은 어떨 것인지를 알려주었지만 그 모든 것을 겪기 전에는 자세한 것을 알 수가 없었다.

수천 마일 남쪽에서 무시무시한 쓰나미가 인도네시아를 휩쓴 2004년 마지막 날 목요일에 딸이 태어났다. 문의 고투와 고통 끝에, 문은 어떠한 목소리도 낼 수 없는 새 생명이 태어났다. 그녀가 아기를 낳고 엄마가 되는 업적을 세웠음에도 문은 엄청나게 슬프고 두려웠다. 이 어린 딸을 보내는 것은 죽음과 같았다.

다음날 사회복지사가 병원에 찾아왔고, 아기의 미국인 부모들이 이름을 바꾸긴 하겠지만 그래도 이름을 지어주지 않겠냐고 물었다. "아니요." 딸의 비단결 같은 볼과 관자놀이를 쓰다듬으며 문은 부드럽게 말했다. "당신이 지어 주세요." 그래서 사회복지사는 아기의 이름을 "은혜"라는 뜻을 가진 은정이라고 지었다.

사회복지사 써니는 모든 과정을 거치며 인내심을 갖고 문을 대했다. 문도 알고 있었다. 입양을 위한 서류를 문이 작성하면서 그녀는 "종교"란을 비워두었다. 사회복지사가 친절하게 칸을 채울 것을 권했다.

"불교신자세요? 아니면 유교? 아니면 기독교에요?"

문은 이런 재촉에도 물러서지 않았다. 그녀는 자신을 그 어떤 것을 믿는 사람으로 표현하고 싶지 않았다. "다 아니에요." 그녀는 이렇게 하면 안된다는 걸 알면서도 사회복지사에게 이렇게 말했다. 그래도 써니는 고개를 끄덕였다. "아무것도 믿지 않아요." 그녀는 사회복지사가 한글로 "없음"이라고 적는 것을 보았다.

문은 어떤 신도 믿지 않았기 때문에 그녀의 대답은 사실이었다. 하지만 아기를 낳은 후에 마지막으로 아기를 간호사에게 넘겨주면서 신의 온정과 자비를 느낄 수 있었다. 다른 많은 사람들은 다른 길로 갔고, 심지어는 엄마와 아기가 함께 자살하는 길을 가기도 했는데, 문은 많은 어려움을 감수하고 항상 그녀의 일부가 될 딸을 낳았다. 그리고 문도 그녀의 딸의 일부가 될 것이다.

아직도 그녀의 심장이 아기에게서 찢겨져 나오고 있는 것 같았다. 아직도 견디기에 너무 힘들고 버겁게 느껴졌다. 간호사가 은정이를 데리고 뒤돌아 문을 나서자 뜨거운 눈물이 볼을 타고 흘렀다. 사회복지사는 다가올 슬픔과 이미 느끼고 있는 슬픔을 극복할 수 있는 방법을 알려주려고 했다. 하지만 어머니가 자식과 떨어진 후의 슬픔에 정말 대비할 수 있을까? 문은 그렇게 생각하지 않았다. 절대 그럴 수 없다.

빨강머리 연
나의 딸
그리고 나

08

고요한 아침의 나라에서의 편지

여행은 편견, 맹신, 그리고 편협함에 치명적이다.

—

마크 트웨인, 『철부지의 해외여행기』

우리는 2005년 2월의 마지막 날, 입양 위탁서와 함께 피비의 사진을 받았다(입양기관이 우리에게 한 아이를 "위탁"했다). 우리는 언제든지 뛰어나가 은자의 왕국(역자 주: 중국 외의 국가에게는 문호를 개방하지 않았던 시대의 조선)으로 가서 우리 딸을 데려올 준비를 갖추고 몇 달을 기다렸다. 우리 부부와 아들들은 다른 것에 대해서는 별로 이야기하지 않았고, 나는 피비의 물건들이 패션을 조금 앞서 가면서도 소녀 감성과 조화되도록 하기 위해 내가 자주 가는 중고품 위탁판매점을 통해 우리 아기가 사용할 물건들을 많이 준비했다. 우리는 그 아기의 방을 초록색과 밝은 핑크 색으로 꾸몄고, 우리가 구할 수 있는 한국과 관련된 책은 모두 다 구입했다.

마침내, 6월에 도일과 나는 최근에 태어난 아기를 데려갈 수 있다는 연락을 받았다. 그리고 몇 주 후에 우리는 서울에 도착했다.

　우리가 사랑하는 모든 분들께,

　LA에서 출발해 12시간 동안 비행한 끝에 도일과 저는 뜨겁고 찌
는 듯한 날씨지만, 아름다운 한국에 도착했어요. ("찌는 듯하다"는 티
셔츠 안에서 쌀도 익힐 수 있을 것 같다는 의미에요.)

　우리의 지역 교회에서 만난 한국인 정소리 씨가 계셔서, 정말 하
나님께 감사합니다. 그 분이 나를 위해 꽃다발까지 들고 인천 공항
까지 나와주셨어요. 그 분은 멋진 공항에서 서울 시내까지 그리고
홀트 게스트하우스까지 태워주셨어요. 가이드북을 보면서 몇몇 구절
을 공부했는데도 우리의 한국어는 최악이었고, 그래서 소리 씨가 우
리를 위해 운전해주신 일은 값을 매길 수 없을 만큼 귀한 일이었습
니다. 게스트하우스 밖의 밤의 유흥이 우리를 유혹하긴 했지만, 게스
트하우스에 도착하자마자 우리는 침대 위로 쓰러졌어요 (우리 방은
4,5미터 정도 떨어진 트윈 침대가 있는 방이었어요). 창문을 열면 찻
집, 술집, 뱀장어로 가득한 수조, 그리고 작은 카페들이 들어서 있는
좁고 구불구불한 골목과 거리가 있었어요. 서울의 이곳은 정말 많은
대학생들로 가득 차 있었죠. 이곳은 밤새도록 활기찬 거리였습니다.

　오늘 아침에는 오전 6시에 일어나서 바쁜 거리를 지나 아침을 먹
기 위해 작고 귀여운 모닝토마토카페(Morning Tomato Cafe)에 갔어
요. 가게 주인 "빌리"는 정말 친절했고, 우리가 온 것을 기념하여 자

기가 듣고 있던 마돈나 CD의 소리를 높여주었어요. 그 사람은 도일이 엄청난 마돈나 팬이라는 걸 알았을까요? 이유야 어쨌든, "보더라인" 사운드가 이렇게 위로가 된 건 처음이었네요. 하지만, 한국에서 아침식사는 그다지 좋지 않았어요. 적어도 우리가 먹은 것들은 그랬어요. 정말 쌀이 주식이더군요. 비행기에서 저는 날 생선을 먹었고, 그래서 모닝토마토에서 햄샌드위치를 시킬 수 있어서 정말 기뻤습니다.

빌리는 최고로 사랑스럽습니다. "한국인 아기를 입양하신다니 정부와 국민들을 대표해서 존경을 표합니다"라고 그가 조심스럽게 영어로 말하더군요. 아마 그와 함께 마돈나를 들으며 아침을 먹는 일이 더 많아질 것 같아요!

수많은 한국인들 사이에서 유일한 백인으로 있는 건 정말 재미있는 경험이었어요. 사람들은 매우 친절하고 몸짓과 미소로도 많은 소통을 하게 돼요.

내일 우리는 너무 기대되는 우리 딸을 처음으로 만날 거예요. 내일 이 시간쯤에는 우리 품 안에 우리 아기를 안고 있을 거라니, 믿기지가 않네요! 오늘의 일정은 별 거 아닌 것처럼 보일 수도 있는데, 이 일정들도 마찬가지로 중요하답니다. 우리는 한국의 기차를 타고 인삼 재배지가 있는 천안으로 가서 우리 아기의 생모와 함께 했던 사회복지사를 만날 거예요. 피비가 태어난 곳에서 최대한 많은 것을 담아가야 한다는 불안감도 있어요. 남은 날들에는 산이나, 한국민속

촌, 그리고 어쩌면 DMZ(북한과 남한 사이의 경계선)까지 가볼 생각입니다. 오늘밤의 일정은 부쩍거리고, 활기차며, 총천연색의 전기 왕국인 서울 시내에 가는 거예요!

우리 둘의 사랑을 담아,

로리

그리고 하루 후에, 그녀, 그러니까 우리가 간절히 기다린 소녀이자 우리의 빛나는 별이 그곳에 있었다. 이 작은 아기를 위해 도일과 나는 지구 반 바퀴를 돌아왔고, 하나님께서는 하늘과 땅을 움직이셨다. 홀트 입양기관 사무소에 앉아서 유명인을 만나는 것처럼 우리는 초조하게 기다렸다. 그리고 사실 우리는 정말 유명인을 만나는 것이었다. 피비는 우리 집에서 우리와 우리 아이들에게 가장 유명한 사람이었다. 대부분의 시간 동안 우린 가슴이 터질듯한 마음으로 기다리고 있었다. 이것은 마릴라 커스버트가 자기가 데려오려는 고아를 기다리던 "대기실"과는 매우 달랐다. 매튜가 브라이트 리버 역에서 몹시 당황한 채 우뚝 서서 그의 인생을 바꿀 아이를 바라보고 있을 동안, 그녀는 초록 지붕 집에서 부산하게 움직이면서 집안일을 하고, 레이첼 린드 부인의 의심을 막아내고 있었다.

도일과 내가 앉아있던 방은 꼭 온갖 종류의 측정기인지 뭔지 하는 것들이 가득한 의사의 사무실 같았고, 이곳은 실제로 우리 아기와 다른 아기들이 새로운 부모가 한국에 오기를 기다리면서 검사를 받는 곳이었다. 이곳이 우리가 진통을 하고 분만을 하는 곳이었다. 거의 2년 동안 느낀 출산의 고통이 우리 딸로 표현되는 곳이었다. 우리도 우리의 삶을 바꾸어 놓을 아이를 만날 참이었다.

그런데 팡파르라던가 어떤 통지도 없이, 갑자기 DJ라는 이름을 가진 사회복지사와 우리가 모르는 한 낯선 여성이 보송보송하고 연한 청색 우주복을 입은 아기를 안고 들어왔다. 그녀는 미소를 지으며 아기를 나에게 넘겨주었고, 빠르게 발을 돌려 다시 나갔다.

우리는 우리가 아기에게 수상하게 보일 것이고, 수상한 냄새가 날 것이어서 아기가 놀라서 울 거라는 이야기를 들었다. 나는 내가 할 수 있는 한 최대한 강하게 그 작은 아기를 껴안았고 그녀에게 부드럽게 말했다. **나는 울음이 났지만 피비는 참고 있었다.** 나는 그녀를 무섭게 하고 싶지 않아서 스스로를 통제했다. 그녀는 도일의 수염에 매료되어서 나는 인식도 못하고 있는 것 같았다. 그녀는 거의 곧바로 손을 뻗어 수염이 난 도일의 볼을 쳤고, 도일이 웃긴 표정을 지어 보이자, 치고, 치고, 또 쳤다.

한참 동안 아기를 안고 있었지만 아기가 얼마나 무겁게 느껴지는지도 잊고 있었다. 나는 그녀가 이미 태어난 지 6개월 3주나 되었다는 것, 그러니까 내가 그녀 인생의 시작부터 함께 할 수 없었다는 것에 관해 바늘로 찌르는듯한 슬픔을 느꼈다. 그리고는 문의 깨어져버린 아름다운 상실을 기억했고, 그녀의 딸을 내 딸로서 더 가까이 안았다.

그날 우리는 피비의 생모가 살았던 안산과 피비가 태어난 천안을 순례했다. 그날 우리 딸은 위탁부모님께 돌아갔다. 우리가 피비를 완전히 우리 집으로 데려가는 날이 오기 전까지 우리는 매일 피비를 보러 갈 예정이었다.

서울 지하철은 영어표지판이 있어서 크게 안도했고, 큰 도움이 되었다. 사실 최악의 상황은 내가 시끄러운 아줌마에게서 혼난 것이었다. 그녀는 내가 반바지 입은 것을 견디지 못했다. 전혀. 무엇이 문제인지 모르고 있다가 근처에 있던 영어를 할 줄 아는 사람이 통역을 해주며 사과를 해서 알게 되었다.

아니, "최악의 상황"을 좀더 이야기해보자. 이 일은 나의 하루를 망쳤다. 꼬불거리는 파마를 한 그 여성은 나에게 손가락을 흔들며 꽥꽥거렸고, 그건 모든 것을 태워버릴 듯이 더운 날 무릎 위로 오는 반바지를 입었기 때문이었다. 내가 데이지 듀크처럼 입었으면 어땠을까 궁금하다. 그리고 터놓고 말해서 난 그런 바지가 없다. 한국에 있는 동안 나는 167cm 키에, 사이즈 10-12를 입는 '우람한' 여성 관광객 1위였다. 그렇다고 이것이 나를 대담하게 만든 건 아니었다.

천안에서 우리는 써니를 만났다. 이건 내가 입양기관을 통해 미리 약속해 둔 만남이었다. 나는 그녀를 만나 피비의 첫 번째 어머니였던 젊은 여성에 대해 무엇이든 알아내고 싶었다. 나는 기자처럼, 그리고 입양아처럼 생각하고 있었다. 생모에 관한 어떤 작은 정보라도 우리 딸에게 그녀의 시작에 관하여 그만큼 더 많은 정보를 줄 것이다. 자기의 시작에 관해 아는 것이 거의 없는 상태로 성장한다는 것이 무엇인지 너무 잘 알고 있었다. 고맙게도 생모의 고향인 안산은 천안과 가까웠고 써니는 우리를 그곳까지 둘러볼 수 있게 해주었다. 나는 모든 것을 사진에 담았다. 밝은 초록색, 이국적인 인삼밭, 건물들, 가게들, 그리고 사람들까지. 피비가 자기 뿌리를 찾을 수 있게 하는 더 많은 인생의 조각들이었다.

써니는 영어를 아주 잘하진 않았지만 매우 큰 도움이 되었다. 써니는 피비의 생모가 자기의 임신이 부모님을 부끄럽게 만들 거라고 생각해서 부모님께 임신사실을 알리지 않았다고 전했다. 하지만 임신 후기의 어느 날, 그녀의 어머니 그러니까 피비의 생물학적 할머니가 그녀의 문 앞에 찾아와 그녀를 놀라게 했고, 할머니가 처음에는 엄청나게 화를 내긴 했지만 할머니가 딸의 곁에서 출산을 함께 해준 것을 보고 써니는 이것이 좋은 징조라고 생각했다고 한다. 나의 첫 번째 어머니처럼 피비의 첫 번째 어머니가 진통과 분만의 순간을 온전히 홀로 보내지 않아서 감사했다. 문과 그녀의 어머니 사이에 큰 사랑이 있었다는 점을 알게 되어 희망이 커졌다. 이 사회복지사는 우리에게 한 가지를 더 알려주었다. 생모는 은정이를 보내야 했을 때 "많은 눈물"을 흘렸다고 했다. "그녀, 너무 슬퍼요." 써니가 말해주었다. 물론 나는 이것을 알고 있었다. 자기 아기를 포기하면서 어떻게 울지 않을 수 있을까? 그래도 직접 본 사람의 이야기를 들으니 슬퍼졌고 죄책 감도 들었다.

피비가 생후 3개월 되었을 때 문은 써니에게 전화를 걸었다. 그녀는 아기가 너무 걱정되었고, 아기가 이미 입양되었는지, 은정이가 벌써 지구 반대편으로 갔는지 궁금해하며 울었다. 이걸 듣는 일은 정말 힘들었지만, 그래도 언젠가 우리 딸에게는 이것이 진주와 같은 것이 되길 바랐다. 우리 딸이 이 말을 들을 때, 자기가 사랑 받았으며, 필요한 사람이었다고 느낄 수 있길 기도했다.

써니는 우리를 위해 피비가 태어난 병원을 돌아볼 수 있도록 약속을 잡아두었고 이건 정말 감동적인 행사였다. 우리 딸이 세상으로 나온 바로 그 방 입구에 서서 슬픔과 기쁨을 동시에 느꼈다. 내 아이의 첫 순간을 볼 수 없었기 때문에 슬펐다. 이 세상 반대편에 있으면서 왜 내가 그 순간을 알아차리지 못했을까? 그래도 기쁨과 슬픔이 섞여있었던 그 신성한 장소에 감사했다. 문의 이별이 나의 기쁨과 직물처럼 엮여 있다고 생각했고, 이것을 절대 잊지 않겠다고 맹세했다.

마음이 무거운 그 날에 가벼운 사건도 있었다. 지금 생각해도 왜 그랬는지 잘 모르겠는데, 우리는 병원 원장실로 안내를 받았다. 고맙게도 미국의 사회복지사가 한국에 가서 만나게 될 사람들을 위해 작은 선물을 챙겨가는 게 좋을 것이라고 했고, 그래서 준비한 미시간 체리잼을 가지고 원장을 만날 수 있었다. 어색하게 웃고, 살짝 인사도 하고, 금새 끊어지는 짧은 대화가 오갔다. 촌뜨기 부부가 멋지고 새로운 아시아의 세계에서 무엇을 더 할 수 있었겠는가? 원장도 우리에게 포장된 선물을 건네주었고 우리는 다 '오!', '아!'하고 있었다. 그는 잼을 보고 그랬고 우리는 아주 크고 고급스러운 병원 이름과 주소가 한글로 수 놓여진 수건을 받았다. 아직까지도 우리 집에서 가장 좋은 수건이다.

"우리 남편이 시카고에 살아요." 갑자기 원장이 자랑스럽게 말했다.

"당신의… 당신의….." 나는 그가 하고 싶은 말이 "남편"이 아닐 것이라고 생각해서 말을 더듬었다.

"남편이라 하시잖아." 도일이 딱 잘라 말했다. 도움이 안 된다.

"네, 네, 우리 남편이요. 거기서 공부하고 있거든요." 원장이 자랑스럽다는 듯 씩 웃으며 말했다.

이 지점에서 써니가 속사포 한국어로 불쑥 끼어들었다.

"오, 오!" 원장은 무언가 무안한 표정을 지으며 손짓을 하기 시작했다. "우리 아들, 우리 아들이요! 시카고에서 공부해요! 정말 똑똑합니다!" 우린 그럴 것 같았다고 생각했고 열심히 고개를 끄덕이며 머리를 한 대 맞은 기분일 것 같은 그의 말을 앵무새처럼 따라했다. "당신의 아들이요! 시카고에서 공부한다구요! 그는 저어엉말 똑똑하군요!"

이 만남은 우리가 그의 병원에서 태어난 아기를 입양하는 것에 대해 그가 감사를 표시하고 그가 이런 모범적인 병원을 운영해서 우리 딸이 태어나게 해 준 것에 대해 우리가 감사를 표시하는, 더듬거렸지만 진심 어린 대화로 끝났다.

그나저나 그 원장은 머리가 좋은 사람이었다. 나의 한국어와 그의 영어를 비교해본다면? 그는 천재다. 내가 시도한 '안녕하세요'와 '감사합니다'는 "헤이지이오오"와 "슬랍요우즈" 정도로 들렸을 것이다. 발음과 문법은 완벽하지 않았다. 감사하게도, 지뢰밭을 걷는 것과 같은 우리의 서툰 노력에도 불구하고 진심과 배려는 전달될 수 있었다.

모든 분들께,

저는 이제 식사 때마다 김치를 찾게 되었어요. 제가 멸치, 배추, 무, 마늘, 그리고 얼굴을 일그러지게 하는 한국 고춧가루를 발효시킨 음식을 사랑한다니 정말 믿기 어렵지만, 보세요. 저는 이제 정말 김치가 필요해요!

특히 무는 우리 아기가 정말 좋아해요. 목요일에 우리는 서울로 돌아와서 피비의 위탁 부모님인 박씨 부부, 그리고 통역을 해 줄 사회복지사인 DJ와 함께 점심을 먹었어요. 피비의 위탁부모님은 정말 멋진 분들이고 두 분 다 피비를 정말 사랑하고 계셨어요. 아버지는 꽤 호리호리한 분이었어요. 우리는 다양한 체형을 가진 키 큰 한국 남자를 많이 보았는데, 그 분은 키가 큰 사람들 중에서도 특히 더 마른 분이었어요. 우리가 선물로 가져온 캐나다 국가대표 티셔츠가 이 마른 남자분을 삼켜버릴 것 같았는데, 그래도 선물을 좋아하셨답니다. 조금도 과장하지 않고 피비를 향한 이 분의 헌신은 감동적이었어요. 이 분과 아내 분이 사랑을 담아 아기의 이름 '은정'을 부르는 소리는 풍경소리처럼 단조로우면서도 음악적이었고 내 마음도 움직였어요. 끝에 음을 높은 음으로 굴절시켜 '은-정-아' 라고 부르신답니다. DJ를 통해 알려주셨는데, "아기가 한국에서 가장 예쁜 소녀"이기 때문에 아기의 별명은 공주라고 부르신대요. 우리도 완벽히 동의했습니다.

우리 딸과 위탁 어머니와 고기 굽는 식탁을 사이에 두고 바닥에 앉았던 경험은 잊지 못할 거에요. 그 분은 피비를 한 팔로 안고 피비를 기쁘게 해주기 위해 무절임 국물을 숟가락으로 떠서 피비의 입에 넣어주셨어요. 제가 『눈이 휘둥그래지게 궁금한 나날들(The Wide-eyed Wonder Years)』을 쓸 때 편식하는 아이들에 대해 쓰고, 전 세계의 아이들이 무엇을 먹는지 조사하던 것이 생각났어요. 일본 아기들이 가장 좋아하는 맛은 으깬 우엉이나 그와 비슷한 음식이었지요! 음식은 정말 문화의 영향을 많이 받아서 아기들의 입맛에 맞는 음식도 서로 다른 것 같아요! 그 모습은 또 다른 아픔을 생각나게 했어요. 우리 아이의 첫 6개월 3주를 놓쳤으니까요. 위탁 어머니는 나보다 아기에 대해 몇 백 배 더 잘 아실 거에요. 저는 영원히 두 분께 송구하고 감사한 마음을 가질겁니다. 두 부부는 정말 겸손하고 사랑스러운 사람들입니다. 우리는 계속 두 분께 연락하며 사랑하는 은정이의 사진을 보내드릴 거에요. 위탁 아버지가 특히 내 마음을 움직였어요. 피비(두 분은 Phoebe가 아니라 Peeby라고 발음하시더라구요)는 첫 6개월 동안 정말 아빠바라기였던 것 같아요. 물론 10대 언니, 오빠를 포함한 가족 모두가 피비를 애지중지했지만요. 우리가 항상 연결되어 있을 이 가족과 했던 식사는 이번 여행의 가장 좋은 부분이었답니다. 두 분은 DJ에게 두 분이 아기를 보내야 했던 다른 부모들에 비해 경험 많고 안정적인 부모에게 두 분의 "공주"를 보낸다는 사실을 알게 되어 안심이 된다고 말했어요.

수요일 이야기를 해볼게요. 정소리씨 가족과 함께 그들의 SUV를 타고 우리는 산과 논을 돌아다녔고, 마지막으로 한국민속촌에 갔어요. 그곳에는 아주 오래 전에 살았던 예술가들이 만든 전통적 도자기, 직물, 그림들이 있었어요. 옛날 집들을 보고, 농민들의 초가집과 화려한 박공 지붕이 있는 부자들의 작은 궁전을 비교해 보는 것에 매료되기도 했답니다. 옛날 왕궁과 절의 건축물은 매우 정교했어요. 어지러운 기와 장식이 있었는데 분홍/빨강 그리고 옥색을 바탕으로 하는 선명한 색에 분홍, 노랑, 파랑의 소용돌이 무늬가 있었어요. 또 다른 놀라운 것은 서서 타는 그네와, 도일과 정영 씨가 번갈아 뛰며 서로를 공중에 날아오르게 한 거대한 시소("널뛰기")였어요.

이 시소는 원래 여자들과 소녀들을 위한 놀이였다고 해요. 여자들은 밤에만 담벼락 밖으로 나갈 수 있었기 때문에 집을 둘러싸고 있는 담 밖을 보기 위해 이런 놀이를 시작한 것으로 보인다고 해요. 놀랍죠!

그날은 정 씨 가족과 함께 많은 고기를 구워먹으면서 하루를 마쳤답니다. 읽으시는 분들을 위해 말씀 드리자면, 더 재미있는 사건도 있어요. 전통 음식점은 신발을 벗고 들어가요. 때때로 손님들이 신을 수 있는 슬리퍼가 마련된 곳도 있어요. (어쩌면 그냥 나의 편의를 위해 빌린다고 생각했던 것 같아요.)

화장실 신발처럼 발을 쑥 넣으면 되는 신발들이 입구에 있는 신발을 벗는 곳에 나란히 놓여있었고, 그래서 저는 그냥 저를 위한 것이라고 생각했어요. 식당에서 양말만 신고 또는 아예 맨발로 돌아다니는 건 정말 익숙해지기 어려워요! 이 이야기가 어떻게 펼쳐질지 예상이 될 거에요. 내가 쾌활하게 신고 다닌 신발은 빌려주는 게 아니었고, 전혀 모르는 사람의 것이었던 거에요. 바닥에 앉아서 먹고 있는데, 우리 반대편에 소주를 마시며 식사를 하고 있는 남자들이 있었어요. 그 중 특히 잘생긴 사람이 저를 자꾸 쳐다봤는데, 알랑거리는 것 같기도 하고 불안해 보이기도 했어요. 결국 그가 저에게 손을 흔들었고, 저도 흔들어주었어요(친절한 캐나다 여성이 다른 무엇을 할 수 있겠어요?). "신발이요! 신발!" 그가 식당 전체가 들릴정도로 소리쳤어요. 제가 신발 도둑이 되었다는 사실을 이해하게 되었고 볼이 새우젓처럼 빨개졌어요. 그 사람과 그의 친구 10명 정도가 웃고 있었어요. 저는 눈이 동그랗게 되어 일어나서 마구 손짓을 했어요. 이렇게 파닥거리면 사과의 뜻을 전달할 수 있을 것처럼요. 입구에 있는 신발 벗는 장소까지 온순한 태도로 발을 끌고 갈 것이 아니라 몇 번이고 미안하다고 말했어야 했는데 말이에요. 웃고 있던 남자의 신발을 벗고 자리로 돌아와서 한국 친구들에게 정말 억울하다고 전해달라고 부탁하면서 계속해서 사과했답니다. 제가 지나친 건가요? 네, 그런 것 같아요. 하지만 제가 뭐라고 할 수 있겠어요? 정씨 가족과 내 남편을 포함해 그곳에 있던 모든 사람들이 즐거워했어요. 내가 아마 그 잘생긴 남자의 일주일을 기분 좋게 했을 거에요.

우리는 한국어로 "감사합니다"와 "만나서 반갑습니다"를 할 수 있게 되었고, 그래서 전반적으로 더욱 품위 있게 행동할 수 있었어요. 발음이 정말 많이 발전했답니다. (예를 들어, 저는 간장, 설탕, 참기름, 마늘, 후추 그리고 다른 재료들로 만든 맛있고 부드러운 얇은 소고기인 불고기를 발음할 때는 'g' 발음을 우리가 생각하는 것보다 더 강하게 해야 한다는 걸 알아요. 저는 이걸 "불지요지"라고 불렀는데, 지금 생각하니 사람들에게 웃기게 들렸겠어요.)

이제 식당에서 신발을 빌려주지 않는다는 것을 알게 된 은자의 왕국에서 인사를 드립니다. 잘 자요!

사랑을 담아, 로리가.

우리는 한국에 일주일밖에 머물지 않았는데도, 천 개의 추억과 앞으로 소중히 잘 보관할 기념품들을 많이 가져올 수 있었다. 피비와 위탁 부모님을 만났던 기념비적인 순간들 외에 우리가 다른 어떤 경험보다 더 자주 이야기하는 추억이 하나 있다. 백민희라는 이름의 부유한 여성 분과 50개 요리가 나오는 식사를 한 일이다.

우리의 여행 몇 달 전에 민희 씨를 만났다. 자기 형제의 골동품점

개업식을 보기 위해 민희 씨가 미국에 왔을 때였다. 그녀는 명함을 주면서 우리가 피비를 데리러 한국에 오게 되면 연락을 하라고 했다. 나는 이건 의례적인 말이라고 생각했다. 우리는 겨우 한 번 봤을 뿐이었으니까. 하지만 한국인들은 거의 사업을 하듯이 환대를 한다.

민희 씨는 교수였다. 우리가 알기로 그녀의 남편은 선박업계의 실력자이다. 그녀는 많은 한국 여성들처럼 섬세했다. 사무적이고 냉담하면서도 동시에 자애로운 사람이다. 호텔에서 차를 마신 후, 그녀는 우리를 아주 긴 구불구불한 길에 노점상들이 끝없이 서 있는 멋진 시장인 인사동으로 데려갔다. 햇볕 아래에서 비단, 인삼, 대추 주스, 장어, 마늘, 아름다운 청색 도자기, 손으로 만든 종이, 캘리그라피, 그리고 다른 많은 것들을 팔고 있는 좌판을 지나면서 나는 수백 년 전으로 시간 여행을 했다. 오래된 청자처럼, 그 시장 자체가 오래 되었으면서도 가치 있는 그윽한 멋을 갖고 있었다. 나에게 인사동은 지구에 있는 천국의 일부 같았다. 여기서 우리는 우리 딸에게 생일마다 줄 생일 선물을 14개나 샀다. 그 중에서 내가 제일 좋아하는 것들은 화사한 파란색에 아이보리 색 무늬가 있는 손거울과 루비처럼 붉은 색에 아이보리 색 무늬가 있는 상자이다. 도도하게 행동하던 민희 씨도 좋다며 고개를 끄덕였다.

"서울에서 가장 좋은 식당으로 모실게요." 쇼핑이 끝나자 거절을 거부하는 톤으로 그녀가 말했다. 우리는 새어 나오는 웃음을 감추고 순종적으로 종종거리며 그녀를 따라갔다. 앨리스의 토끼 굴에 빠진 것처럼 건물이 빽빽이 들어선 골목으로 들어갔고, 다른 세상에 온 것 같은 형형색색의 빛과 매우면서 낯선 냄새 속으로 들어갔다. 마침내 우리는 조용하고, 등이 켜져 있는 조약돌이 깔린 마당이 있는 곳에 도착했고, 그곳에서 한 남자가 우리를 자리까지 안내해주었다.

모든 테이블은 창호지 문이 달려있고, 큰 청자들로 장식되었으며, 낮은 나무 식탁과 비단 방석이 바닥에 깔려 있는 독립된 방 안에 있었다. 메뉴판은 없었다. 곧 분홍, 초록, 노랑 한복을 입은 우아하게 생긴 여성분들이 접시와 진미가 담긴 쟁반을 들고 왔다 갔다 했다. 그들은 인사를 하고 또 했고 우리는 어떻게 해야 할지 몰라 비슷하게 고개를 숙였다. 12개의 코스가 있고 50종류의 음식이 있었던 것 같다. 민희 씨는 모든 것을 먹어보라고 "재촉"했다. 그러니까 "강권"했다. 흰색자기 위에 김치와 흰 무와 다른 절임들이 차려졌다가 한복 집단에게 쏠려갔다. 된장미역국과 뭔지 모를 음식들이 이어서 들어왔다. 이 퍼레이드는 시작에 불과했다. 맛 좋은 부침개, 죽, 국수, 만두가 그 다음으로 나왔다. 우리는 맛보고 삼켰고 후하게 부어지는 막걸리를 마셨다. 버섯이나, 발효된 음식이나 눈에 보이지 않는 눈알을 갖고 있는 송사리 크기의 생선같은, 내가 싫어하는 음식이 나오면 민희 씨가 눈길을 돌리길 기다렸다. 그녀는 우리가 끊이지 않고 나오는 모든 음식을 맛보게 하고 싶었던 것 같기 때문에 이것은 쉽지 않았다. 내가 거부하면 그녀는 나를 째려보았다. 맞다, 나는 그녀가 무서웠다.

마지막으로 예의나 두려움조차도 내가 음식을 먹게 만들 수 없었던 너무 무서운 음식이 나왔다. 나는 모험심 넘치게 지금까지 음식을 먹어온 스스로가 자랑스러웠다. 그리고 내가 정신을 차리고 있었다는 점도 자랑스럽다. 도일은 용기를 내서 우리 둘을 대표해 하나를 집어 들었다. 그를 위해 브라우니 2만개쯤은 해 줄 수 있을 것 같다. "먹어요!" 민희 씨가 약간 위협적으로 보일 만큼 그녀의 젓가락을 우리에게 흔들며 요구했다. "이건 (그녀는 젓가락을 접시에 찔러 넣었다) 왕실에서만 먹는 거에요. 왕궁에서만요!" 우리 생각에 이건 끈적끈적하고 젤리 같은 수프에 들어있는 약간 딱딱하고, 뼈도 있는 것 같은 바다 생물의 일종이었다. 도일은 입을 벌려 왕실에서만 먹는 신기한 생물을 용감하게 먹기 시작했다. 내가 보기에도 그는 뭔가 세계 최상급의 힘줄을 씹고 있는 것 같았다. "으으음음" 그가 눈물이 고인 눈으로 신음했다. "으으으음." (그가 진통이라도 겪는 것 같았다.)

나중에 도일은 왕이 되어서 이 끈적거리고 오도독 씹히는 음식을 먹느니 하루 종일 논에서 일하겠다고 했다. ("그건 꼭 연골 같았어." 그가 나중에 말했다. "끈적거리는 연골.") 마침내, 다행히도, 코스가 멈추었고 비단 방석에서 일어나 민희 씨가 우리를 위해 택시를 잡아주는 시간이 되었다. 이건 우리가 절대 잊을 수 없는 놀랍고 멋진 경험이었기 때문에 우리는 그녀에게 아낌없이 감사를 표했다. 그리고 거의 10년이 지난 지금도 우리는 잊지 않고 있다.

사랑하는 분들에게,

오늘 우리는 우리 딸을 집으로 데려갑니다. 정확하게는 우리가 딸에 대한 양육권을 갖게 됩니다. 양육권이란 말이 너무 차갑고 논쟁적인 말이지만요. 하지만 지금 우리에겐 양육권이 아름다운 것으로 느껴집니다. 이건 피비가 보호소와 위탁부모님과 한국으로부터 이제 우리의 보호와 돌봄과 보살핌을 받게 된다는 뜻이니까요. 양육권은 우리가 바라던 것이잖아요. 피비는 이미 우리 딸이고, 피비를 우리 딸로 키우는 여정을 오늘 시작합니다. 우리는 이렇게 피비를 사랑해요.

모닝 토마토 카페에 있는 빌은 오늘이 얼마나 중요한지 듣고 진지해졌어요. (그나저나 이런 카페에는 토마토가 많을 것 같은데, 우리는 내가 주문한 아침 샌드위치에서 희미한 빨간 조각 몇 개를 발견했을 뿐이에요. 빌에게 이걸 지적해서 불쾌하게 하고 싶지는 않았어요.) 그는 마돈나를 아주 크게 틀어놓고, 아주 정중하게, 우리의 마지막 아침이니 그의 카페 벽에 붙일 수 있도록 모닝 토마토, 빌리, 그리고 대한민국에 대한 우리의 감정을 좀 적어줄 수 있느냐고 물었어요. 그는 나에게 펜을 내밀며 진지하게 말했어요. "예를 들면, '한국 사랑해요.'와 같은 말이요." 빌의 카페 벽에 있는 내 글을 보면 눈물을 흘리게 될 거에요.

나는 한국을 사랑해요. 도일도 그렇구요. 이번 여행에서 놀란 것은 어떤 면으로 보나 전형적인 도시인과는 거리가 먼 도일이, 어떤 면에서는 다른 행성처럼 낯설고, 어떤 면에서는 친척집처럼 친숙하면서 시끄럽고 네온이 가득한 이 도시 때문에 완전히 바뀌었다는 거에요. 그리고 이곳은 우리 딸의 고향이니 우리의 고향이기도 해요. 이제 우리는 이곳에 속한 사람들이랍니다.

피비를 받을 때 피비의 위탁 부모님들과 나 모두 울었어요. 그녀의 민족, 문화, 그리고 모국에서 그녀를 데려가는 건 복잡한 감정을 불러오네요. 피비는 우리 딸이 되기로 작정되었지만, 피비는 또한 항상 이 오래되고 현대적인 도시의 딸일 거에요. 여기에 우리의 일부를 남기고 떠나고 피비는 더 많은 것을 남기고 갑니다.

사랑해요, 한국.

로리가.

빨강머리 앤
나의 딸
그리고 나

09

"맙소사! 주근깨가 이렇게 많다니"

당신이 어떻게 생겼든, 행복으로 가는 열쇠는 당신에게 있다.

—

아델

그랜드 래피즈에 돌아와 처음 몇 달 동안 나는 그냥 내 딸을 부드럽게 흔들어 주고 노래를 불러주며 아기를 바라보는 것만으로도 너무 좋았다. 아기의 꿀피부와 새의 날개처럼 빛나는 머리 결을 보면 내 숨이 멎을 것 같았다. 그녀는 세상에서 제일 예쁜 코를 갖고 있었다 (코에 관한 분명한 철학을 갖고 있던 나는 코를 제일 먼저 보게 된다). 하나님께서 아기의 코를 만들 때 특히 고무되셨던 것 같다.

누군가가 내 코에 대해 처음 말을 한 것은 내가 10살 때였다. 나는 우리에게 친절하고 소중한 브라이스크처크 선생님 댁에서 절친한 친구 로리와 특별한 점심을 먹고 있었다 (위니펙에서 1/3 정도는 양배추 롤 같은 우크라이나식 이름을 갖고 있다). 로리와 나는 학급 친구들 중에서 사랑스러운 우리 선생님과 점심을 함께 할 학생으로 뽑혔기 때문에 둘 다 앤처럼 부풀린 소매 옷을 입고 있었다.

우리가 선생님의 부엌에서 달걀샐러드 샌드위치를 먹다가 어쩌다 코에 대한 이야기를 하게 되었는지는 기억이 나지 않는다.

"네 코는 귀엽고 통통하구나." 선생님께서 샌드위치에 마요네즈를 바르면서 나에게 부드럽게 말씀하셨다.

선생님의 말씀은 그게 다였다. 그런데 내가 들은 것은 내 코가 못생겼고, 납작하며, 뚱뚱하고, 너무 크고, 너무 눈에 띄며, 그냥 다 좋지 않다는 것이었다.

나는 기가 죽어서 샌드위치를 내려놓고 차오르는 눈물을 참았다. 나는 앤처럼 분노와 분개로 반응하지 않았다. 단지 아주 조용해졌고 얼굴이 붉어졌을 뿐이다. 내가 사랑하는 선생님이 지금 막 내 코, 내 얼굴, 내 생김새에 관한 가장 공포스러운 사실을 확인해주었다. 부족한 얼굴이고 아름답게 조화되지도 못했다. 내 코가 내 얼굴을 망치고 있었다. 내 얼굴은 부족했다. **나는 부족한 사람이었다.**

나에게 상처로 각인된 말은 나에게 하는 "충고"(이것도 끔찍한 말이다)보다 더 오랫동안 나를 찌르고, 쓰리게 하고, 아프게 한다. 내 친구 셀린은 어느 날 버스에서 모욕을 당했고, 절대 그것을 극복할 수 없다고 했었다. "고등학교때 버스에서 있었던 일 때문에 50이 다 된 지금까지도 안경을 쓰고 다니잖아." 그녀가 말했다. "나는 너무 좋은 기분으로 새로 산 컨택트 렌즈를 끼고 있었는데, 알렌 P.가 나보고 말 같아 보인다지 뭐야."

(말이라니? 알랜 P., 예의를 좀 배우도록 해. 그리고 너도 말 같아 보여. 그리고 바보 같아 보이고.)

브라이스크처크 선생님은 나에게 상처를 주려던 게 아니었다. 앤의 빨강머리처럼 내 코가 나의 아픈 곳이라는 걸 선생님이 어떻게 아셨겠는가?

❀

상처로 각인된 말이라고 하면, 레이첼 린드 부인을 빼 먹을 수 없다. 그녀는 모든 주제에 대해서 치명적인 무기를 들고 덤벼들었는데, 특히 앤의 생김새에 대해 단도직입적으로 말했다. 둘이 처음 만났을 때, 레이첼 린드 부인은 앤의 아픈 곳을 바로 발견했다.

"그래, 그들이 네 얼굴을 보고 고르진 않았구나. 이건 분명하고 명백해."

그녀는 "안녕" 대신 이렇게 말했다.

레이첼 부인은 앤의 부족한 부분에 대한 긴 목록을 계속해서 읊었다.

뼈만 앙상하네.

못 생겼군.

주근깨 공격에 폭격을 받았군. 맙소사!

그런데 앤이 정신을 놓게 만든 것은 마지막 말이었다. 그녀의 머리카락은 특정한 뿌리 채소와 정확히 같은 빛을 띠고 있었던 것이다. 그런데 레이첼 부인은 그것을 말해버렸다. (여기서 길버트 블라이드도 다시 떠올려야 한다.)

책의 이 쯤에서, 앤은 그녀의 가는 다리를 강조하는 짧고 딱 달라붙는 몸을 가렵게 하는 옷을 입었지만, 그래도 계속 머물 수 있는 집을 찾고 있는 고아는 아니었다. 이러한 앤에게 마을을 헤집고 다니는 이 사람이 그녀의 붉은 머리를 모욕하고 있었다.

사람의 생김새에 대한 배려는 『빨강머리 앤』의 주제 중 하나이다. 아름다움에 집착하는 우리 사회에서 적용할 수 있는 놀라운 상식이다. 오늘날 우리는 그러한 대화를 우리의 외형적인 모습, 사진의 보정, 진짜 여성 (역자 주: real woman은 성숙하고 섬세하고 지적인 여성을 뜻하는데, 보통 아름다운 겉모습을 갖지 못한 여자들을 위로하기 위해 사용되는 단어라고 한다.) 등에 관한 대화라고 포장한다. 하지만 사실 우리 모두 쓰라린 부분이 있으며, 앤과 함께 앤이 어떻게 이 문제를 처리했는지 살펴봄으로써 교훈을 얻고 진실을 찾을 수 있다.

레이첼 부인이 앤을 공격한 후에 책에서 그 다음에 벌어지는 장면은 뼈만 앙상하다, 뚱뚱하다, 못생겼다, 칙칙하다, 주근깨가 많다, 창백하다, 가슴이 절벽이다, 나약해 보인다, 턱이 접힌다, 곱슬머리다, 콧수염이 있다, 박쥐 날개 옷을 입은 것 같다, 발가락이 너무 벌어진다 등의 말을 들어본 적이 있는 모든 사람에게 유쾌함을 주었다(앤은 나한테 이런 말을 들어본 사람들에게 그녀를 대신해서 다음 이야기를 전해줄 권한을 줄 것 같다.).

앤은 밀어냈다. 그녀는 레이첼 부인이 한 번도 본적이 없는 원자폭탄 같은 반응을 보였다. 앤은 분노로 떨리고 흔들리고 산딸기처럼 빨개져서 레이첼 부인의 얼굴로 달려들었다. 가스나 증기처럼 앤에게서 "격정적인 분개"가 뿜어져 나왔다.

앤은 싫다라는 단어를 4번 사용했다. 루시 모드 몽고메리는 앤의 발을 묘사할 때 발을 구르다라는 단어를 사용했다.

우리의 앤은 그녀만의 수류탄을 던져서 레이첼 부인도 못생겼다고 말했고, 더 많은 말을 하면서 그녀가 사일로(역자 주: silo, 곡식 저장고 또는 핵무기 격납고를 뜻한다)만큼 비대하다고도 말했다.

앤은 쾅쾅, 쿵쿵거리고 씩씩대면서 문을 쾅 닫고는 놀라서 입을 벌리고 있는 레이첼 부인과 마릴라를 두고 분노의 구름과 함께 사라졌다.

"뭐, 마릴라, 저런 걸 기르는 게 일이라면, 난 사양하겠어요." 레이첼 부인은 앤을 사람 취급할 수 없다는 식으로 말했다.

물론 레이첼 부인은 여기서 자신의 인간성의 부족을 생각했어야 했다. 정말로! 그녀는 한 연약한 아이를 양육하는 것이 피부병에 걸린 개를 기르는 것 만큼이나 적절하지 않다고 말했고 더 나아가서 그 아이에게 상처를 주지 않았던가? 이건 빅토리아 시대이든, 현대이든, 괜찮지 않다.

앤이 분통을 터트린 것은 이상할 것이 없었다.

나도 안다, 알아. 앤은 11살이었고 주제 넘었다. 내가 앤의 엄마였다면, 적절한 분노 조절과 어른 공경에 대해 이야기해줬을 것이다. 그렇지만 이런 이야기는 먼저 눈물을 닦아주고, 많이 안아주고, 최소한 근처 아이스크림 가게에 가서 자연적으로 만들 수 없는 터키석의 색조를 띄고 있는 블루문 아이스크림을 사준 후에 할 것이다.

한 사람에게 상처를 준 한 단어를 상쇄하기 위해서는 13개의 긍정적이고 희망을 주는 단어를 들려주어야 한다고 알고 있다. (이게 진실인지는 모르겠지만, 우리 아이들에게 상처받은 가족을 위해 13개의 칭찬을 해주라고 가르쳤더니, 놀랍게 치유 되는 모습을 보였다.)

따라서 앤이 내 딸이었고 그녀가 뼈만 앙상하다거나 못생겼다는 말을 들었다면, 그리고 그녀의 머리 색이 베틀 X만큼 엉망이라면, 39개의 달콤한 말을 통해 이 상황을 바로잡을 것이다. 그리고 그녀에게 레이첼 부인의 상처 주는 말들은 부인의 마음 속에 있는 어둡고 우울한 것이 나타난 것이며, 그렇지 않고서야 그렇게 아픈 말을 할 수 없었을 것이라고 가르칠 것이다.

(나는 그리고 레이첼 린드 부인에게 아주 약간의 마마 그리즐리 (Mama Grizzly, 역자 주: 2010년 미국 정치인 사라 페일린이 처음 사용한 용어로, 선거에 출마한 자기를 비롯한 보수 성향의 여성 후보자를 가리키는 말로 사용하였다. 그 의미가 확대되어 자식들의 미래를 위해 정치에 참여하는 모든 엄마들을 뜻하기도 한다.)를 맛보게 해 줄 것이다. 상처 주는 것 그 자체를 원하는 것이 아니라, 몇 번 으르렁거려주고, 허공을 몇 번 쳐줘야 할 것 같다. 내

자식에게 상처를 주면, 나를 상대해야 할 거야.)

아직까지 나는 운이 좋았다. 아무도 피비에게 그녀의 얼굴이나 내 얼굴에 대해 나쁜 말을 하지 않았다. 그러니까 내 말은 피비가 예쁘다는 것이다. 그녀를 보라! 그래, 내가 고슴도치 엄마다. 어쩔 수 없다.

하지만 미국 문화에서도 아름답다고 평가되는 특정한 아름다움이 있으며, 피비는 그런 것을 갖고 있지 않다. 머리는 검고, 눈은 너무 쳐져 있다. 우리는 한국에 살지 않고, 네덜란드/폴란드 계가 많은 그랜드 래피즈에 살고 있으며, 이곳에서는 돌을 던지면 금발에 파란 눈을 가진 사람이 맞게 되어 있다.

엄마들은 걱정을 한다. 그렇지 않나? 나는 언젠가 피비가 자기 생김새가 부족하고, 그래서 자기가 부족한 사람이라고 생각할까 봐 걱정이 된다. 10대 소년들이 (인구통계학적으로 그럴 것이다) 익숙하고 흔한 사랑스러움 때문에 그녀의 이국적 사랑스러움을 간과하게 될까 봐 걱정이 된다. 또 반대의 경우도 걱정이 되는데, 그녀가 "아시아인의 이국적 아름다움"의 상징 같은 것이 되어서 남자들의 머리 속에서 고분고분한 게이샤로 축소되는 것이다. 내 딸은 나보다 더 예쁘지만, 아름다움과 정체성을 찾아가면서 나보다 더 어렵고 도전적인 경험을 하게 될 것이다.

백인 세상에 아시아인으로 산다는 것이 어떤 것인지 잘 모르지만, 내 외모가 이상에서 아주 멀다고 느끼는 것이 어떤 것인지는 잘 안다. 빨강 머리, 통통한 코, 소수민족의 피부 색, 얼굴 형태의 미미한 차이 등 우리 모두 상처 입기 쉬운 부분들이 있다. 우리의 슈퍼모델 친구들을 비롯해서 누구도 여기서 자유롭지 않다! 모델들은 청소년기에 키만 멀대 같이 크고 멍하다는 말을 들었다고 한다. (어떤 모델을 인터뷰 한 적이 있는데, 그녀는 사진을 찍기 전에 사과 한 개 먹어보는 게 소원일 때가 있다고 했다. 그녀의 쓸쓸한 마음에 축복이 있기를. 전화를 끊고 나는 그녀를 위해 사과 한 개를 먹었다.)

예쁘지 않다고 느끼는 앤의 고통은 그녀의 이야기에서 되풀이 되는 모티브이고, 많은 사람들이 자기를 관련시킬 수 있는 점들 중 하나이다. 그녀 "평생의 슬픔"인 빨강 머리를 받아들이는 과제 앞에는 많은 방해물이 놓여있다. 그녀는 머리카락이 "한밤의 어둠"과 같은 색이, 피부는 "깨끗한 아이보리처럼 창백한" 색이 되길 바랐다. (내가 보기에 이건 뱀파이어 같다.) 그녀는 절친한 친구인 다이애나 배리의 얼굴을 보며 자기가 갈망하던 모습을 보았던 것이다. "크림의 움푹 파인 곳처럼 사랑스러운 보조개." (이런 우연이 있나. 나는 허벅지에… 그런 움푹 파인 곳이 있다.)

이제 다시 에이번리의 풍경으로 돌아가서, 앤 말고 모든 엄마들 중 가장 푸르른 마릴라가 레이첼 부인의 모욕에 관하여 얼굴이 붉은 딸을 어떻게 다루었는지 보도록 하자.

먼저, 이 말을 해야겠다. 나는 레이첼 부인과 관련된 이 상황에서 우리 대부분이 그렇듯 좀 다르게 행동했을 것 같다. 이제 막 깜짝 신입 엄마가 된 마릴라에게 약간은 얼떨떨한 상황이었을 것이다. 앤은 초록지붕 집에 온지 2주밖에 안 된 상황이었다. 하지만 마릴라는 **엄마였다.** 마릴라가 알았든 몰랐든 상관이 없다. 이 냉철하고 나이 많은 여자가 부모로서의 학습곡선을 가파르게 바꾸고 있었는데, 그녀는 생각보다 흔들리지 않았다. 그녀의 가장 오랜 친구와 이제 막 그녀의 집에서 머무를 수 있다는 허락을 받은 특이한 작은 소녀 사이에서 마릴라는 자기도 몰랐던 말을 했다.

마릴라가 입을 여는 순간, 이제 막 엄마가 된 사람도, 엄마가 된 지 오래된 사람도 모두 귀를 기울여야 할 것이다. 그녀는 자신의 마음을 드러내는 말을 했다. 그녀는 우리 모두를 놀라게 하는 방식으로 앤을 감싸며 모욕을 밀어냈다. 사실 우리보다 그녀가 더 놀랐을 것이다.

"레이첼 부인, 아이의 생김새를 비난하지 말았어야 했어요." 그녀가 딱딱하게 말했다. 그리고 나중에 앤에게 레이첼 부인이 너무 심했다는 말을 덧붙였다.

앤이 아니라, 당신이 틀렸어요. 나도 이걸 믿을 수 없지만 나는 앤을 점점 더 좋아하고 있어요. 앤도 틀렸지만 당신이 상처를 주었고 그것을 받아들일 수 없습니다.

레이첼 부인도 이걸 잘 받아들일 수 없었다. 괴롭히는 모든 사람이 그렇듯이, 그녀는 상처를 잘 받았고 자기에게 틀렸다고 하는 것을 심히 불쾌하게 생각했다.

"그래요, 마릴라, 이 후에는 말을 아주 조심해야겠군요. 근본도 알수 없는 고아의 잘난 감정이 다른 무엇보다 중요하니까요."

부인, 이제야 이해하는 군요.

레이첼 부인이 방어적으로 대답하기는 했지만, 마릴라의 반박이 깊은 무언가를 건드린 것 같다. 뒤의 이야기에서 앤과 레이첼 부인의 관계가 꽃을 피운다는 것을 우리가 알기 때문인지 모르겠지만, 내가 보기에는 에이번리의 여왕벌은 자신이 선을 넘었다는 것을 알았고 그것을 후회하는 것 같았다.

레이첼 린드 부인은 "잘난 감정"이라는 말로 모든 고아들을 후려 쳤고, 이것은 그녀의 편견을 보여준다. 그래도 나는 그녀의 말이 흥미로운 발언이라고 생각했다.

고아가 자신이 속할 곳을 찾지 못했다는 것은 그녀의 감정이 고려되지 않아도 된다는 것을 의미하지 않는다. 사실 그녀의 감정은 항상 어딘가 속했던 사람들보다 더 섬세할 수 있다.

내가 처음 도라를 다시 만났을 때, 내 코에 대해 느끼는 꺼림직함을 듣고 그녀가 웃었다. 웃겨서가 아니라 유대감을 느꼈기 때문이다.

"나도 그런 코를 갖고 있지만, 이제 난 이게 좋아. 내 얼굴에 맞거든."

내 얼굴에 맞거든. 이 치유의 단어들은 깊은 곳으로 내려가 나와 내 코를 화해시켜주었다. 이건 아주 작아 보이지만 결코 그렇지 않은 순간들 중 하나였다.

의도하지 않은 말에도 쉽게 상처를 받았던 아이에서 벗어나게 된 나는 코에 관한 10대의 환상을 오래 전에 끝냈다. 고등학교를 졸업할 무렵에는 세븐틴 잡지에서 배운 대로 "윤곽"을 만들기 위해 갈색 아이섀도로 코에 음영을 주는 일도 멈추었다. 내 기대에 맞게 외모를 고치려고 하지 않고 내 외모에 맞는 기대를 하기 시작했다. 서서히 이 얼굴에 아주 작고 작은 코는 너무 웃기게 보일 것이라는 점을 깨달았다. 내 코는 내 얼굴을 망치지 않았다. 내 코가 있을 자리는 바로 그곳이었다!

아픈 곳을 받아들이는 것은 좋은 일이지만 누군가 또 그것을 "비웃으면" 어떨까? 그 아픈 자리는 결코 완전히 사라지지 않는다.

몇 년 전에 내가 브리트니 스피어스의 엄마 린 스피어스와 함께 회고록 작업을 하고 있을 때, 누군가가 나를 비웃었다. 이 책을 쓰는데 너무 힘을 쏟은 바람에 아이들 양육에 온전히 집중하지 못했고, 끊이지 않는 전화와 이메일을 받아야 했으며, 바쁘게 이쪽저쪽으로 뛰어 다니며 정신이 없었다. 나는 육체적으로, 감정적으로 완전히 지쳐있었다.

그러다 어느 날, 나는 일을 하던 도중에 알랜 P보다 더 말을 순화하지 못하는 어떤 남자에게 습격을 당했다. 그는 은행 주차장에서 마주친 지인이었다. 자꾸 길어지는 대화를 정중히 끝내려고 하던 중에, 폭탄이 떨어졌다.

"사람들이 당신 보고 유대인 같다고 하지 않나요?" 그는 정말 궁금하다는 듯이 짓궂게 물었다.

나는 정말로 그가 전혀 다른 의미로 말하고 있다고 생각했다.

"아, 조나와 에즈라의 이름 때문에요?" 내가 아무 것도 모르는 순진한 어린 양처럼 대답했다. 우리는 성경에 나오는 히브리식 이름을 골랐고 특히 에즈라는 정말 흔하지 않은 이름이었다.

"아니요." 그가 머리를 저으며 말했다. 그는 손을 컵 모양으로 만들고 한 손은 머리 위에 올리고, 다른 한 손은 얼굴 바로 밑에 두었다.

"당신의 **코** 때문에요. 그리고 당신의 **이마** 때문에요."

맹세컨대, 그는 두 단어를 강조했다.

그는 빠르게 파도 치는 모양을 만들었다. 그의 손을 코 앞에서 앞뒤로 움직이면서, 제스처 놀이를 할 때 가까이에 있는 사물을 볼 수 없다는 표시인 이중 "트롬본" 제스처 비슷한 것을 했다.

피가 솟구치는 것을 느낄 수 있었다. 무릎이 후들거렸고, 그래서 내 미니밴 지붕을 손으로 짚어야 했다.

"내… 뭐요?" 내 인생을 구할 문장을 만들어 낼 수가 없었다.

"당신의 **코**요." 마치 내 이해력이 느린 것처럼 그가 더 천천히 말했다. 그는 계속해서 연극적인 몸짓을 했다. "그리고 당신의 이마요." 트롬본 소리가 터져 나왔다. 바로 그 주차장에서 무언극을 보고 있는 것 같았다.

나는 비틀거렸고 놀랍도록 편협한 그의 말이 내 머리 속에서 가장 중요한 것이 아니었는데도, 나는 그가 넘지 말아야 할 선을 모두 넘었다는 것을 깨달았다.

"난… 오, 그래요." 나는 머리가 멈추어버렸다. 나는 떨며 차를 타고 어둠 속에서 날아가는 박쥐처럼 빠르게 달렸다. 그 남자의 시야에서 벗어났을 때, 난 울음을 터트렸다.

이런 나의 감정적 반응이 나를 놀라게 했다. 그 사람이 내 코에 대해 무슨 생각을 하든 무슨 상관일까? 콜린 퍼스가 내 얼굴의 생김새를 모욕한 것도 아니고. 그의 머리와 입을 연결하는 필터링 체계는 세탁 바구니를 양동이로 사용할 때처럼 전혀 작동하지 않았다. 모든 것이 그냥 쏟아져 나온 것이다.

나는 이런 일이 있을 때, 말한 사람이 누구인지 생각해야 한다는 것을 알고 있는 사회화된 37살 성인이었다.

그러나 나는 배를 주먹으로 강타당한 것 같았다. 어떻게 그가 감히? 나는 공세에 시달리는 내 연골 뼈를 토닥거렸다. **나의 오랜 친구, 코야, 난 너를 여전히 사랑해! 뭐, "사랑"은 너무 강한 단어인 것 같네. 하지만, 그래, 너를 받아들인단다!**

갑자기 내 이마에 대한 생각으로 괴로워졌다. 분명히 신디 크로포드의 물건은 아니다. 나는 항상 앞머리를 가지런히 잘랐다. 그렇게 해야 내가 더 매력적으로 보이기 때문이다. 내 이마는 내가 가장 좋아하는 신체 부위는 아니었지만 그렇다고 해서 그렇게 심한 손짓을 불러오는 것인 줄은 모르고 있었다.

감사하게도 내가 집에 도착했을 즈음에는 스스로를 좀 가라앉힐 수 있었다. 고맙지만 내 이마는 괜찮고, 그렇지 않다고 해도 앞머리가 가리고 있다! 그리고 내 코는? 다시 말하지만 그 무신경한 놈이 뭐라고 하든, 내 얼굴에 맞는 코이다.

곧 내 분노는 상처받은 자아에서 뿜어져 나오는 분노에서 그의 언어에서 묻어 나온 충격적인 반유대주의에 대한 분노로 바뀌었다. 아름다운 내 유대인 친구들과 그들의 예쁜 코를 생각했고 새삼스럽게 인류에 대한 걱정이 들었다.

🌷

다시 에이번리로 돌아가서, 마릴라는 어머니가 되는 길로 깊숙이 들어가게 되었고, 앤이 상처를 받은 난처한 상황과 마주하게 되었다. 공감이라는 과제를 앞에 둔 마릴라가 오래 전 자신이 받은 상처를 상기하도록 한 루시 모드 몽고메리의 글솜씨는 정말 절묘하다. "어둡고 못생긴 저 어린 것이 얼마나 불쌍한지." 마릴라는 어릴 때 자기 고모가 다른 고모에게 이렇게 말하는 것을 들은 적이 있었다.

그 순간, 공감이 우리의 이해를 돕고 굳은 마음을 풀어줄 때 우리 모두가 변하는 것처럼 마릴라는 부드러워졌다. 공감은 마릴라에게 말벌에 쏘인 것처럼 부주의한 언어로 상처받는 것이 어떤 기분인지 상기시켜주었다. 앤은 몰랐지만, 마릴라는 그러한 말벌 같은 언어들이 오랫동안 맴돌며 자신의 가치와 아름다움에 대한 생각을 형성할 때 영향을 미칠 수 있다는 것을 이해하고 있었다.

마릴라의 본능적 모성이 깨어난 것이다. 그녀는 또한 나이가 많아지면 더 견고하게 자신을 방어할 수 있게 되기도 하지만, 늙어가는 것은 그 자체로 젊고 흠 없던 시절에 하던 생각과는 다른 새로운 생각을 가져온다는 것을 알고 있었다.

어떤 친척이 나에게 밝은 목소리로 내가 살이 좀 쪘고 뼈만 앙상한 상태에서 나아진 것을 축하한다는 듯이 말한 적이 있었다.

"잘 살고 있나 보구나" 그녀는 진심으로 웃었다. 나는 그녀의 얼굴에 감자 샐러드를 던질 수는 없었다.

또 한번은 내가 귀를 기울여 의견을 들었던 한 사람이 달콤하게 노래하듯이 나에게 말했다. "얘야, 정말 볼이 통통하구나." 나는 곧 나쁜 마녀의 오븐 속으로 던져질 헨젤이 된 기분이었다. 이 사람은 또한 때 나를 "만두"라고 불렀는데, 내가 그녀에게 이제 그만하시고 날 덜 부끄러운 별명으로 불러달라고 말했을 때에야 멈추었다. "'치즈 막대 과자'같은 거 말이에요." 제안은 했지만, 받아들여지지는 않았다.

내 지방을 갖고 날 놀리면 안 된다.

주름살도 안 된다.

모두를 위해서, 많은 검버섯도 건드려서는 안 된다! 얼굴에 마다가

스카르 모양의 갈색 반점이 생기고, 그 반점이 품위를 지키기에 너무 크다면 어둠의 날이 다가오고 있다는 뜻이다.

내 턱살이 쳐지고 있고 이건 회복 될 수 없을 것이다. 몸의 다른 부분도 무너지고 있었다.

나는 내 얼굴에 작은 안테나처럼 삐죽 나온 눈썹을 없앨 수도 있고 그냥 둘 수도 있다. 다행히도 특정한 방향으로 빛을 받을 때만 보인다. 나이가 든다는 것은 많은 부분에서 예민해지게 만들지만 다행히도 우리는 우리가 어렸고, 즐겁게 뛰어 놀았고, 주근깨만 있었을 때보다 더 빠르게 우리 자신을 받아들이게 된다.

앤이 행복감에 가득 차 있을 때, 그녀는 마릴라에게 말했다. "지금만큼은 빨강 머리가 아무렇지도 않아요." 좋은 점은 나도 대개 내 코(그리고 이마, 볼, 허벅지)가 아무렇지도 않다는 것이다.

특정 나이가 되면 우리는 사람들이 전반적으로 조금 더 친절하고 부드러워질 것도 기대할 수 있다. 나는 특히 내가 그렇게 되기를 기대한다.

이 세상에 사는 동안 우리는 사교능력이 떨어지는 사람들과 함께 살아간다 (그리고 우리의 능력이 떨어질 때도 있다). 브라이스크처크 선생님처럼 자기 말이 어떤 상처를 줄 수 있는지 전혀 모르는 순수한 사람도 늘 우리 곁에 있다. 함부로 남의 지뢰밭에 들어가 숨겨둔 기폭장치를 건드리는 알랜 P나 레이첼 부인 같은 사람도 늘 우리와 함께 있다. 문제는 다른 것이다. 우리가 어떻게 대처할 것인가? 우리와 우리 딸들의 아름다움의 문제를 어떻게 다룰 것인가?

❀

초록지붕 집에서 레이첼 부인의 집으로 가는 짧은 길에서, 우리는 앤으로부터 아픈 부위를 자꾸 건드리는 사람에게 어떻게 대응해야 하는지 배울 수 있다. 나는 앤이 길을 걸으며 자신의 행동을 뉘우치는 사과를 기분 좋게 바꿀 아이디어가 떠올라 그것을 한 관객에게 보일 생각으로 신나서 걸어가는 모습을 들뜬 기분으로 보았다.

앤은 레이첼 부인에게 사과하느니 뱀이 기어다니는 지하 감옥에서 살겠다고 선언했지만, 사랑이 그녀의 고집을 움직였다. 처벌이 주어졌다면 태도를 바꾸지 않았겠지만, 아버지와 같은 사람의 부드러움은 산도 옮길 수 있었다.

이미 사랑에 빠진 우리의 매튜는 참견하지 않기로 약속한 것과는 반대로 참견을 했고, 레이첼 부인의 문제와 관련하여 앤에게 좀더 부드러울 것을 요청했다. 앤은 매튜를 위해서 사과하는 것이라고 생각했고 모든 것이 바뀌었다. 두 사람의 관계는 이미 그녀를 변화시키고 있었다.

린드 가의 집에 도착했을 때 본격적으로 막이 올랐다. 앤은 레이첼 부인의 속죄소로 자신의 몸과 영혼을 던졌다.

그녀는 일부러 목소리를 떨었다.

그녀는 당밀처럼 진하고 달콤한 목소리로 자신이 레이첼 부인에게 잘못한 것을 열거했고 추가로 몇 가지를 더 이야기했다. 나는 그녀가 자신이 사과를 해야 한다고 스스로를 설득한 것은 아닐까 하는 생각이 들 정도였다.

그녀는 용서를 구했다.

그리고 나서 레이첼 부인이 유리잔 아래 깔린 벌레처럼 몸을 꼼지락거리기 시작했을 때 앤은 '고아 카드'를 꺼내 들었다. "저를 용서해 주지 않으신다면, 저는 평생 슬플 거예요. 불쌍하고 어린 고아 소녀가 끔찍하게 화를 냈다고 해서 그녀에게 평생 가는 슬픔을 안기지는 않으실 거죠?"

나는 레이첼 부인이 그러지 않을 것이라고 확신했고, 실제로 그러지 않았다.

누군가의 머리에 숯불을 올리는 것에 대해 이야기해보자. 장담하건대, 며칠 동안 레이첼 부인의 귀에서 연기가 뿜어져 나왔을 것이다.

그날 물이 빛나는 호수에서 해가 지기 전에 두 원수는 친구가 되었다. 앤이 그녀를 자기 편으로 만든 것이다.

성경에서 사도 바울은 사람들을 자기 편으로 만드는 것에 대해서 이야기한다. 이웃, 믿지 않는 남편, 약자들과 무법자들에 대해 이야기한다. 우리가 모욕을 당했을 때 방어만 한다면 어떻게 앤처럼 상황을 뒤바꿀 수 있을까? 우리가 어떻게 사랑의 지배를 받아 원수들을 내 편으로 만들 수 있을까?

레이첼 부인은 밉살맞게 행동했지만 앤의 행동도 나빴다. 이렇게 엉망인 상황에서는 자비, 사랑, 그리고 건설적인 사과가 승리한다. 이 만남으로 어떻게 사람들이 변했는지를 보라. 마릴라는 오직 어머니들만 갖는 보호적인 사나운 분노를 맛보았고, 자녀를 옹호하게 되었다. 매튜는 사랑의 지배를 받아 앤을 위해 위험을 감수했다.

앤이 몇 달 후에 머리를 초록색으로 염색한 걸 보니 아주 많이 변하지는 않았지만, 이 사건만 놓고 보았을 때 앤은 발전했다. 그녀는 밀어낼 수 있었고, 이것은 옳은 일이었다. 그녀는 자신의 인간성을 지키기 위해 일어났고, 성찰 비슷한 것을 하며 시간을 보낸 후에 그녀는 유머감각과 연극적 아이디어로 레이첼 부인을 자기 편으로 만들었다.

나도 그날 주차장에서 앤과 같은 힘이 있었더라면 좋았을 것이다. 그 힘을 수단으로 세탁소 바구니 같은 그 사람 앞에 당당하게 서서 그런 말을 나에게 그리고 유대인에게 하는 것은 괜찮지 않다고 말했을 것이다. 왜냐하면 괴롭히고 압제하는 사람들 앞에 당당히 서는 것은 아름다운 일이기 때문이다.

누군가 우리 딸의 지뢰를 밟으면 어떻게 대처해야 하는지를, 그리고 죄를 짓지 않으면서 분노하는 것은 괜찮다는 것을 가르칠 것이다. 이 차이점을 내가 이해하는 폭이 넓어지는 만큼 우리 딸에게 가르치고 싶다.

우리 딸이 자신의 다름, 호박색 피부, 칠흑 같은 머리, 수박 씨 같은 눈 모양에서도 아름다움을 찾기 바란다. 그리고 다른 사람의 아름다움을 찾고 칭찬하며, 누구도 거부할 수 없는 자신 내면의 사랑스러움을 발전시켜 사람들을 끌어 당기고 따뜻하게 하기를.

IO

나는 내가 입양한 아이를
생물학적으로 사랑한다

내 배가 아파 낳지 않은 아이를 얼마나 사랑할 수 있는지 생각해 본 사
람은 이것을 안다. 똑같이 사랑할 수 있다는 것. 사랑의 느낌은 심오하
고 굉장하며 놀랍다.

—

니아 발다로스, 『즉석 엄마』

한국인 딸에 대해 내가 받는 질문들은 이렇다.

"아이의 **진짜** 엄마에 대해 아는 거 있어요?"

"아이가 나중에 **진짜** 엄마를 찾을까요?"

"아이의 **진짜** 엄마인가요?"

(사람들은 내가 그들이 무슨 말을 하는 건지 이해를 못하는 것 같을
때, 꼭 이 단어를 강조한다.)

한 번은 식료품점에서 계산을 하려는데 직원이 이렇게 물었다. "아
이의 유모인가요?"

짜증을 내며 대답을 하자면 이렇다.

"물론 알죠. 그 사람에 대한 모든 것을 아는 걸요!"

"아무 문제 없을 거에요. 한 집에 살고 있으니까요."

"네! 아이의 홀로그램 엄마는 훨씬 덜 매력적이죠."

그리고 계산원에게는 이렇게 답할 것이다. "아이에게는 날 고용할 돈이 없죠."

나도 안다, 알아. 이 모든 것에 좀더 좋게 대답해야 하고, 대부분의 경우 그렇게 한다. "진짜"라는 단어를 "생물학적" 또는 "생"이라는 의미로 사용한다는 것을 알고 있다. 그들은 복잡한 관계를 모두 아우를 수 있는 적절한 단어를 찾지 못한 것이다. 그래도 이 단어는 매번 내 옆구리를 찌른다.

내 딸이 나와 이야기하면서 이렇게 이야기한 적이 있었는데, 그 때는 옆구리가 찔리지 않았다. 대신 화살처럼 심장이 찔렸다. 그것도 과녁 한복판에 명중했다. "언젠가 우리가 한국에 가면 진짜 엄마를 만나게 될까요?" 아이가 난데없이 나에게 물었다. 무슨 말을 하는 건지 알고 있었다. 그녀는 8~10살 정도였고, 다른 사람들처럼 적절한 표현이 없었다는 것도 알고 있었다. 하지만 이건 매번 명중하는 화살이다.

피비가 나에게 상처 주려는 것이 아니라는 것도 안다. 예전에 나도 우리 엄마에게 비슷한 이야기를 했었다.

어쩌다가 **진짜**라는 단어를 사용해서 생물학적 또는 유전적 관련성을 표현하게 되었을까?

나는 이 단어를 그러한 문맥에서 사용하지 않아야 된다고 생각한다. 왜냐하면 고아라는 단어처럼 이 단어는 여러분이 생각하는 그런 의미를 진짜로 갖고 있지 않기 때문이다.

진짜의(real): 실제의, 물리적인, 물질적인, 사실의, 만질 수 있는, 존재하는, 진실한, 진품의, 유효한, 참된.

이것은 하루 24시간, 365일 내내 엄마들이 실제적이고 물리적인 방식으로 진실되게 자녀들을 지지하고, 자녀들을 위하고, 자녀들과 함께 하는 방식을 설명하는 단어이지 않나?

진짜의 반의어는 더 나쁘다.

존재하지 않는.

잘못된.

거짓의.

인공의.

그리고, 혹시 '**자연의**'라는 단어로 딴지를 걸지 말았으면 좋겠다. ("피비가 자연의 엄마를 찾고 싶다고 생각하는 건가?" 세상에!)

"'**자연의**'라는 말은 화학 비료를 쓰지 않은, 글루텐을 함유하지 않은, 유제품이 함유되지 않은 것이라는 생각이 들게 해." 아프리카에서 온 꼬마 여왕 엔키아의 위탁모였다가 그녀를 입양하게 된 내 친구 셰리가 말했다. 장엄할 정도로 긴 땋은 머리와 건강하고 나이에 비해 키가 큰 세 살 짜리 소녀는 자신들의 가족이 완벽하다고 생각했던 부부와 큰 오빠들이 살고 있는 가정에서 자기의 자리를 찾았다. 그러나 사실 마릴라와 매튜처럼 아이보다는 두 부부에게 이 아기가 더 필요했다.

엔키아는 시에라 리온에서 태어났지만, 그녀의 영원한 가족 안에서는 네덜란드/푸에르토 리코 사람이다. 또 엔키아가 오기 몇 년 전에 아이티에서 입양된 오빠가 있기 때문에 약간 아이티 사람이라고도 할 수 있다. 엔키아는 공동 농장에서 자라고 있는 (토스톤을 만드는 재료인)플렌테인 또는 (네덜란드의 부런코올을 만드는 재료인)케일 만큼이나 화학 비료를 쓰지 않고, 가족 전체에, 그리고 순수하게 이 가정 안으로 들어갔다.

내가 아는 입양아를 둔 어떤 어머니는 케익을 꾸미기 위해 스스로 식물성 염료를 만든다. 그녀는 자기 가족이 먹는 음식에 들어가는 재료가 화학물질이 없는 목초급여 고기인지, 재료에 인공성장호르몬(rBGH)을 투여하지 않았는지는 물론이고 화학 비료를 사용하지 않았는지, 글루텐이 들어가지 않았는지, 유제품이 들어가지 않았는지 까지 모두 확인한다. 그리고 아마씨와 유장(whey)을 많이 사용한다. 그녀는 놀라울 정도로 멋진 엄마인데, 이런 맥락에서 '자연의'라는 단어를 사용하는 많은 사람들에 따르면 그녀는 "자연적이지 않은" 가식으로 자녀들에게 엄마 노릇을 하고 있는 것이 된다.

그렇기 때문에 이 단어도 논외가 된다.

적어도 우리는 이런 단어들, 특히 **진짜**라는 단어를 생물학적 어머니와 입양한 어머니 모두에게 사용해야 한다.

도라는 내 역사에서 **진짜** 한 부분을 차지하며, 피비의 역사에서 문도 그러하다. 각각에 대하여 적절한 의미를 부여해보자면 이렇다. 나와 내 딸의 생모를 포함하여 자녀들을 위해 놀라운 실제적 방법(출산)으로 앞으로 나아간 모든 생모들에게 감사한다. 여러분 중 대다수는 자녀가 양육되고 사랑 받을 수 있도록 자녀를 다른 사람에게 넘겨주는 용감한 선택을 했다.

여러분이 자녀와 한 번이라도 관계를 맺게 되든 그렇지 않든, 여러분은 사랑, 기도, 생각, 그리고 물론 DNA를 통해 계속해서 함께 길을 가는 것이다. 그리고 모든 곳에 있는 입양아를 둔 어머니들에 대해서는 "우리는 항상 여러분을 생각하며, 입양아들에게 엄마가 사랑하고 있고 최선을 다하고 있다"고 말한다.

여러분은 모두 진짜 엄마이다.

그리고 때로는 예리한 칼로 때로는 무딘 칼로 여러분의 자녀의 삶에서 여러분이 하는 역할이 가짜이고 빨간색으로 물들인 아이스캔디만큼 인공적이라는 말을 지속적으로 듣고 있는 엄마들에게 하고 싶은 말은, 여러분은 그게 진실이 아니라는 사실을 안다는 것이다.

여러분은 우는 아기를 달래고 침대 밑에 숨은 괴물을 물리치며 천둥번개 때문에 떠는 자녀를 진정시키는 실제적인 엄마이다. 여러분은 추운 경기장과 질척거리는 축구장 가장자리에서 목이 쉴 때까지 응원을 보내는 정말 존재하는 엄마이다. 여러분은 학교 교장이나 친구의 엄마나 심지어 경찰의 전화를 받는 진실되고, 정확하며, 그리고 참된 엄마인 것이다.

DNA의 나선형 구조가 갈색 눈과 같은 특징을 결정할 수는 있지만, 그런 특징의 특성을 결정하는 것은 부모의 헌신이다. 사랑, 기쁨, 안식, 인내, 자비, 선함, 충성, 온유, 절제… 와 같은 특성은 부모의 실제적인 노력으로 이루어진다.

우리가 입양아를 자궁에 임신하고 출산하지는 않았지만, 그래도 우리는 우리의 입양아를 생물학적으로 사랑한다. 나는 다음과 같이 생각한다. 사람들이 "진짜"와 "자연"을 생물학적이고 물리적인 결과물과 같은 것이라고 본다면, 긴밀한 유대에는 명백한 화학적 요소가 있다. DNA가 아니라 화학 작용이 친밀감을 만든다는 것이다.

우리가 아이들을 가까이에 두고 있으면 우리 뇌와 아이들의 뇌에서 진정제 같은 특별한 것이 분비된다. 그래서 우리가 꼭 붙어있으면 신체적으로 기분이 좋아지는 것이다. 학교에서 힘든 하루를 보내고 온 피비를 내 무릎에 앉혀두고 앞뒤로 흔들어주면서 피비를 지지하고 사랑하는 말을 노래하듯 들려주면 피비를 위로하고 진정시키는 통증을 없애주는 약을 투여하는 것과 같다. 그렇게 하면 피비의 영혼과 몸이 평화롭게 회복된다. 사랑의 접촉으로 분비되는 또 다른 "좋은 기분이 들게 하는" 요소는 옥시토신으로, 과학자들이 "행복 호르몬"이라고 부르는 것이다.

어머니의 사랑을 포함한 모든 종류의 사랑은 대뇌 변연계에서 주관한다. 만지고 대화하고 돌보아주면서 우리가 상상하는 것보다 더 깊게 우리 아이들의 뇌 형성에 기여하게 된다.

우리 엄마가 나를 흔들어주고, 꼭 껴안아주고, 등을 쓸어줄 때마다 이 경험들은 나의 대뇌 변연계 기억 속에 새겨졌다. 피비는 영유아일 때 잠투정이 심했는데, 잠이 들 때까지 내가 손가락으로 부드럽게 피비의 볼이나 관자놀이에 작은 동그라미를 그려주었다. 이것도 대뇌 변연계에 남겨진 한 점이 되었다. 수없이 많이 안아주고 손을 잡아주고 이마에 뽀뽀를 해주면서 이 점들은 각인되고 형태가 생겼다. 마치 프린스 에드워드 섬이 바다의 파도로 조각된 것처럼 말이다.

어머니의 사랑은 자녀가 갖고 있는 화학 물질과 뇌의 구조를 바꾼다. 그리고 아버지의 사랑도 마찬가지이다. 사랑은 오랜 시간에 걸쳐 지속적으로 생명을 공급하고 구조를 만들어가는 힘을 가진 생물학이다. 클라라는 자신의 딸 루시 모드 몽고메리를 사랑했고, 도라와 문도 포기해야 했던 자기 딸을 사랑했다. 이들의 사랑의 점은 우리 마음 깊은 곳에 새겨져 있다.

우리 부모님이 생후 2주된 나를 그 병원에서 슬쩍 데려왔을 때부터 나의 영원한 엄마는 펜을 들고 도라가 남겨둔 점들 위에 셀 수 없이 많은 점을 남겼다. 나는 피비의 엄마로 살아가는 매일매일, 문의 점들 위에 점을 추가하고 있다. 이 세상의 그 어떤 어려움도 어머니의 사랑 위에 새로운 것을 덮어 씌울 수 없다. 그 어머니가 생모이든, 입양한 어머니이든 상관없이.

따라서 생물학적 관련성 때문에 걱정하는 분들이 있다면, 다음 번에 자녀를 만져주는 일만 생각하라. 사랑 이상을 생각하지 말라.

도라는 나에게 생명을 주었고, 우리 엄마는 내 생명의 구조를 만들었다. 문은 피비에게 생명을 주었고, 내가 구조를 만들어가고 있다. 한 어머니는 길잡이 별이고 한 어머니는 북극성이다. 이보다 더 자연적일 수 없다. 이보다 더 진짜일 수 없다.

II

재결합에 관한 삽화

모든 것이 좋아.

—

로웬 할머니

원고는 다음과 같다.

당신은 태어나면서부터 자녀가 없던 부부에게 입양이 되었고, 그 가정에서 충분히 행복하게 자랐다. 하지만 물론 모든 것을 이해하는 것은 아니다. 가족들은 모두 금발머리에 갈색 눈과 긴 몸통을 갖고 있다. 당신은 가족 중 누구도 갖고 있지 않은 그림 그리는 소질이 있다. 어디서 온 것일까? 당신이 조금 더 자라고 어느 날, 텔레비전 프로그램에서 생모들이 자신이 낳은 자녀들을 찾는 이야기를 보게 되었다. 그리고 익숙한 목소리를 가진 한 여자가 당신이 태어난 날 자기 아이를 낳았다는 이야기 하는 것을 듣고 놀라게 된다. 그녀는 갈색 머리에 갈색 눈을 갖고 있고, 당신처럼 이마 쪽에 곤추선 머리카락이 있다. 이 사람이다! 당신은 이 프로그램 담당자에게 전화를 해서 프로그램 게스트와 딱 들어맞는 당신에 관한 구체적인 정보를 이야기해준다! 당신은 멀리 날아가 전국으로 방송되는 텔레비전 프로그램에서 생모를 만난다. 그리고 당신은 그녀가 정확히 똑같은 스웨터를 입은 모습을 보고 놀란다 (또는 놀라는 척을 한다). 시청자들은 오, 아, 하고 탄식하고 프로그램 진행자는 눈물을 닦는다. 마법이 일어났고, 이제 당신은 완벽하게 완성되었으며, 아무것도 부족한 것이 없다. 재결합이 당신을 완벽하게 완성시켰다. 그리고 당신과 생모는 그 후로 서로 말을 주고 받으며, 서로의 스웨터를 사 주며, 행복하게 살 것이다.

이것은 사람들이 재결합을 꿈꾸는 기본적인 틀이다. 사람들은 이 이야기의 자기 버전을 만들기 위해 어떤 작은 특징이라도 걸리기를 바랄 뿐이다. 예를 들어, 내가 나의 생모 도라가 작가라고 언급하면 사람들은 맥을 못 춘다. 그녀는 자연에 대해 쓰는 작가라는 것은 무시해버린다. (보기 어려운 식물군과 동물상을 찍기 위해 늪지에 누워있는 그녀를 발견할 수 있을 것이다. 반면에 나는 한 번도 늪지에 눕고 싶다는 생각을 해본 적이 없다.)

사회는 이런 동화를 갈망한다. 사회는 똑같이 곤추선 머리나 스웨터, 특히 완벽한 재결합을 열망한다. 이런 맥락에서 사람들 중 60%가 자기가 입양아였으면 하고 바란다는 통계를 본 적이 있다. 내 생각은 무엇이냐고? 사람들은 결점이 있는 자기 가족에게서 벗어날 수 있는 뒷구멍을 찾는 것 뿐이다. 그들은 자기가 입양아라면, 가족을 이룰 기회를 한 번 더 가질 수 있고, 그렇다면 현재 가족의 문제와 장애가 사라질 것이라고 생각한다. 그리고 그들은 그 후로 행복하게 살 것이다. 페이드아웃.

나는 여기서 이 동화를 깨뜨리려고 한다. 재결합이 이렇게 완벽하게 일어나는 일은 거의 없으며, 많은 경우 이별만큼이나 큰 격변을 가져온다. 다 나쁘다는 것이 아니다. 격변들을 연결해보면 종종 놀라운 것이 나오기도 한다. 하지만 이건 벌집을 건드리는 것과 같은데, 사람들은 벌집을 건드려도 괜찮다고 생각하는 것이다.

2006년 7월

죽음의 목전에 계신 아빠를 만나기 위해 어린 자녀 셋을 데리고 혼자 위니펙까지 가는 것은 너무 무리일 것 같아서 나의 생모와 생모의 가족들과 위니펙 호수가의 오두막에서 하룻밤을 보내면 좋겠다는 생각을 했다.

도라는 60세를 앞두고 있었고, 이 방문이 그녀의 딸이자 나의 이부동생인 다니카, 그녀의 손자 (나의 조카), 그리고 다른 친척들과 만나고 재결합하는 특별한 시간이 되기를 바랐다. 그들은 캘거리에서 출발해 우리를 위니펙에서 만나서 다 함께 오두막에서 시간을 보내기로 했다.

나는 속에서 앓고 있었다. 우리 아빠는 8개월 전에 폐암 4기 진단을 받았고, 생명이 서서히 꺼져가고 있었다. 오늘, 내일 하고 계셨던 것이다. 통통하시고 아주 쾌활한 아빠가 노인이 되고 허수아비처럼 마르고 새처럼 약한 모습을 보는 것은 두려웠고 괴로웠다. 아빠와 보내는 하루하루가 소중했다. 우리의 방문은 너무 짧았고, 우리 부모님을 두 분의 아파트에 두고 떠나기가 너무 죄송스러웠다. 피할 수 없는 죽음에서 정신 없이 도망치고 싶다는 생각과 간절하게 아빠 곁을 떠나고 싶지 않다는 생각이 동시에 들었다. 하지만 도라는 이 모임을 위해 많은 노력을 했다. 그녀에게 중요한 일이었다. 나는 그녀를 기쁘게 하고 싶었고, 실망시키고 싶지 않았다. 그리고 우리 부모님은 이 문제에 대해 관대하셨다. 두 분은 38년 전에 자기를 포기한 어떤 여자와 결합하기 위해 떠나는 딸과 손주들에게 작별인사를 하면서 기분이 이상하셨을 것이다.

어쩌면 고통스럽기도 하고 다행스럽기도 했을 것이다. 그런 일로라도 우리가 떠났기 때문에, 모든 것이 괜찮다는 척을 할 필요 없이 서로의 쉼터로 돌아갈 수 있었을 것이다. 나는 이게 아빠와 함께한 마지막이 될 줄 몰랐다. 아빠가 일주일 안에 돌아가실 줄은 정말 몰랐다. 그걸 알았더라면 다르게 행동했을 것이다.

100km정도를 운전해서 그 오두막에 도착하기 전에 나는 신경이 날카로워져 있었다. 20개월 된 피비는 자기 카시트, 이런 자동차 여행, 눈 부신 햇빛을 싫어했다. 그녀는 소리지르고 칭얼거리며 온 몸을 비틀고 몸을 흔들며 내 의자를 걷어찼다. 어느 순간 그녀는 너무 심하게 몸부림을 쳤고 카시트에서 몸이 빠져 나와 차 바닥에 떨어졌

다. 나는 고속도로에서 차를 세우고, 옆으로 자동차와 트럭이 쌩쌩 지나가고 있는 와중에 그녀를 겨우 붙잡아 카시트에 태웠고 내 속은 더 끓게 되었다.

목적지에 점점 가까이 가면서 나는 앞으로 있을 일에 대해 마음의 준비를 갖추었다. 도라와 그녀의 남편과 그녀의 딸과 함께 한 가족으로서 시간을 보낼 것이다. 우리 아이들은 생물학적 사촌들 그러니까 다니카의 9살된 아이를 처음으로 만나게 될 것이다. 도라는 처음으로 피비를 보게 될 것이다. 도라가 피비를 얼마나 예뻐할까?

그리고 로터스라는 이름으로 활동하고 있는 민속 무용가인 도라의 동생 리즈 이모를 만날 것이다. 우리는 모두 함께 대가족으로서 오두막에서 밤을 보낼 것이다.

도라는 그 오두막의 현관에서 기다리고 있었다. 내가 시동을 끄자마자 그녀는 나를 향해 왔다. "안녕, 내 새끼들!" 우리가 차에서 내리자 도라가 야단스럽게 말했다. 우리 아들들은 자기 할머니를 보고 낯설어서 수줍게 웃고 있었다. 나는 꽥꽥 소리를 지르는 아기를 그녀의 고문 기구에서 꺼내면서 평온한 척 하려고 노력했다.

감사하게도 경관이 바뀌고 새로운 얼굴들을 보게 되자 피비는 진정됐다. 그녀는 리즈 이모의 개와 아이들을 잘 돌보는 리즈 이모를 좋아했다. 이모는 피비와 현관에서 오후 내내 비눗 방울을 불었다. 이 말을 하지 않을 수가 없는데, 그 시점에서 이모가 피비를 데려가 노르딕 폴스카 무용인 부족에서 직접 키우고 싶다고 제안했다면, 나는 그렇게 하시라고 했을 정도로 서로에게 잘 맞는 것 같았다.

호수가에서 며칠을 지내는 것은 즐겁기도 하고 불안하기도 했다. 나는 설탕 가루보다 더 고운 모래가 있는 매니토바 기슭의 아름다움을 잊고 있었다. 위니펙 호수는 넓고 쓸쓸하며 끝이 보이지 않는 미시간 호를 떠올리게 했다. 주변 환경이 곤두선 나의 신경을 가라앉혔고, 내 주변을 맴도는 호수와 소나무에서 풍기는 흙 냄새는 깊게 숨을 들이쉬고 내쉬게 만들었다.

하지만 아무리 좋게 보아도, 이 재결합 행사는 혼란스러울 뿐이었다. 나를 감싸는 따뜻한 햇빛과 잔잔한 파도소리가 반가웠지만 우리 아빠는 여전히 죽어가고 있었다. 언제 돌아가실지 알 수 없다는 것이 엄청나게 불안했다. 그때부터 나는 사랑하는 사람의 죽음을 알게 되는 것 그 자체보다도 사랑하는 사람이 어떻게 죽을지 모르며 고뇌하는 것이 더 힘들게 할 수 있다는 것을 알게 되었다. 그 오두막에 머무는 동안 내 안에서 충돌하는 양쪽 부모에 대한 내 마음이 바다에 빠진 블랙박스처럼 탁탁거리는 소리를 내고 있었다.

그래도 그 기슭에 다시 가게 되어 좋은 것도 있었다. 우리는 검정색 비키니를 입고 있던 리즈 이모와 함께 놀았다. 리즈 이모는 아주 다정하고 여유로운 성격을 갖고 있었다. 그녀는 팔찌를 딸랑거리며 멋지게 흔들고 있었다. (나에게 하는 말: 이모가 민속 무용을 모르는 조카보다 더 멋진 배를 갖고 있는 것을 보니 민속 무용은 분명히 뱃살에 좋다.)

생물학적 동생인 다니카가 자기 직업과 친구들에 대해 이야기하는 것을 자연스럽게 들었다. 우리는 도라가 수 년 전에 나를 만나보라고 그녀를 그랜드 래피즈로 보냈을 때 처음 만났었다. 4살 차이가 나는 우리는 많이 닮아서 교회와 시내에 있는 내 지인들이 보면 당연히 내 동생이라고 생각할 것 같다. 그녀는 유머 감각이 있고, 양육과 관련해서 자연스러운 "이모의 조건"을 갖추고 있으며, 재미있는 사람이다.

오두막에서 저녁을 먹은 후에 다니카와 나는 남자 아이들을 데리고 아이스크림을 사러 갔다. 도라와 빌이 피비를 돌보아주었다. 나는 도라가 우리 자녀 모두를 사랑하는 것을 보고 감명 받았다. 심지어 자기의 생물학적 손녀가 아닌 피비도 사랑해주었다. 빌은 우리가 그의 가족과 만나는 것을 관대하게 받아들여주었다. 그가 피비를 흔들어 재우고 그날 밤 아기에게 우유를 먹이는 것을 보며 나는 마음이 미어졌다. 그녀의 진짜 할아버지가 흔들어 재워주었어야 하는데. 그녀를 안기에 진짜 할아버지의 팔은 화학물로 피폐해져 있었다. 이런 모순은 나를 아프게 했다.

아이스크림을 파는 오두막집까지 나무가 깔린 길을 따라 느긋하게 걸으면서 다니카와 나는 나의 혼란을 제외한 모든 것에 관해 이야기를 나누었다. 내가 느끼는 혼란에 대해서는 내가 아무리 노력을 했어도 표현할 수 없었을 것이다. 그런데 아이스크림 가게에 도착했을 때, 그 순간을 환하게 밝혀준 일이 일어났다.

가게 옆 간이 테이블에 앉아서 아이스크림 콘을 핥아먹고 있는 내

또래의 어디서 많이 본 것 같은 여자가 눈에 띄었다. 갑자기 생각이
났다.

"혹시… 타냐야? 메노파 학교에 다녔던?" 내가 물었다.

타냐와 나는 고등학교 때 그럭저럭 지내던 친구였다. 나는 우리 친
척들 사이에서 제법 잘생긴, 빛나는 푸른 눈과 백금발의 물결모양 머
리를 가진 양부모님쪽 사촌 윌리를 그녀에게 소개시켜주었었다.

간이 테이블로 더 가까이 가면서 나는 더 이야기했다. "나는 로리
라이머야. 그러니까 결혼하기 전 이름 말이야."

그 여자는 일어나 나를 알아보는 눈빛을 보냈다. "로리, 믿을 수
없어!"

나는 20년도 넘게 타냐를 보지 못했지만 윌리가 다른 사람과 결혼
한 것은 알고 있었다. 20년 전에 나는 대학교에 입학하며 위니펙을
떠났고, 그래서 나를 좀 산만하고, 남자에 관심이 많은 고등학생 로
리 라이머로 알고 있는 사람을 우연히 만나는 것은 놀라운 일이었다.

우리는 우리가 알던 친구들과 나의 멋진 사촌 윌리에 대해 이야기
했다. 윌리에 대해 이야기하면서 그녀는 그 대가족에 속한 또 다른
나의 사촌들을 떠올렸고, 그 사람들을 바로 그날 봤다고 이야기했다.

"여기서 봤다고? 지금?" 나는 믿을 수가 없었다. 그 사람들은 나와
25년동안 가족으로 지냈다. 나는 어린 시절 나보다 나이가 많은 사촌
들의 결혼 피로연에 참석하게 되면서 노스킬도넌 메노파 교회 지하
에서 많은 시간을 보냈다. 나를 포함한 어린 사촌들은 식사 후에 메

노파 결혼식에서 누구든 나와서 이야기할 수 있는 시간인 프라이빌리게스(Freiwilliges)가 진행되는 동안 계속 꼼지락거리다가, 그 시간이 끝나면 교회 주변을 함께 돌아다니며 구석구석을 탐색했다. 그 멋진 교회 지하는 항상 커피와 햄이 들어간 빵 냄새가 났다. 가장 밑바닥 널판지에까지 수많은 메노파 결혼식의 냄새가 배어 있었던 것이다.

나는 위니펙을 떠나기 전까지 이 사람들이 나에게 얼마나 중요했는지 모르고 있었다.

사실, 나는 19살때 대학에 가기 위해 위니펙을 떠났고, 앤처럼 그곳의 모든 것(우리집, 모든 문화, 친척들)이 그대로 머물 것을 기대했다. 그러다 어느 크리스마스 날 우리가 더 이상 모이지 않는다는 것을 알고 충격을 받았다. 우리 고모, 삼촌들과 그들의 자녀들 사이에 오랫동안 자라난 균열이 있었던 것이다. 그리고 항상 평화주의자이신 우리 아빠는 모든 것을 정돈하려고 노력하는 대신 여기서 빠지셨다.

내가 계속 위니펙에 살았더라면 이 대가족과의 관계가 유지되었을 수도 있다. 하지만 매년 한 두주 밖에 집에 오지 않았기 때문에 대부분의 사촌들을 10년 이상 볼 수 없었다.

그 사람들은 단지 입양된 가족의 친척일 뿐이었다.

그런데도 나는 타냐와 마주치게 되면서, 그 사람들을 찾고 그 사람들의 주의를 끌고 싶어서 거의 죽을 것 같은 충동을 느꼈다. 내가 생모의 가족과 재결합한 그곳으로 라이머 가의 구성원으로 돌아간다고 생각하자 이상한 기분이 들었고, 내 머리 속에 한 시나리오가 떠올랐다. 그 속에서 나는 세 자녀를 끌고 사촌들의 오두막집 문을 두드리며 나를 들여보내달라고 간청하고 있었다. "여러분이 나의 **진짜** 가족이에요." 그들이 나를 그들의 품으로 감싸기 직전에 내가 이렇게 말했다.

그리고 그것이 가장 진실된 행동일 것이다.

내 심장이 강하게 뛰었지만, 내 충동대로 행동하는 것은 깊은 상처를 남길 것을 알았다. 도라와 다니카에게 그럴 수는 없었다.

그래서 나는 고등학교에서 만난 오랜 친구에게 미소를 지을 뿐이었다. "그 사람들에게 안부 전해줘." 내가 말했다.

그리고 나는 휴지를 더 챙기고 아이들을 데리고 기슭을 따라 돌아갔다. 나의 가족을 떠나 피와 살을 나눈 친척들을 향해.

2008년 4월

나는 다니카의 신부 들러리를 해달라는 부탁을 받지 않았고, 전혀 서운하지도 않았다. 불과 몇 년 전 알게 된 절반 짜리 언니인 나와 관계를 맺어온 시간보다 그녀의 친한 친구들과 함께 한 시간이 훨씬 더 길었다. 2년 전 호수에서 만났던 그 날을 포함하여 얼굴을 본 건 3번뿐이었고 주로 이메일로 이야기를 나누었다.

도일과 나는 그 중요한 날을 위해 캘거리로 날아갔고, 도울 것이 있으면 돕기 위해 결혼식 몇 시간 전에 도착했다. (나의 주요 과제는 기혼의 신부들러리 대표인 토바를 도와 그녀의 두드러지는 가슴을 끈이 없는 라벤더 색 들러리 드레스 안에 넣어 결혼식 도중에 튀어나오지 않도록 하는 것이었다.)

크림 색깔의 머메이드 스타일 드레스를 입은 신부는 세련되어 보였고, 그녀의 갈색 눈은 반짝거리고 있었다. 나는 다니카가 콜이라는 이름을 가진 느긋한 성격의 좋은 남자를 만나서 정말 기뻤다. 우리가 다른 자매들과는 다른 관계를 맺고 있었지만 그래도 그곳에 가는 것이 중요하고 옳다고 생각했다.

우리가 결혼식이 있는 교회 주차장에 도착하기 전까지 나는 아주 들떠 있었다. 그런데 그곳에 도착하자 나는 긴장되기 시작했고, 심장이 빠르게 뛰었다. 다니카를 대신해서 긴장했던 건가? 아니다. 그건 다니카의 몫이다. 그녀와 콜이 "네 서약합니다"라고 말하기까지 두 사람에게 환호하는 것이 내 몫이었다.

교회로 들어서자, 도라가 내 손을 잡았다. 도라도 긴장하고 있었다. 단순히 자녀가 결혼하는 문제가 아니었다. 그녀 가족의 역학관계는 꽤 복잡했고, 결혼식보다 이 관계에서 오는 긴장감이 높아가고 있었다. 전날 그곳으로 날아온 그녀의 두 여동생 리즈와 샬라가 교회에 곧 도착할 예정이었다. 두 사람은 조카 한 명과 나의 할머니인 그들의 어머니를 모시고 올 것이다. 그리고 나보다 딱 3살 많은 도라의 막내동생 빅터도 올 것이다.

마침내 도라는 40년 전에 포기해야 했던 딸을 소개할 참이었다. 리즈 이모 외에는 아무도 본 적이 없는 이 가족의 손녀이자, 조카이고 사촌이었다. 사실 최근까지 내가 존재한다는 것도 다들 몰랐다. 수십 년 동안 신중하게 나를 숨겨왔던 도라는 붉은 산호빛 앤 테일러 드레스를 입고 이제 교회 문으로 들어갈 것이다.

도라와 빌, 도일과 나는 교회 가장 앞 줄로 안내를 받았다. 새로운 가족 구성원을 보기 위해 도라의 친척들이 목을 빼는 모습을 보고 불편한 마음이 생겼다.

나는 빠르게 감정 계산을 해보았다.

도라와 그녀의 가족 간에 꽤 긴장감이 흐른다.

복도를 걸어오며 그 중 몇 명과 눈이 마주쳤다.

이 사람들은 아마 당장이라도 나를 만나고 싶을 것이다.

피아노 전주곡이 평화롭게 흘러나오는 것을 제외하면 교회는 조용했다.

우리는 이 사람들 바로 앞에 앉았다.

몇 초 사이에 사람들은 내 뒤통수를 뚫어져라 쳐다보았다. 10, 9, 8, 7, 6 …

여기서 지켜야 할 의례는 무엇일까? 몸을 돌려 악수를 하며 내 소개를 해야 하나? 나의 생물학적 할머니와 다른 친척들이 가까이 있지 않다는 듯이 행동해야 하나?

5, 4, 3, 2…

누군가 내 어깨를 두드렸다.

나는 눈에 띄게 안도했다. 내가 먼저 다가가지 않아도 되었다. 나는 얼굴에 미소를 띠고 몸을 돌렸다. 내가 반쯤 일어나자 모든 사람들이 손을 뻗었고 악수를 하며 환하게 웃었다. 도일도 어울려서 악수를 하고 작은 목소리로 인사를 나누었다. "안녕하세요! 만나서 반가워요!"

"와우!" 나도 작은 목소리로 말했다. "좀 이따 더 이야기 나눠요!"

솔직히 말해 "와우!"를 몇 번 더 말했다.

앞에서 이미 말했지만. 내가 좀 과도하게 반응하긴 한다.

♥

감사하게도 안내해 주시는 분들이 나, 도일, 도라, 빌을 우리 뒤에 있던 친척들 보다 먼저 나갈 수 있게 해주었다. 그 덕분에 내가 그곳에서 빠져나올 수 있었다. 그리고 이 사람 저 사람과 짧은 기도를 나누고, 몇 번 여자 화장실에 들어가서 한참을 있다가, 살짝 디스코 춤을 추고 피로연도 무사히 마칠 수 있었다.

카나페와 앙트레가 있는 그 연회장에서 오래 전에 잃어버린 루디네스카 가의 딸로서의 역할이 시작되었다. 본격적으로 음식을 먹기 전에 서성거리며 에피타이저를 조금씩 먹는 시간이 있었다. 피를 나눈 친척들은 친절했다. 마치 안젤리나 졸리나 동물원에서 탈출한 오랑우탄처럼 나를 쳐다보았지만, 이것으로 그들을 비난하고 싶지 않다. 하지만, 내가 식탁 밑에 숨으면 나를 찾을 사람이 있었을까?

그들이 나에게 궁금한 것이 많은 것만큼 나도 그들에 대해 그랬다.

나도 그들을 쳐다보고 싶었다 (경찰서 조사실처럼 한쪽은 유리창인 거울 너머에서 보았다면 이상적이었을 것이다). 하지만 그들은 많았고 나는 혼자였다. 그들은 수십 년 동안 친척으로 지냈고 다른 가족들처럼 크리스마스나 생일, 여름 야외파티를 하며 서로를 잘 알게 되었을 것이다. 그 기간 동안 나는 내 가족과 연대를 형성하고 있었다.

처음으로 샬라 이모가 비둘기처럼 속삭이는 듯한 목소리로 이 어색함의 빙산을 깨려고 시도했다.

"안녕." 그녀가 작은 손을 내밀며 달콤한 목소리로 말했다. "내가 샬라 이모야."

"와우! 안녕하세요!"

많은 이야기를 하지는 않겠다. 문장 끝에 느낌표가 들어갈 정도의 기뻐하는 대화가 많이 오갔다는 것으로 충분하다.

그녀 뒤에는 다른 친척들이 숨어서 나에게 눈빛을 쏘고 있었다. 샬라 이모의 남편이 옆에 있었고, 그 옆에는 그들의 아들이자 내 사촌이 있었다. 하키 심판이 천직인 그는 얼핏 에즈라와 닮아보였는데, 아마 그냥 암시의 힘(the power of suggestion, 역자 주: 우리가 기대 하는 대로 보인다는 것)이었을 것이다.

하지만 빅 삼촌이 에즈라와 똑같은 코를 갖고 있다는 사실은 암시의 힘이 작용한 결과가 아니었다. 빅은 모든 친척들 중 가장 편안한 사람이었고, 친근하며, 기업가다운 옷을 입고 있는 잘생긴 사람이었다. 우리는 그의 최근에 있었던 모험적 사업에 대해 이야기했다. 바로 금 시굴이었다. 그 순간만큼은 긴장된 내 어깨가 편안해졌고 다시 평상시대로 숨을 쉴 수 있게 되었다. 이것 보라! 생물학적 친척들과의 만남은 내가 생각했던 것처럼 나쁘지는 않았다. 꽤 묘한 기분이 들기는 했지만 말이다.

앤은 이런 순간을 갖지 못했다. 하지만 루시 모드 몽고메리 책에 등장하는 다른 사람은 이런 순간을 겪었다. 사실 친척을 만나는 것과 관련해서 내가 루시 모드 몽고메리의 여주인공들 중에서 두 번째로 좋아하는 『꿈꾸는 소녀 에밀리』의 에밀리가 경험한 것처럼 나쁜 경험을 하지는 않았다.

에밀리 3부작 중 첫 번째 책에서 우리는 사랑하는 에밀리를 만나게 된다. 앤보다 부드럽고 더 내성적이며 글쓰기를 향해 모든 열정을 집중시키고 있는 사람이다. 그녀도 고아였는데, 그녀를 사랑하고 이해하는 아버지가 그녀를 양육했었다. 그런데 더글라스 스타가 죽으면서 어린 에밀리를 에밀리의 죽은 어머니 쪽 친척들이 맡게 되었는데, 이미 그녀의 어머니와 연락을 끊었던 이 머레이 가 사람들은 에밀리를 완전히 기가 죽게 만들었다.

첫 만남이 잘 풀리지 않았다.

"에밀리는 아래층의 응접실로 내려가서 엘렌 앞에 섰다. 8명이 둘러 앉아있었고, 그녀는 즉시 16개의 낯선 눈이 트집을 잡기 위해 쳐다보고 있다는 것을 느꼈다."

소개가 시작되었다. "이쪽이 왈라스 삼촌 … 에바 이모."

올리버 삼촌. 애디 이모. 무서운 루스 이모. 만만찮은 엘리자베스 이모. 그리고 사랑스러운 로라 이모와 사촌 지미.

"에밀리는 버려진 기분이었다… 그녀는 홀로 머레이 가의 판결만을 기다리고 있었다. 이 방에서 벗어날 수만 있다면 무엇이든 할 수 있었다. 하지만 마음 한 구석에서는 이 모든 것에 관한 글을 구상하고 있었다. 그녀는 이 모든 것을 묘사할 수 있을 것 같았으며, 할 수 있다는 것을 스스로 알고 있었다."

엘리자베스 이모는 조카를 응시하며 에밀리가 "외계인"이라고 생각했지만, 사실 그 소녀보다는 그들이 그녀의 삶에 침입한 자들이었다. 하지만 에밀리는 이 모든 것에 대해 글을 쓰면, 이것을 견디기 더 쉬울 것임을 알았다. "그녀의 차갑고 어린 영혼에 장미빛의 물결처럼 용기와 희망이 넘쳤다."

불행하게도, 캘거리의 그 연회장에서 나는 그런 식의 글을 구상하지 못했다. 에밀리는 새로운 친척들을 겨냥하여 그들에 대한 글을 쓰기 위해 식탁 아래 숨었지만, 나는 그런 유혹이 있기는 했으나 그것을 실천하기에는 너무 늦었다.

"로리, 우리 딸, 네 자리는 할머니 옆이야!" 도라가 밝게 이야기 했다. 사람들은 흩어졌다.

우리 새끼, 사랑스러운 진주…

할머니. 내가 전심으로 사랑했고 나를 전심으로 사랑해준, 사랑하는 로웬 할머니가 번뜩 떠올랐다. 밀 농사를 짓는 남편을 둔 우리 할머니는 93세에 돌아가시기 전까지 차분한 백발을 쪽진 머리로 올렸고 평생 메노파 사람답게 치마를 입고 꽃무늬가 있는 고전적인 앞치마를 두르셨다. 수확철에 할아버지와 함께 곡식다발을 옮기실 때라도 바지를 입은 적이 있으셨나? 내 생각에는 없었다.

이 기억이 솟아오르자, 나는 할머니가 사슴과 같은 눈으로 농장 문턱에 서서 나를 바라보는 모습을 떠올릴 수 있었다. 돌아가신 지 12년이 지났고, 나는 그 분이 그리웠다. 그분은 헌신과 돌봄으로 내 삶을 깊이 있게 만들고, 또 고상하게 만들었다. 반면에 지금 내 옆에 있는 이 여성은 나에게 많은 특징을 물려주었지만 낯선 사람이었다.

이 낯선 사람에 대해 몇 가지 아는 것은 있었다. 네덜란드에서 나고 자란 케티는 나치 치하에 있던 네덜란드를 해방시켜 준 군대에 속해 있던 한 캐나디인 군인과 사랑에 빠졌다. 스티브와 그의 동료 군인들은 그녀(와 다른 많은 사람들)를 전쟁과 기아에서 구해주었다. 그녀는 군복이 잘 어울리고 진정한 영웅인 이 "조니 캐너크(Jonny Canuck, 역자 주: 캐나다를 인격화한 만화 캐릭터로 2차 세계대전 당시 나치와 싸우는 공군 대장으로 그려졌다.)"들 앞에서 아찔함을 느꼈을 것이다. 마침내 튤립 뿌리와 나무 껍질만 있던 곳에 먹을 것이 생겼고, 두려움과 공포가 갉아먹던 자리에 평화와 안정이 찾아왔다. 전쟁 기간 중에 이 소녀가 무엇을 보고 무엇을 들었을까? 어떤 경험을 했을까?

케티는 네덜란드 출신으로 전쟁중에 군인과 결혼하게 된 다른 신부들과 함께 노바스코샤에 도착했을 때 이미 나의 생모를 임신 중이었다. 하지만 여기서 내 가계도에 또 한번 굴곡이 생긴다. 내가 듣기로는, 케티와 스티브의 사랑은 온실 속 화초와 같아서 향수병이나 바다 건너 타향에서의 삶과 같은 요소가 들어오자 버틸 수가 없었다. 하지만 이들은 신실한 가톨릭 신자들이었고 두 분은 결혼하고 한참 후에 이혼하셨다.

케티와 케티의 큰 딸 도라의 관계가 종종 힘들었다고 알고 있다. 그 이유가 무엇이었든, 둘의 관계는 도라가 나를 임신하여 어머니의 사랑을 간절히 필요로 하던 그 시기에 황폐화되었다고 한다.

갈색으로 염색한 곱슬머리를 가진 이 작은 노부인 옆에 앉으면서 나는 온갖 종류의 견과류 (와 감정)이 섞여있는 그릇과 같아졌다. 새로운 헌신의 마음이 생기는 한편 죄책감이 나를 찔렀다. 로웬 할머니를 배신하고 있는 것일까?

운이 좋게도, 내가 가진 능력 중 하나는 한담을 나누는 것이다. 그리고 그랜드 래피즈에서 14년 동안 살면서 특히 네덜란드 사람들과 한담을 나눌 수 있게 되었다.

나는 나의 닭고기 앙트레를 열심히 썰었다. 대부분의 사람들은 감정적으로 압박을 받으면 먹지를 못하는데, 나는 그렇지 않다. 내가 생각해 낼 수 있는 모든 네덜란드 관련 주제를 떠들면서 내가 먹고 있는 칼로리는 계산하지 않았다.

튤립? 좋다.

뱅킷? 좋다. (잘 모르는 사람들을 위해 이야기하자면, 뱅킷은 아몬드

반죽이 들어간 페이스트리로서 어디서든 네덜란드 사람들의 마음에 소중한 구운 음식이다.)

풍차? 빌헬미나 여왕의 얼굴이 새겨진 제산제 크기의 거대한 박하 사탕? 좋다!

언급하지 않은 네덜란드 관련 주제는 없었다. 이 분이 FIFA 팬인가? 스피드 스케이팅 팬인가? 오랜지 색 경기복을 입은 네덜란드 스케이트 선수들이 정말 멋지네요, 그죠? 나의 네덜란드 사전을 뒤지는 동안 케티는 마치 한 번도 본 적이 없었던 손녀와 이야기할 수 있는 기회를 자기 마음대로 취하거나 버릴 수 있다는 듯이 태연했다. 그녀는 네덜란드에서 자란 이야기를 하거나 내 말과 질문에 짧게 대답하면서 살짝 미소 지을 뿐이었다.

케티 할머니가 대답을 살짝 회피하며 얼버무리기도 했다. 정말 그런 것이었을까? 아니면 정말 심드렁한 것이었을까? 어떤 것이든 그분은 나를 무심하게 대했고, 나를 세계 8대 불가사의를 보듯이 꼼꼼히 보지 않았다.

불행하게도 케티의 태도는 같은 식탁에 앉아있던 다른 사람들의 태도와 정반대였다. 도라의 친구는 나와 케티 사이의 닮은 점을 찾는 것에 안달이 나 있었다. (80세 노부인과 똑같이 생겼다는 말을 듣는 것보다 더 자존심을 건드리는 것은 없다.)

"진짜 신기하네요." 그녀가 즐거워했다. "**쌍둥이**라고 해도 믿겠어요."

쌍둥이? 대단하군.

약간 앞자리 상석에 앉아 있던 토바가 한두 번 정도 나를 살려주었다. 우리가 눈이 마주칠 때마다 그녀는 웃으며 그녀의 몸과 드레스가 잘 붙어있다는 표시로 엄지손가락을 올렸다. 이 부분에서 그녀를 사랑하지 않을 수가 없다.

마침내 네덜란드 관련 주제가 동이 났을 때, 다행히도 연설과 건배의 시간이 되었다.

도라의 연설은 조용하고 가라앉은 분위기였다. 그녀는 콜을 가족의 구성원으로 환영하며 멀리서 온 사람들, "특히 미시간에서 온 다니카의 언니 로리"에게 감사했다.

(적어도) 절반의 손님들은 다니카에게 언니가 있는 줄 몰랐기 때문에 여기저기서 웅성거리는 소리가 났다. 나는 일어나서 모두에게 손을 흔들어주고 싶은 충동을 억눌렀다. 사람들이 '아하! 저기 빨간 치마를 입고, 신기할 만큼 다니카와 닮고, 다니카와 다니카의 부모님과 같은 식탁에 다니카의 할머니 옆자리에 앉은 저 여자구나!'하며 퍼즐 조각을 맞추어보는 모습을 상상할 수 있을 것이다. 아무도 오프라 순간(Oprah moment, 역자 주: 어떤 사람이나 진실이 드러나는 순간)을 막을 수는 없기 때문이다.

겉으로 보기에 나는 제정신을 차리고 있었다. 컨테이너 스토어에서 파는 진열 통에 내 마음이 가지런히 정리되어 있는 것처럼 보였다.

영국인들이 말하듯이, 정리가 되었군.

스페인 사람들이 말하듯이, 오이처럼 상쾌하군.

하지만 튀튀(역자 주: 발레할 때 입는 치마)만큼 헝클어져 있었다. 나의 정신은 정리되어 있지 않았고, 대신 이상한 수집벽을 가진 사람들을 다루는 텔레비전 쇼에서나 볼 수 있을 것처럼 여기저기 널려있었다. 오이처럼 상쾌하다고? 아니요, 오이씨. 튀긴 오이가 더 맞을 것 같네요.

다행히도 손님들의 관심은 곧 결혼식 파티에 집중되었다. 상대적으로 길고 힘든 길을 지나 서로를 발견할 수 있었던 신랑과 신부를 향한 사랑스럽고 눈물 어린 헌사가 이어졌다. 내가 가장 좋았던 연설들 중 하나는 토바의 연설이었는데, 그녀는 다니카와 함께 한 수십 년의 우정에 대해 사랑스런 연설을 했다. 그 후 건배를 하고 다니카와 콜의 복된 영혼의 결합을 위해 잔을 들었다.

그리고 나서… 춤을 추었다.

메노파 사람들은 자기 결혼식에서 춤을 추지 않는다. 적어도 1991년 내가 도일과 결혼할 때까지는 그랬다. 어쩐 일인지, 춤을 추고 건배를 하는 대신 프라이빌레게스가 생겼다. 그리고 포도주도 마시지 않는다. 내 결혼식 메뉴 중 "신부가 가장 좋아하는 디저트"로 알코올을 가미한 초콜릿 치즈 케익을 내놓고 싶다고 했을 때, 우리 아빠는 거부하셨다. 굽는 과정에서 알코올이 다 날아가며 하객이 치즈 케익 한 조각을 먹고 취하는 일은 없을 것이라는 내 간청은 듣지 않으셨다. 치즈 케익은 맛있었지만 알코올을 넣는 괴상한 짓은 하지 말아야 했다.

("우리 겨우 막차 탔잖아." 우리 엄마는 내 결혼식이 알코올과 춤추기가 없는 마지막 전형적인 메노파 결혼식이었다는 사실을 이렇게 말했다. 엄마는 이 말을 엄청나게 방탕한 생활에서 탈출한 사람이 뿌듯해하듯이 말했다. 춤추고 술 마시는 것을 금지하는 것과 더불어 엄마는 끈이 없는 드레스도 금지하고 싶어했다. 우리 엄마와 앤은 주름을 넣어 부풀린 소매가 있는 옷을 좋아한다. 앤은 그게 당시 최신 패션이었기 때문이고, 우리 엄마는 그게 몸을 다 가려주기 때문이다. 내 결혼식 8년 후에 우리 사촌 제니퍼가 결혼할 때는 DJ, 샴페인 건배, 제니퍼의 끈없는 드레스 등에 대해 조금도 신경 쓰지 않으셨다. 그녀와 그녀의 가족은 막차를 탈 필요가 없었으니까.)

이렇게 자랐음에도, 아니 어쩌면 이렇게 자랐기 때문에 나는 춤추기를 좋아한다. 사실 결혼식 1년쯤 전에 도일과 나는 약 7개월 동안 아서 머레이 스튜디오에서 사교춤을 배웠다. "우리는 메노파 신도와 침례교 신도에요." 내가 우리의 사랑스런 펙 선생님께 경고했다. "그러니까 500년 동안 춤을 춘 적이 없다는 거죠." 솔직히 말해 이 춤추지 않아 온 유산은 티가 났다. 하지만 딱 한가지 우리가 훌륭하게 해낸 춤이 있었다. 바로 허슬(Hustle)이었다.

나는 허슬을 거의 숭배한다. 1970년대 감미로운 박자에 맞춰 추기 때문만은 아니고, 놀이공원의 놀이기구처럼 한 번 시작되면 알아서 흘러가는 느낌이 들기 때문이다. 칙의 "르 프리크"같은 멋진 음악에 맞춰 몸을 움직이기 시작하면 허슬은 거의 스스로 춤을 춘다.

다니카의 결혼식날 밤은 약간의 디스코를 출 수 있는 탈출구였다. 우리는 음악에 맞춰 활기차게 움직이며 빙글빙글 돌았다. 그리고 더 이상 출 수가 없어서 화장실 칸에 숨어 있어야 할 정도였다.

나의 생물학적 친척들도 플로어에서 신나게 춤을 추고 있었다. 케티도 디스코와 셔플 춤을 추고 있었다. 내가 그녀 곁으로 다가갔고 우리는 미소를 주고 받았다.

나는 춤을 추면서 제정신을 차렸다. 이 사람들은 나의 작은 부분이었고, 나도 그들의 작은 부분이었다. 케티 할머니는 단순히 결혼식 때 옆에 앉아 이야기를 들었던 좋은 네덜란드 부인이었다. 할머니가 나에게 차지하는 부분이 너무 작았다. 이 여성은 로웬 할머니나 라이머 가 할머니와 달리 조금도 내 마음을 사려고 하지 않았다. 하지만 오늘 밤은 우리가 만날 기회였고, 어쨌든 도라가 나를 그렇게 밀어붙여서 좋았다. 다시 그녀를 보기는 어려울 것이기 때문이다.

들뜨고 땀에 젖은 도일과 나는 플로어에서 내려와 의자 위에 쓰러졌다. 이 밤이 끝나가고 있으며 그렇게까지 혼란스러운 하루는 아니어서 다행이라고 생각했다.

내가 사랑하는 피를 나눈 동생이 멋진 남자와 결혼하는 것을 보았다. 새로운 친구를 몇 명 사귀었고, 그들도 춤추기를 좋아했다. 케티의 역사에 대해 좀더 알게 되었고 그건 내 역사에 대해 좀더 알게 된 것이었다.

아무도 내가 사랑하는 사람들을 버리고, 마음과 생각 속에서 지우고, 이 사람들(생물학적 친척들)로 가득한 바다 한가운데 섬으로 이사하라고 강요하지 않았다. 여기서 얻을 것은 얻고, 남길 것은 남길 수 있었다.

동화로서 이 이야기는 흠이 많다. 하지만 재결합으로서 이것은 앞뒤가 맞아 떨어지는 이야기이다. 내 이야기가 오프라 윈프리 쇼에 나갈만한 것은 아니지만, 그래도 내가 예상한 것과는 다르게 점들을 연결할 수 있었던 경험이었다. 나의 두 정체성을 통합시킬 기회는 부담이라기보단 선물이었고, 나는 순간 감사하다는 생각을 하게 되었다.

모든 것이 좋아. 로웬 할머니는 항상 이렇게 말했다. **모든 것이 괜찮아. 모든 것이 좋아. 나는 너를 사랑해.**

때때로 할머니가 그리운데, 할머니를 떠올릴 수가 없으면, 나는 소고기를 슬로우쿠커에 넣는다. 그 냄새가 기억을 불러온다. 구운 소고기 요리 냄새를 맡으면서 할머니의 사랑과 돌봄을 떠올리지 않은 적이 없다. 할머니가 가장 좋아하는 꽃이었던 글라디올로스가 필 때가 되면, 자주색이나 아주 빨간 그 꽃을 한 다발 사서 우리집 식탁 꽃병에 꽂아둔다. 그리고 내가 대학교로 떠날 때 날 위해 만들어주신 마음을 편안하게 해주는 분홍색 이불로 몸을 감싸고 할머니를 다시 느껴본다.

할머니는 아직도 나와 함께 있다. 할머니는 항상 나의 할머니이다. 나이 많은 네덜란드 출신 전쟁 신부가 내 옆에 앉아있는 결혼 피로연에서도 할머니를 떠올린다.

모든 것이 좋아요, 할머니. 나도 영원히 할머니를 사랑해요.

빨강머리 언
나의 딸
그리고 나

I2

산딸기 음료와
토근 시럽 한 병에 담긴 속죄

하나님은 구원 사역을 하신다… 우리 인생을 구원하신다.
우리의 모든 조각을 사용하시며, 우리의 상처와 실패까지도
그분의 은혜로운 회복의 도구로 사용하신다.

—

데브라 라인스트라, 『훨씬 더 많이』

그해 4월 캘거리에서 있었던 다니카와 콜의 결혼식에서 산딸기 음
료는 제공되지 않았다. (내 결혼식에서도 제공되지는 않았다.) 하지만
이 음료는 정말 훌륭하다! 내가 스스로 산딸기 음료를 만들어 먹기
시작한 후, 반드시 타이머를 맞춰 두어야 한다는 것을 알게 되었다.
왜냐하면 우리 사랑하는 남편이 (조심스레) 말한 것처럼, 내게는 주의
를 요구하는 음식들을 제대로 요리해 낼 재능이 없기 때문이다. (여
기서 나는 앤도 끌어들이고 싶다. 앤은 자두 푸딩 소스를 잘 덮어두려고
했지만 공상을 하느라 까먹어 버렸고, 마침 전투적인 생쥐가 그 안에 빠

졌다가 그대로 죽어버렸다.)

　레시피는 대략 이렇다. 냉동 산딸기 두 봉지를 팬에 넣는다. (해동시킨 후에 하든, 그냥 하든 큰 차이는 없다.) 그 후에 설탕 1과 1/4컵을 넣고, 중불로 끓인다. 타이머를 14분 후로 맞추어두되, 멀리 가서는 안 된다. (멀리 가지 말라는 말은 위층으로 올라가 컴퓨터 앞에 앉아 인터넷에 돌아다니는 고양이 동영상에 빠져있지 말라는 뜻이다.) 정말이지 부엌에 그냥 남아 있는 편이 훨씬 더 안전하다.

　기다리는 동안 다른 냄비에 물 6컵을 끓인다. 설탕이 녹으면 불을 끄고 감자 으깨는 도구로 산딸기를 완전히 으깬다. (새로 산 흰 스웨터를 입고 하면 안 된다.)

　피비는 레몬 2개에서 즙을 짜내는 과정을 좋아한다. 그 레몬즙은 작은 그릇에 따로 담아둔다. 가장 어려운 부분은 산딸기와 설탕을 거르는 일인데, 사실 이것도 그렇게 어려운 일은 아니다. 끓는 물을 여기에 붓고 몇 시간 동안 식히면(또는 식히지 않아도) 완성! 이렇게 하면 사람들을 감동시킬 수 있고 사람들에게 영향을 끼칠 수 있는 훌륭한 빅토리아 시대 음료를 만들 수 있다. 정말 그렇다. 아무도 제대로 만든 산딸기 음료를 거부할 수 없다. 산딸기의 핵심을 추출해 낸 매력적이고 딸기 맛이 강한 걸작이기 때문이다. 자극적인 진분홍, 빨간색깔도 전체적으로 축제 같은 쾌활한 분위기를 더해준다. 앤이 이걸 정확히 집어냈다. "난 밝은 빨간 빛이 나는 음료가 정말 좋아. 넌 어때? 이런 음료는 다른 색깔 음료보다 2배는 더 맛있는 것 같아."

가장 좋아하는 탄산수와 섞고 그대로 둔다. 할머니의 찬장에서 볼 수 있는 금빛 진주 광택이 나는 도자기 컵이나 아니면 그냥 종이컵을 꺼내도 된다. 어떤 컵으로 마시든 마음이 맞는 친구들에게 삶의 환희를 담아 대접하라. 앤은 그렇게 할 것이다.

하지만 이게 단순히 "주스"라고 생각하는 사람들에게 이 음료를 가득 따라주어서는 안 된다. 앤이 싫어할 것이다. 앤은 자신의 절친한 친구 다이애나가 차를 마시러 놀러 왔을 때, 자신이 대접하는 것이 일반적인 액체라고 생각하지 않았다. 이 음료 이름에 들어가는 코디얼이라는 말은 이 음료가 연회에 적합한, 그러니까 우정을 위한 다정한 음료라는 의미를 담고 있다. 산딸기 음료는 아주 특별하다. 이건 포 윈드스 항구(Four Winds Harbor, 역자 주: 프린스 에드워드 섬의 한 지명)에서 불어오는 바람처럼, 그리고 큰 오해 후의 속죄의 힘처럼, 회복시키고, 활기차게 하고, 용기를 북돋우는 힘이 있다.

산딸기 음료 사건은 『빨강머리 앤』 시리즈에서 내가 가장 좋아하는 이야기이다. 단순히 첫 부분의 아주 기쁘고 발랄하고 들뜬 분위기 때문이 아니라, 이 이야기가 속죄의 강하고 확고부동한 힘을 보여주는 방식 때문이다. 이것은 세 막에 걸친 개선과 교정의 이야기이다.

첫 번째 막은 흥분되고 재미있다. 우리 독자들은 앤의 넘치는 생기와 다이애나와의 더 이상 좋을 수 없는 우정, 그리고 차 파티를 하려는 두 사람의 순수하고 사랑스러운 계획을 한껏 즐기게 된다. 우리는 마릴라의 표현을 빌어 그 어느 때보다 "바보같아 보이는" 앤 셜리가 기쁨으로 펄쩍 뛰는 모습을 볼 수 있다. 그녀는 자기가 초록 지붕 집의 공식적인 손님으로 다이애나를 초대해 대접할 수 있도록 허락을 받았다는 사실에 흥분했다! 체리 잼을 대접할 것이고, 과일 케익과 과자도 내놓을 생각이었다. 그리고 앤이 준비한 가장 중요하고 비싼 메뉴는 교회 모임 후에 조금 남아서 거실 벽장에 넣어 둔 산딸기 음료 반 병이었다. 다만, 큰 오해가 생길 때는 늘 그렇듯이, 계획한대로 되지는 않았다.

그랬다. 앤이 산딸기 음료를 내오기 전까지는 모든 것이 정말 마음에 들었다. 그러다가 통제할 수 없는 방향으로 사건이 흘러가기 시작했다.

다이애나가 음료를 가득 채운 잔을 3번이나 비우고 나서는 자기가 마셔본 산딸기 음료 중 최고라고 했다! 우리 모두 그 다음 일을 알고 있다. 다이애나는 술에 취했고, 취했으며, 엉망으로 술에 취했고, 완전히 취했다. 그리고 그 상태로 걱정하는 어머니가 있는 집으로 비틀거리며 돌아갔다. 앤은 다이애나가 천연두에 걸린 것이 아닐까 걱정하며, 다이애나가 차를 마시며 머물러 있겠다고 하면 돌보아주겠다고 했지만 이건 그런 문제가 아니었다.

마릴라는 자기 집 응접실에서 11살짜리 소녀 다이애나 배리가 취했다는 소식을 듣게 될 줄은 전혀 생각지도 못했다. "취했다니 말도 안 돼!" 그녀가 단언했다. 처음에 마릴라는 믿지 않았지만 자기가 음료를 벽장이 아니라 지하 저장고에 두었다는 것을 기억해내고 상황을 받아들였다. 앤은 마릴라의 (맛 좋기로 소문났지만 법으로 금지된) 붉은 커런트주 병을 모르고 가져갔던 것이다. 루시 모드 몽고메리가 앤의 이야기를 쓴 시대에 프린스 에드워드 섬은 금주법이 시행되어 술이 없는 섬이었고, 마릴라가 설탕 등을 넣어 만든 커턴트주는 불법이었다. 배리 부인과 같은 사람들은 이런 것에 눈살을 찌푸렸다. 물론 그녀는 거의 모든 것에 눈살을 찌푸리기는 했다. (우린 배리 부인의 이름을 모르는데, 별로 알고 싶지도 않다.)

배리 부인이 자신의 때문지 않은 11살의 딸이 술에 취하여 더러워진 모습을 보고 분노한 것은 이해할 수 있다. 슬픈 것은, 그러니까 첫번째 슬픈 요소는 그녀가 앤이 나쁜 마음으로 다이애나를 취하게 만들었다고 생각했다는 것이다. 우리의 친절하고 다정한 앤이! 여기서 다시 한 번 고아에 대한 불신이 스멀스멀 올라온다.

굳은 얼굴과 풀어주기 힘든 돌처럼 단단한, 못된 아이를 향한 분노를 갖고 노려보던 배리 부인은 다이애나가 다시는 앤과 우정을 나눌수 없도록 했다. (여기서 우리 모두는 연민에 얼굴을 찡그리며 이를 악물게 된다. 우리가 책을 읽는 모습을 지켜보는 구경꾼이 있다면 얼굴을 돌려주길 바란다! 우리가 이 부분을 읽을 때 나타나는 얼굴 표정은 예쁘지 않을 것이다.)

"너는 다이애나와 어울릴만한 아이가 아닌 것 같구나." 배리 부인이 선언했다. 다시 한번 우리 마음이 아파온다. 앤은 자기가 적합하지 않고, 받아들일 만하지 않고, 좋지 않으며, **부족하다**는 말을 들었기 때문이다. 배리 부인은 앤을 사랑받는 존재가 될 수 없게 했다. 이처럼 날이 선듯한 말의 의미는 그것이었다. 그러나 이것은 모두 놀랄 것도 없이 실수로 인한 혼동에서 비롯된 것이었다.

문제는 이러한 혼동이 실제로 발생한다는 것이다. 우리는 사람들이 있는 그대로 우리의 모습 전부를 온전하게 알게 되고, 이해해주기를 바란다. 하지만 문제는 우리가 이미 손상된 세상에 살고 있다는 것이다. 서로를 잘못 판단하는 일은 늘 일어나고 상처와 혼란이 항상 뒤따른다. 때때로 사과를 통해 엉킨 실이 풀릴 수도 있지만 항상 그런 것은 아니다. 앤과 음료, 커런트주 사건에서 보듯이 이런 오해는 종종 우리가 가치가 없다는 말을 듣게 되고, 그래서 가장 아픈 상처가 다시 찔리는 결과를 가져온다.

몇 년 전에 다른 어떤 작가와의 우정이 깨지는 일이 있었다. 우정이 깨졌다는 말은 우리가 고속도로를 타고 시속 110km정도로 달리고 있었는데 갑자기 우정이 떠나버렸고, 그러자 바퀴가 하나 빠진 것처럼 탄 바퀴 자국과 그을린 도로가 오랫동안 이어졌다는 뜻이다. 피투성이가 된 부분은 언급하지 않겠지만 요약하자면 우리가 친구가 된 지 6개월 후에 그녀가 나보다 훨씬 더 유명해졌고 그렇게 우리 관계는 끝났다는 것이다.

내게 가장 힘이 되고 용기가 되는 작가 공동체인 나의 길드에 대해서 앞서 언급했었다. 우리는 장기를 기증한다거나 편집자나 출판 관련자들 앞에서 목소리를 높여 서로를 끊임없이 칭찬하는 일 등 서로를 위해서라면 못할 일이 없다.

　나는 새로 사귄 이 작가 친구가 이들의 연장선에 있다고 생각했다. 하지만 그녀는 그렇지 않았다. 전혀 그렇지 않았다.

　일은 이렇게 되었다. 내가 책 한 권을 구상하며 함께 작업을 하던 한 편집자가 그 친구에게서 추천서를 받으면 나의 구상이 더 빛날 거라고 말했다. 나는 그녀에게 부탁을 하지 못할 이유가 없다고 생각했다.

　으악. 두 번, 세 번의 으악. 말했듯이 이 이야기는 까맣게 탄 바퀴와 불 붙은 금속으로 뒤덮인 길로 향한다. 내가 편안한 마음으로 저녁을 먹으며 추천서를 부탁했을 때, 항상 자비롭고 힘을 주었던 이 친구가 차가워졌다. 그녀가 왜 자신의 추천서가 안 되는지 설명하기 시작하자 숨을 쉴 수 없을 정도로 얼어버린 공기를 상상할 수 있을 것이다. 결론은? 나는 단지 그녀가 보기에 순문학적이지 않은, 그러니까 그다지 "문학적"이지 않았던 것이다. (순문학적이란 기본적으로 "문학적"이란 의미인데, 그녀는 내가 매우 문학적이지 않다고 보았던 것이다.) 게다가 그녀의 추천서는 "소중하게 사용해야 할 귀중한 선물"이란 것이었다. 나는 충격과 공포 속에서 그녀의 말을 들었고 내 귀를 믿을 수가 없었다. 무슨 말을 해야 할지 몰랐고, 계산서를 들고 나가기 전까지 최대한 정중하게 대답했다. 집에 돌아와서 나는 기습을 당해

혼란스러울 때 할 수 있는 최고의 기도를 드렸다. "제발 도와주세요."

한 달 정도 후에 내 마음은 많은 기도 덕분에 부드러워졌고 나는 이메일을 통해 관계를 개선해보려고 했다 (이메일을 통한 것은 작가인 나에게도 절대 좋은 방법이 아니었다). 굴욕을 당했고 상처를 받았지만 그녀가 보고 싶었고 그녀가 건강상 이유로 고생하고 있었기 때문에 걱정이 되기도 했다. 나는 그녀를 곤란하게 만들고 너무 많은 것을 기대하고 부탁한 것에 대해 사과했다. 그녀가 문학의 세계에서 별처럼 떠오르자, 불순한 동기가 함께 섞여 그런 부탁을 했던 것일까? 조금은 그럴지도 모르지만, 명백하게 그게 주된 동기는 아니었다. 추천서는 아무래도 상관없었지만 그녀와의 우정은 그렇지 않았다.

내 표현은 부족했고 상황을 더 악화시켰다. 내가 아는 것은 모든 일이 정말 이상해졌다는 것이다. 그녀의 답장은 처음부터 자기를 이용하려 했다며 나를 비난하는 것이었고, 내게 다시 상처를 입혔다. 그녀는 추천서 대신 2장짜리 혹평을 보냈고, 우리가 작가 모임 같은 데서 만나기라도 하면 말도 하지 말고 지나칠 것을 요구했다. 다만 '아, 저기 나와 매우 다른 통찰력을 가진 작가가 지나가는구나'라고 생각하면서 말이다. 나는 그녀의 말이 '절대 날 쳐다보지도 마. 너는 내가 어울릴만한 사람이 아니야'라는 의미라고 생각했다. 우리가 서 있던 땅이 깊이 파였고 불에 탔다. 그녀는 키치너 경이었고 나는 보어인이었다(역자 주: 남아프리카의 케이프 지역은 본래 네덜란드인들이 식민지로 삼아 이주했던 곳이었다. 이곳에 정착한 네덜란드인들은 백인 아프리카 사람이 되었는데 이들을 보어인 이라고 부른다. 영국이 남아프리카를 차지하기 위해 이들과 전쟁을 벌였고 이 때 영국군에서 큰 공을 세운 사람이 키치너 경이었다.). 그녀는 러시아 군대이고 나는 나폴레옹이었다. 그녀는 셔먼이었고 나는 무엇인지 알 것이다(역자 주: 셔먼은 미국의 해군 제독으로 제2차 세계대전 당시 일본을 상대로 싸웠다.). 수년이 지났지만 난 아직도 이런 일이 벌어졌다는 것이 믿기지 않는다. 하지만 혼동은 우리가 바라지 않은 만큼 자주 발생한다. 더 근본적인 질문은 '충돌이 발생하고, 불이 붙은 후에 무슨 일이 일어나는가?' 이다. 잿더미 속에서 아름다움을 찾을 수 있을까?

앤의 경우, 산딸기 음료 낭패 사건에서 독자들은 첫 번째 속죄적 요소를 막과 막 사이에서 찾아볼 수 있다. 이 요소는 자신의 고아 소녀가 놀란 모습에 영향을 받아 깨우치게 된 마릴라에게서 찾을 수 있다. 앤의 곤경 직후에, 앤의 눈물로 얼룩지고 굳은 얼굴을 보자, 이 독신녀의 마음에는 엄마의 마음이 일어났고, 그녀의 굳은 얼굴이 풀어지게 되었다.

"불쌍한 어린 아이구나." 그녀가 눈물로 얼룩진 얼굴에 흘러내린 머리카락을 떼어주며 속삭였다. 그리고 허리를 숙여 베개 위의 붉어진 뺨에 입을 맞추었다.

무대에 올라오지 않은 마릴라 커스버트의 인간성에 관한 이 부분은 초토화된 땅에서 올리브 싹이 나는 것과 같았다. 이것은 모든 것이 새로워졌다는 징조이다.

"큰 일들은 작은 일들과 함께 온다." 루시 모드 몽고메리는 18장을 이렇게 시작하며, 곧바로 캐나다의 첫 번째 총리였던 존 A. 맥도날드 경을 등장시켜 제2막과 앤의 구원을 개시하고 있다.

구조와 속죄가 이루어질 그 밤에 마릴라와 레이첼 린드 부인은 총리가 연설을 하러 온 정치적 집회에 참가하기 위해 샬럿 타운에 나가 있었다. 그래서 앤과 매튜는 아늑하고 졸음이 밀려오는 1월의 어느 저녁에 집에 있게 되었다. 둘은 기하학, 정치, 그리고 프린스 에드워드 섬의 길을 붉게 만드는 것은 무엇인지 등에 대해 다정한 대화를 나누고 있었다. 그런데 전혀 예상치 못한 사람이 간절히 도움을 바라며 문을 열고 들어왔다.

다이애나였다. 그녀는 앤에게 갑자기 심각한 크루우프(역자 주: 아이들이 걸리는 병으로 호흡이 어려워지고 기침을 많이 하게 되는 병)에 걸린 세 살배기 동생 미니 메이를 도와달라고 애원했다. 앤과 다이애나는 눈길을 달려 배리 가로 향했고, 매튜는 의사를 부르러 갔다. 다이애나와 앤은 숨이 막혀 헐떡거리고 있는 미니 메이가 심각한 상태라는 것을 알았다. 상황은 암울해 보였다. 하지만 앤은 아무 유익 없이 해먼드 부인의 집에서 세 쌍둥이를 돌본 것이 아니었다. 고통스러운 밤이 째깍째깍 흐르는 사이 앤은 결정적인 지식을 떠올렸고 (이번 만은) 그 상황에 집중했다. 그녀는 위험한 순간이 지날 때까지 토근 시럽을 투여했다. (토근: 이 거담제 및 구토제는 한 때 기침 시럽과 해독제로 사용되었다.)

우리는 그 다음에 어떤 일이 일어났는지 안다. 앤이 미니 메이를 구했다! 배리 부인은 앤의 발 아래 엎드려 후회하고 감사하며, 앤을 그녀와 딸의 친구로 기꺼이 받아들였다.

이게 나를 미치게 한다.

불쌍한 어린 미니 메이가 살아났고, 앤의 실제 모습이 드러났고, 마음이 맞는 친구와의 관계가 회복되어 기쁘지만 이 장면은 항상 나를 괴롭힌다. 배리 부인이 눈을 뜨기 위해서 왜 꼭 앤이 **생명을 구했어야만** 했나? 앤이 용서를 얻기 위해 이렇게까지 극적인 장치를 사용해야만 했나? 배리 부인의 용서는 은혜처럼 느껴지지 않는다. 그건 너무 억지로 한 용서였다.

불행하게도 배리 부인의 곧은 목을 통해 나의 모습을 본다. 나는 종종 부당한 취급을 받았다고 느낄 때, 조금도 틈을 주지 않는다. 나는 나에게 상처 입힌 사람들을 본다. 나는 고집 센 나의 영혼을 본다.

인간의 입장에서 변명해보자면, 우리에게 항상 해독제가 있는 것은 아니다. 숨이 막혀 거의 죽을 것 같은 관계를 구원할 방법이 없을 수 있다. 하지만 우리는 너무 자주, 용서하지 않음으로 인해 사랑이

쇠약해진다.

하지만 구원자의 입장에서 보자면, 허물어지고 남은 우리의 모든 잔해와 파편보다 자비와 은혜의 힘이 더 강하다. 모든 곳에 은혜의 곡조가 있고 귀 있는 자는 들을 수 있다.

에이번리 담화에서 새로 온 목사님의 아내, 알렌 부인은 너무나 사랑스러웠고 루시 모드 몽고메리의 문학적 목적에 따라 은혜의 전달자이고 구원의 매개체였다. 나에게 산딸기 음료 영웅담의 제3막은 이 책이 가진 보물들 중 하나이며, 『빨강머리 앤』을 사랑하는 이유이다.

우리는 앨런 부인의 이름을 모르지만, 알 수 있었으면 좋겠다. 우리는 앤이 그랬듯이 새로 온 이 주일학교 선생님을 완전히 사랑하게 된다. 이 선생님은 빨강머리 까치 같은 소녀가 끊임없이 제기하는 질문을 웃으며 받아주는 사람이다.

목사님과 앨런 부인이 차를 마시기 위해 초록지붕 집에 초대받아 갔을 때 초조하게 준비하는 바쁜 움직임을 책에서 읽어낼 수 있다. 명백하게 이건 목사님과 그의 아내가 차를 마시기 위해 들른 그저 그런 날들과 달랐다. 진지하게 책임감을 갖고 착수해야 하는 일이었다. 아주 중대한 일이었다. 우리가 정말 앤을 대신하여 초조해하고 있나? 그렇다! 그리고 마을에 새로 오신, 앤과 마음이 맞는 선생님을 멋진 음식과 테이블 장식으로 맞을 준비에 힘쓰는 앤에게 공감하게 된다.

최근에 그녀의 메뉴를 읽지 않았다면 한 번 읽고 오라. 그 메뉴는 읽기만 해도 배부른 느낌이 든다. 젤리 치킨과 차가운 소 혀 요리 (모든 목사님에게 이 요리를 대접해야 한다), 빨간색과 노란색 젤리, 휘핑크림과 레몬파이와 체리파이, 세 가지 종류의 쿠키, 과일 케익, 특별히 목사님들을 위해 저장해 둔 마릴라가 만든 유명한 황매 잼, 파운드케익, 베이킹 파우더가 들어간 비스킷, 그리고 갓 구운 빵과 혹시 소화불량이 올 수 있으므로(왜냐하면 빵을 12번에 걸쳐 나누어 먹으면 소화불량에 걸리지 않는 것처럼, 갓 구운 빵은 이스트를 너무 많이 함유하고 있어 소화불량을 초래할 수 있다) 미리 구워놓은 빵까지 준비했다. 이런! 앨런 부부를 데굴데굴 굴려서 밖으로 내보낼 생각인가?

레이어 케익은 16번째 메뉴였고, 앤이 이 축제의 최고의 영예가 되도록 이 케익을 스스로 구웠다. 마지막 식탁에서 이 케익이 전달되었고, 이미 배가 터질 만큼 음식을 먹은 앨런 부인은 이 케익이 아주 큰 정성으로 만들어졌다는 것을 알았기 때문에 애써 조금이라도 맛을 보았다.

그 이후에 벌어진 일을 보면서 나는 이 여성 분을 존경하게 되었다. 앤의 케익을 한 입 먹고 앨런 부인은 무언가 매우 잘못되었다는 것을 알게 되었다. 앤이 실수로 케익에 에이번리 버전의 빅스 바포럽(Vicks VapoRub, 역자 주: 바르는 감기약)에 해당하는 도포제를 넣었던 것이다. 찬장은 또다시 섞여있었고, 피해를 입은 사람이 분노와 연민

사이에서 하나를 선택할 수 있는 또 다른 기회였다. 피해를 받은 사람의 선택에 따라 식탁에 둘러앉은 사람들이 지옥 길로 가거나, 은혜의 길로 갈 것이다. 앤에게는 다행스럽게도, 목사님의 아내는 자주 후자를 향해 가는 사람이었다.

앨런 선생님, 당신은 정말 사랑스럽군요! 우리의 이상한 선물도 기쁘게 받아주고 어떤 일이 있어도 우리를 그대로 믿어주는 선생님 같은 사람이 우리 모두에게 꼭 필요하다. 그녀는 좋은 경험을 하지 못했는데도, 앤을 있는 그대로 받아주었다. 그녀는 여전히 앤을 위해 옆에 있어주었다. 앨런 부인은 앤이 부끄러움과 수치심으로 도망쳤을 때 그녀를 따라갔다. 그리고 자비로 가득한 마음으로 앤의 말을 들어주었고, 비극적인 그녀의 표정을 걱정스레 바라보았다. 그녀의 연민에는 하나님의 형상이 담겨 있었다.

앨런 선생님은 앤의 깨어진 마음을 보았다. 그것은 부끄러워해야 할 깨어짐이 아니라 조심스럽게 약을 바르고 붕대로 감아주어야 하는 깨어짐이었다. 용서하는 시선으로 본 이 고아 소녀는 그녀가 처한 곤경보다 더 나은 것을 갖고 있었다. 앤은 구름으로 가득 찬 이 세상에서 별이 빛나게 할 수 있는 훌륭한 재능을 갖고 있는 완전한 한 사람이었다. 이 사랑스러운 인물에게서 우리는 우리가 어떻게 은혜의 전달자이고 구원의 매개체가 될 수 있는지 아주 많이 배울 수 있다.

앨런 선생님이 앤을 치료하기 시작하면 우리는 더 집중하게 된다. "모든 것이 잘 되었을 때 느꼈던 것만큼 네 친절하고 사려 깊은 마음에 정말 감사하고 있어. 이제 더 이상 울지 말고 나랑 내려가서 꽃밭을 좀 구경시켜줘." ("너희는 이전 일을 기억하지 말며 옛날 일을 생각하지 말라") 그녀는 앤이 털고 일어날 수 있게 해주었고, 이것이 가장 좋은 약이 되었다. 그러니까 쓰린 영혼을 위한 도포제가 된 것이다. 우리는 손상된 이 세상을 어떻게 고치고 우리 아들, 딸들을 어떻게 인도해야 할지 알게 되고 놀라게 된다.

음료 대신 데운 술, 바닐라 대신 도포제, 선한 의도로 한 실수들은 모두 균열이 있는 우리의 상태를 보여준다. 속죄를 다룬 제3막이 있어 정말 감사하다. 이것은 우리의 쓰레기 같은 선물로부터 보물을 만들어내는 혁신이며 쇄신이다.

의심할 여지 없이, 손상시키는 사람과 손상의 상처는 항상 존재한다. 아마 나도 오늘 누군가를 상처 입힐 것이다. 따라서 나는 회복의 가능성을 열어두어야 할 의무가 있다. 도일과 나는 입양과 입양아를 양육하는 일에 관한 자료를 읽으면서 형벌과 구별되는 의미의 징계의 개념을 알게 되었다. 우리 딸이 어떠한 문제를 일으키는 것을 보고 그녀를 방으로 쫓아내는 대신 (이건 딸을 다시 한 번 버리는 것이다!) 우리는 그 상황에서 그녀가 자신이 저지른 문제를 해결할 수 있도록 인도할 수 있는 방법을 찾으려고 노력한다. 이것은 쉬운 길은 아니지만 그녀를 고치고 회복시키는 일에 그녀 자신을 참여시키는 것은 매우 강력한 힘이 있다.

이러한 삶의 측면을 보면, 우리는 최소한 부분적으로 폐허 속에서 살고 있지만 배리 부인과 앨런 선생님이 우리에게 보여주듯이, 우리는 선택 할 수 있다. 상황을 더욱 혼란스럽게 만들고 더 황폐하게 만들거나 아니면 소매를 걷어붙이고 재생에 참여하는 것이다.

그리고 내가 앞서 언급한 은혜의 곡조는? 이걸 알아차리는 것은 바로 이곳 폐허 속에서도 그렇게 어렵지 않다. 나는 옛 관습에 도전하며 고통 가운데 있는 고아들을 변호해주는 한국인 목사님들이 점점 늘어나는 모습에서 구원을 본다. 나는 서울의 거리에 버려질 뻔한 아기들을 위해 따뜻하게 데워진 상자에 부드러운 수건을 깔아 둔 베이비 박스를 만든 이종락 목사님에게서 재생을 본다. 한 달에 18명의 아기들이 이 상자를 통해 인도되는데, 상자에 종이 달려 있어서 이종락 목사님이나 그의 부인 또는 봉사활동가들이 종이 울리면 가서 이 귀한 생명을 들어올려 안으로 데려온다. 이종락 목사님이 아기를 데려올 때, 회복시키는 일을 하는 이 사람은 절망을 희망으로 바꾸는 그 분의 형상을 갖고 있다.

때때로 복구 작업은 눈에 보이지 않으며 드러나는 실마리가 없을 수 있다. 작가였던 나의 옛 친구의 경우, 나는 그녀를 다시 볼 일이 없겠지만, 그래도 오래 전에 평안을 찾았고 그녀가 잘 되기를 바라게 되었다. 내가 아는 그녀는 나처럼 평안을 찾아 머물고 있을 것이다. 언젠가 우리는 우리의 곡조를 맞추어볼 수 있을 것이다. 그 날이 이 세상에서 오지 않을 수도 있지만 말이다. 그런 건 상관 없다.

따라서 나는 우정과 연민에 건배를 제안하고 싶다. 그리고 우정과 연민에 실패한 경우에 필요한 속죄에 건배를 제안하고 싶다.

이 세상의 마음이 맞는 친구들, 앨런 부인이나 이종락 목사님과 같은 분들, 우리의 균열을 자비로 받아들여 회복시키는 일을 하는 사람들을 위해 산딸기 음료 잔을 들자. 그들은 우리가 서로에게 속할 수 있도록 도와준다. 그리고 하나의 건배가 더 남아 있는데, 바로 우리가 도움을 필요로 하던 바로 그때에 우리를 모욕하고 상처를 주고 버렸던 사람들을 위해 건배하자.

우정을 위한 이 건배가 우리를 회복시키기를. 이것이 하나님의 이름으로 주는 물 한 그릇이 되길.

빨강머리 앤
나의 딸
그리고 나

13

월터 셜리 찾기

우리 부모님은 나의 삶에 가장 큰 영향을 주신 분들이다. 그리고 만약
우리 아버지가 나를 위해 거기 있었다면, 그것은 내 삶에 두 배로 큰
영향을 미쳤을 것이다.

―

제로드 킨츠

『빨강머리 앤』시리즈에 나오는 이야기들 중에 다른 어떤 이야기
보다 내 마음을 더욱 아프게 하는 이야기가 있다. 너무 정곡을 찌르
는 이야기이다. 내 인생에는 감사할 것이 아주 많다. 그렇지만 그것
들 중에 앤 셜리는 찾아냈고, 나는 절대 가질 수 없었던 것이 있다. 앤
이 자기가 태어난 무너질 것 같은 노란 집의 문을 두드렸을 때, 앤은
자신을 절대 실망시키지 않을 아버지를 찾는 일에 착수해있었다. 아
주 키가 크고 마른 여자가 문을 열었다.

우리의 앤은 주말에 대학 룸메이트의 집에 놀러 가 있었다. (여러
분이 "필"이라고 불렀던 매우 익살스러운 필리파 고든을 기억하고 있을

까?) 『빨강머리 앤』 세 번째 책의 표현대로, 이 "체류"는 앤이 자기의 출생지로 떠난 순례의 길이었다. 여기서 앤은 벌사와 월터 셜리의 딸인 자신의 뿌리를 찾게 된다. 그녀는 곧 월터 셜리가 자신과 똑같은 홍당무색 머리를 갖고 있었던 남자라는 것을 알게 될 것이다.

우리가 알고 있듯이, 문을 연 여자는 셜리 부부를 알고 있었다.

"그래, 셜리 부부가 20년 전에 여기 살았었지요." 그녀가 앤의 말에 대답했다. "기억이 나요. 이 집을 빌렸었어요. 둘이 한꺼번에 고열로 죽었어요. 정말 슬픈 일이었어요. 아기를 한 명 남겼는데, 아마 오래 전에 죽었을 거에요. 많이 아팠거든요…"

"그건 죽지 않았어요." 앤이 말했다. "내가 그 아기였어요." ('그건'이라고? 오, 1885년이었으니까!)

"설마! 아니, 이만큼이나 컸군요." 그 여자는 앤이 더이상 아기가 아니라는 사실이 놀랍다는 듯이 외쳤다. "어디 봅시다. 닮았네요. 아버지랑 똑같이 생겼어요. 그도 빨강 머리를 갖고 있었죠. 하지만 눈과 입은 어머니를 닮았네요."

이 키가 크고 마른 여자가 이 항구 지역에서 가장 밝은 존재는 아니었을지 모르지만, 선하고 친절한 마음을 가졌고 앤이 자신의 생가를 돌아보고 싶다고 간절히 이야기했을 때 기꺼이 허락해주었다.

"그럼요, 원한다면 둘러보세요." 그리고 이 여자는 벌사가 출산을 한 바로 그 방으로 앤을 안내했다. 의심할 여지 없이 월터는 방밖에서 초조하게 서성거리고 있었을 것이다. 그리고 이 여성은 앤이 삶과 죽음, 행복과 불행의 공간을 채우고 있는 흔적들과 교감할 수 있도록 혼자만의 시간을 주었다. 이것은 앤에게 "기억 속에서 영원히 밝게 빛나는 인생의 가장 보석 같은 시간 중 하나"였다.

루시 모드 몽고메리가 고아인 앤에게 자신이 시작된 순간의 파편들을 모으는, 이런 보석 같은 시간을 주었다는 점이 정말 흥미롭다. 그녀는 앤에게 자기 부모님, 그러니까 벌사와 "좀 못생긴" 월터를 만날 기회를 주었다. (이건 이 키 크고 마른 여성을 칭찬해주어야 한다. 그녀는 모든 것에 대해 말하기를 꺼리지 않았다. **그래, 아버지를 기억해요. 멋진 사람이었지만, 좀 못생겼죠.**)

동화 속에 나오는 요정처럼 루시 모드 몽고메리는 자신의 '책 자녀'에게 그녀의 원래 가족을 찾아가는 **빵** 부스러기가 깔린 길을 보여주었다. 파란 리본으로 묶은 편지뭉치를 주고 두 부모님이 잠들어 있는 묘지를 방문할 수 있게 한 것이다.

당연히, 이 키가 크고 마른 여자가 앤의 부모님이 서로 주고 받은 편지 묶음을 앤에게 주었을 때, 그녀는 "미친 듯이 기뻐하며 묶음을 움켜잡았다." 우리의 소녀 앤은 이 묶음을 그냥 잡을 수는 없었던 것이다.

묶음을 움켜 쥔 앤은 낡은 노란색 집에서 최단 거리로 볼링브룩 묘지로 이동했다. 키가 크고 마른 여성은 지방 교육위원회에서 월터와 셜리의 성실한 근무를 칭찬하기 위해 세운 묘비가 그곳에 있다고 알려주었다. 두 사람의 딸은 그 묘비에 흰 꽃다발을 가져다 놓음으로써

경의를 표시했다.

편지묶음에서 앤은 부모님이 서로를, 그리고 앤을 무척 사랑했다는 것을 알게 되었다.

두 사람의 묘지에서 그녀는 자신의 원래 부모님이 정말 존재했다는 것, 그리고 그 증거가 여기 돌에 새겨져 있다는 것을 확인했다.

많은 고아들은 자신의 원래 가족의 실재에 대한 증거를 찾지 못한다. 대부분은 부모님을 찾으면서 그들이 사랑 받았다는 증거를 발견하지 못한다. 일반적으로, 사실은 그 반대였다는 것을 발견하게 된다. 하지만 루시 모드 몽고메리는 앤에게 작가 자신과는 다른 결론을 주고 싶어했다.

루시 모드 몽고메리는 아버지의 사랑을 갈망했고, 그래서 앤에게 매튜 커스버트 뿐만 아니라 월터 셜리도 주었다. 선하고, 사랑 많고, 못생긴 월터 셜리는 특별하게 주의 깊고 마음이 따뜻한 아빠가 되었을 테지만, 그는 죽었기 때문에 수많은 방식으로 딸과 함께 하는 삶을 살 수 없었다. 반면에 루시 모드 몽고메리의 아버지인 몽티 몽고메리는 살아있었다. 하지만 그는 수많은 방식으로 딸과 함께 하지 않았다.

고아의 마음은 이것을 정말 잘 안다. 할 수 없는 것과 하지 않는 것 간의 현저한 차이 말이다.

"피비의 진짜 아빠에 대해 아는 게 있나요?"라는 질문은 치즈 강판처럼 나를 갈아버리는 말이다.

놀랍게도 이런 말을 정기적으로 듣는데, 이런 말을 하면 나는 내가 40년 이상 사회화를 거쳤다는 것에 감사하게 된다. 또 보통 이런 사람들을 때려줄, 손에 잡히는 빗자루가 없어서 다행이다.

오, 물론 그들이 무슨 말을 하는지는 알고 있다. 그들은 피비의 생물학적 아버지, 그러니까 우리 딸이 가진 유전자 절반의 출처, 그러니까 우리의 특별하고 영원한 딸이라는 결과물을 가져온 그다지 특별할 것도 없는 찰나의 연애를 한 남자에 대해 묻는 것이다.

명백히 생부를 "진짜" 아버지라고 부르는 것은 매우 부적절하다. 전형적인 생부들은 증발할 수 있는 존재들이고, 부재하며, 사라졌고, 상상 속에 존재하는 허구와 비슷하다. 이점에서 피비에게 자신의 유전자를 기여한 진짜 아버지는 '가공의 인물'과 같다.

하지만…

45년동안 내 생부에 대해 생각하면서 살고 보니(대부분의 시간은 그에 대해 생각하지 않았지만), 한 가지를 분명하게 알게 되었다. 피비의 첫 번째 아버지는 아이의 영혼과 정체성에 실제로 중요하다는 것이다. 물론 모든 유형적 방식으로는 피비가 그를 잃어버린 상태이고 아마 영원히 그런 상태일 것이다. 하지만 그가 조상에게 물려받은 유전자 체계가 우리 아이 속에서 돌아다니고 있다는 사실은 그가 그녀와 매일매일 함께 하고 있으며, 그녀의 일부라는 뜻이다. 만약 피비가 문을 만나게 된다면 그녀는 자신의 아버지 쪽 염색체에 대해 많은 질문을 할 것이 분명하다. 그는 어떤 사람이었나요? 잘생겼었나요? 웃겼어요? 내가 그를 닮았나요? 축구를 잘 했어요? 나처럼 골키퍼를 하진 않았나요? 그가 당신이 생각한 사람이 아니었다는 건 무슨 뜻인가요?

나도 간절하게 그 대답을 듣고 싶다. 특히 마지막 질문에 대한 답을 알고 싶다. 문 씨, 당신이 사회복지사의 질문에 답한 그 내용은 무슨 뜻인가요? 사회 복지사에게 어떻게 대답을 했기에 "그는 그녀가 바라던 사람이 아니었다"라고 적었나요? 문이 정말 이렇게 말하기는 했을까? 아니면 단지 번역의 문제일까?

한국 서울의 마트 종업원

태어난지 6개월하고 절반이 지난 우리 딸을 데리러 서울에 갔을 때, 나는 금빛 피부에 타원형 보석 모양의 눈을 가진 한국인 남자들의 얼굴을 살피며 혹시 우리 딸의 얼굴이 있지는 않은지 찾아 보았다. "쌍꺼풀이 있어요!" 한국인들은 피비의 얼굴에서 귀한 특징을 찾아내고 기뻐하며 매우 열광적으로 말하곤 했다. 물론 나는 백인이기 때문에 잘 이해가 가지 않았다. 우리는 한번도 자기 자신 또는 누군가의 눈꺼풀에 신경 쓰거나 몇 겹인지 세지 않았다. (나는 지금 막 내 눈꺼풀의 개수를 세어보고 후회했다. 마흔이 넘으면 눈꺼풀의 개수를 세지 않는 것이 좋다.)

나는 아시아계 출신 여자나 소녀들, 특히 한국인 여자들이 쌍꺼풀이 있으면 아름다움이 배가 된다고 생각한다는 것을 나중에야 알게 되었다. 아니면 최소한 어릴 때부터 부모님, 친구들, 문화를 통해 그렇게 배웠다는 것을 알았다. 안검 미용 성형, 그러니까 쌍꺼풀 수술이 젊은 아시아계 여자들 사이에서 흔하다는 것을 이해하게 되었다. 한국 여자들의 1/5이 이 수술을 받고, 상당수의 부모님들이 졸업 선물로 이 수술을 받게 해준다.

피비가 생부에게서 눈과 추가적인 눈꺼풀을 받았을까?

분명히 그 사람은 매력적인 사람이었을 것이다. 왜냐하면 피비 민주 제인 크레이커가 된 김은정 아기는 정말 예뻤기 때문이다.

분명히 그 사람이 조금 더 문과 함께 하면서, 자신이 무엇을 포기하는 것인지 이해하게 되었다면 문과 그녀의 아기를 떠나지 않았을 것이다.

어떤 사람은 이렇게 말할지도 모른다. "이봐! 그는 겨우 21살, 22살이나 되었을 거고, 그럼 당당하게 서서 남자답게 살기는 어려웠을 거야. 그렇지 않아? 그 녀석 좀 몰아붙이지마." 하지만 이 논리는 딸의 졸업 선물로 쌍꺼풀 수술을 해주는 것만큼이나 엉뚱한 말이다. 상점에 시계나 화장품, 냉장고가 다 팔리기라도 한 건가? (나도, 우리 북아메리카 사람들도 이상적 미의 기준을 충족하기 위해 꽤 정상적이지 않은 일을 하기 때문에 판단할 수는 없다. 핸드 리프트 같은 것 말이다. (역자 주: 결혼반지를 낀 모습이 예쁘게 보이게 하기 위해 하는 성형수술을 말한다.)) 나는 21살에 아버지가 된 멋진 조카 제이크에 대해 말하고 싶다. 대부분은 너무 어리다고 말할 것이다. 하지만 제이크는 착실한 사람이다. 나는 그가 그의 파란 눈을 가진 볼이 통통한 사내 아이를 위해 당당하게 서서 18년 동안 그리고 그 후로도 곧은 길을 갈 것이라고 생각한다.

서울에서 나는 곧은 길이 아닌 구부러진 길을 가는 사람을 찾았다. 내가 입양서류에서 발견한 한 토막에 따르면 생부와 생모가 모두 "마트"에서 함께 일했다는 점이다. 그래서 나는 그 여행을 하며 마트에 많이 들어갔다. (젖은 침낭처럼 서울을 둘러싸고 있던 습한 기운에서 벗어날 수 있는 시원한 바람이 부는 곳이 마트였다는 이야기는 하지 않기로 하자.) 나는 그곳에 들어가서 과자나 차가운 아이스 녹차를 사야 한다는 핑계를 대곤 했다. 편안한 마트는 녹차와 인삼, 김치와 참기름처럼 시원하면서도 충격적이었다. 마트에는 끝도 없이 우리의 흥미를 불러일으키는 별세계의 과자와 음료로 가득했다.

한번은 도일이 에메랄드 빛 소나무 가지로 장식되고 한글이 적혀 있는 소나무 음료라고 불리는 작은 캔을 하나 집었는데, 나도 살짝 맛을 보았다. 그 맛은 소독약 냄새를 떠오르게 했지만 도일은 놀랍게도 그 캔을 전부 벌컥벌컥 마셨다. "뭔가 좋은데." 그가 말했다.

소나무 음료의 도시에서 나는 수많은 아름다운 한국인의 얼굴을 살폈다. 이 낯선 사람들 중 어떤 사람들의 결합이 우리 딸을 만들어 냈는지 알 수는 없었다. 나는 아직도 밖에서 만나거나 텔레비전으로 보는 사람들의 얼굴을 살핀다. 재미있는 사실은 북아메리카 대륙의 로스앤젤레스에 가장 많은 한국인들이 살다 보니, 화면에서 만나는 많은 아시아계 배우들이 한국인이라는 점이다. 그래서 나는 이런저런 상상을 할 수 있는 자유가 생겼는데, 예를 들면 드라마 로스트에 나오는 대니얼 김이 피비의 생부라는 상상을 하는 것이다! 물론 거의 확실히 그렇지는 않다.

그가 누구이건 나는 그가 지금은 누군가와 함께 살고 있기를 바란다. 어쩌면 그는 학교에 복학했거나 그가 사랑하는 직업을 찾아 의미 있는 일을 하고 있을 지도 모른다 (드라마 로스트와 드라마 하와이 파이브 오에 나오는 배우처럼!). 대체로 나는 그가 언젠가 피비가 자랑스러워할 수 있는 남자로 성장하고 있기를 바란다. 말보다 행동이 더 중요하다는 것을 보여주는 사람 말이다.

내 생각에 피비는 더 크기 전까지는 그가 어떤 사람이었는지 궁금해하며 시간을 낭비하지는 않을 것 같다. 내가 "엄마"라고 부르는 사람 말고 나를 뱃속에서 키웠으며 보이지 않는 손으로 나와 연결된 누군가가 어딘가에 있다는 생각을 정리하는 것만으로도 충분히 힘들기 때문이다. 그녀와 훨씬 더 강한 관계가 있다.

피비는 생부의 생김새, 성격, 재능을 아주 많이 닮았을 수도 있지만, 그녀에게 그는 우리 눈에 보이지 않는 행성보다도 더 관념적인 존재일 것이다. 적어도 그녀는 학교에서 행성에 대해 배울 것이지만, 우리 외에 아무도 그녀에게 블랙홀처럼 상상 속에 존재하는 아버지, 그러니까 그녀의 첫 번째 아빠에 대해 가르치지 않을 것이기 때문이다.

그런데 그 사람의 나이나 마트에서 일했다는 것을 제외하고 우리가 이 남자에 대해 피비에게 줄 수 있는 유일한 정보는 의문으로 가득한 문의 표현이다.

그는 내가 바라던 사람이 아니었다.

오, 그녀가 무슨 뜻으로 한 말인지 얼마나 알고 싶은지.

또 나는 그가 21살이라는 나이에도 불구하고 문이 헤어진 후에라도 가서 임신소식을 전할 수 있었던 남자였기를 바란다. 정말로 그가 당당히 설 수 있는 기회를 그녀가 줄 수 있었는데, 단지 하지 않은 것이기를 바란다. 나의 역사를 상기할 때 그런 생각을 한다. 하지만 그 마트 종업원이 굽은 마음을 가진 구부러진 길을 가는 사람이 아니었다면, 그가 그녀가 바라던 사람이었다면, 그녀가 그에게 당당히 설 수 있는 기회를 주었을 것이라는 생각을 지울 수가 없다.

프린스 에드워드 섬에서 만난 무엇이든지 하는 사람

진짜 아버지만이 딸에게 진주목걸이와 주름진 소매가 있는 가장 아름다운 드레스를 주고 싶어한다. 참된 아버지만이 농장 일을 도와줄 건장한 남자아이 대신 오게 된, 쉬지 않고 재잘거리는 앙상하게 마른 여자아이를 사랑한다. 나는 매튜 커스버트를 정말 흠모한다!

루시 모드 몽고메리가 문학에서 가장 헌신적인 아버지들 중 한 명을 만들어냈지만, 정작 자신에겐 자기의 아버지가 있어야 할 곳에 없었다는 점이 강한 흥미를 불러일으킨다.

요즘에는 젊은 시절 아내를 잃은 아빠들은 나중에 재혼을 하건 하지 않건 충실하게 양육의 의무를 다한다. 하지만 때는 1876년이었고 슬퍼하던 "몽티"는 짙은 색의 머리를 가진 아기를 그녀의 엄마 쪽 조부모님께 맡겼다. 불행하게도 알렉산더와 루시 울너 맥닐은 어린 루시 모드 몽고메리를 자선을 베풀어야 할 대상으로 취급했다. 예전에 종종 앤이 받은 대우처럼 말이다.

루시 모드 몽고메리의 어린 시절은 절망적일 정도로 외로웠고, 그녀를 원하는 다른 사람이 아무도 없었기 때문에 자기가 조부모님의 슬하에서 살고 있다는 생각을 하지 않을 수가 없었다. 그녀의 조부모님은 "나쁜 아이"처럼 행동한 것에 대해 용서를 구하며, 딱딱한 바닥에 무릎을 꿇고 앉아 기도하게 시키는 사람들이었다. 알렉산더 맥닐은 죽는 순간에도 자기 딸의 딸을 유언의 대상에서 배제시킬 정도로 그녀를 무시했다. (시간 여행을 할 수 있다면 빅토리아 시대의 프린스 에드워드 섬에 들러서 맥닐 부부가 절대 잊을 수 없을 만큼 그들을 꾸짖고 싶다. 당연히 그렇고 말고.)

루시 모드 몽고메리가 7살이 되었을 때, 그녀가 사랑하던 아버지는 성공과 돈을 좇아 서스캐처원의 황량한 서부였던 활기찬 도시 프린스 알버트로 이사를 가면서 그녀를 완전히 내버렸다. 그 어느 때보다 더 외로웠던 어린 소녀를 홀로 남겨두었다. 그녀가 얼마나 외로웠는지 책장의 타원형 유리 문 안 쪽에 살고 있는 상상 속의 친구 둘을 만들어냈다. 루시 그레이와 케이티 모리스였다.

아버지와 딸은 편지를 교환했지만 둘 사이의 끈은 점점 가늘어졌고, 마침내 그는 그녀의 타원형 유리 친구들과 같은 상상 속의 인물에 가까워져 갔다. 그녀는 아버지를 애타게 그리워했고 둘이 다시 만난다면 그를 기쁘게 해줄 수 있는 모든 방법을 상상했다. 상상 속에서 그는 그녀의 농담에 웃고, 그녀의 시를 칭찬하며, 그녀를 특별하게 "모디"라고 불렀다. 둘이 함께 할 수만 있다면 인생은 다시 아름다워질 것이다.

그래서 그녀가 16살 때 몽티가 보낸 편지를 미칠 듯이 기뻐하며 움켜쥐었다. 몽티는 매리 앤이라는 27살 여자와 재혼을 했고, 둘 사이에는 걸음마하는 아기와 곧 태어날 아기가 있었다. 이제 그는 서부에 자리를 잡았고 루시 모드 몽고메리가 와서 함께 살며 그의 가족을 완성할 차례였다.

거의 대륙을 완전히 가로지르는 기차 여행에서 그녀의 마음은 꿈과 희망으로 부풀었다. 그녀는 캐나다 상원 의원인 몽고메리의 할아버지와 동행했다. 창 밖으로 녹음이 무성한 농지, 캐나다 순상지의 험준한 바위, 그리고 대초원의 흔들리는 풀과 높은 하늘이 지나가는 동안 그녀는 많은 돈을 버는 사업가가 된 그녀의 사랑하는 아빠를 다시 만나기를 학수고대하고 있었다. 아빠를 더 알아갈 것이고, 마침내 아빠에게 속하는 것은 분명히 그녀에게 영구적인 소속감을 줄 것이다. 더 이상 트럭에서 떨어진 순무가 된 것 같은 느낌이 들지 않을 것이다.

다른 많은 생부 판타지처럼 루시 모드 몽고메리의 판타지도 프린스 알버트에 도착하고 얼마 지나지 않아 부서져버렸다. 그녀의 상상 속에는 조건적인 사랑이라던가, 그녀를 부려먹는 어리고 으스대는 의붓어머니는 없었다. 고향에 있는 그녀의 사촌 펜지 맥닐에게 쓴 편지에서 그녀는 눈 앞에 펼쳐진 상황에 대한 큰 실망을 드러냈다. 그녀는 매리 앤의 무급 하녀에 불과했으며 바닥을 닦고 콧물을 훔쳐주고 기저귀를 갈아주는 신흥 도시의 신데렐라가 되고 말았다. 가장 잔인한 타격은 수개월 동안 그녀는 학교에 가지 못한 채 쓸고 닦아야 했다는 것이다.

바보 같은 남자인 몽티는 자기 딸을 보호해주지 못했다. 매리 앤은 십대 의붓 딸에게 질투를 했고 몽티가 오래전부터 해오던 방식으로 사랑을 담아 "모디"라고 부르면 거의 발작을 했다. 루시 모드 몽고메리가 아버지에게 이 문제에 개입해달라고 사정했을 때, 그는 두 손 두 발을 들었다. (과학이여, 시간 여행은 언제쯤 가능해질까? 나는 언제든 떠날 준비가 되어있고 이번엔 빗자루도 가져갈 생각이다.)

일 년 후, 그녀는 더 이상 버틸 수 없었다. 몽티의 줏대 없음과 매리 앤의 잔인함 사이에서 그곳에 정착하겠다는 그녀의 꿈은 서스캐처원

평원의 먼지처럼 사라져버렸다. 고향으로 돌아가기로 결심했다.

신경질적인 조부모님 옆에 머무르며, 그녀는 섬의 붉은 진흙 해변과 부채꽃이 핀 길에 속하여 살기로 했다. 이곳이 그녀의 안식처이고 항구였다. 여기서 그녀는 아버지의 사랑이 그녀의 사랑의 그림자일 뿐이라는 사실을 마주하지 않아도 되었다. 그러니까 아버지는 행동으로 그녀를 한 번 버렸고, 그의 선택으로 지속적으로 그녀를 버렸다는 사실 말이다. 그는 그녀가 바라던 사람이 아니었다는 사실 말이다.

매니토바 출신의 코치 톰

닐 영은 12살까지 위니펙에서 살았고 그 후에 유명한 록 스타가 되었는데, 그래서 나는 항상 그가 내 생부였으면 좋겠다고 생각했다. 그의 나이를 계산해보면 딱 맞아 떨어졌고 그래서 언젠가 그와 내가 다시 만나 "하트 오브 골드"를 부르며 함께 좋은 관계를 유지할 수 있을 것이라고 생각했다.

그러다가 내가 조니 미첼이 내 생모였으면 좋겠다는 생각에 끌리게 되면서 이런 상상을 멈추었다. (실제로 두 사람은 60년대 담배연기 자욱한 위니펙 클럽에서 만났다고 한다.) 문제는 나보다 더 조니 미첼과 닮지 않은 사람이 없다는 것이다. 말하자면 이렇다. 조니는 광대뼈가 있는데, 내 얼굴에서 유일하게 튀어나온 뼈는 코 밖에 없다. 아쉽게도 나는 조니 미첼보다도 닐 영과 더 닮았다.

지금 이런 판타지적 사색을 돌아보면, 내가 어떻게 장난으로라도 음악의 전설들로부터 내가 태어났을 것이라고 생각했었는지 이해할 수 없다. 음악과 관련한 나의 경력은, 교회 발성법 선생님이 우리 엄마에게 퉁명스러운 말투로 내 목소리가 "가르쳐보긴 하겠는데…"라는 말을 했을 때 정점을 찍었다. 최하점은 중학교 1학년 밴드에서 연습한 종이를 제출하지 않았다고 쫓겨났을 때였다. 또 다른 최하점은 배가 불룩 나온 나의 옛 클라리넷 선생님이었던 두바 선생님이 내가 클라리넷 음계를 연주할 때마다 잠이 들었을 때였다. 나는 여러 가지를 할 수 있는 사람이지만 절대 베니 굿맨(역자 주: 미국의 클라리넷 연주자)은 될 수 없다.

내가 도라와 재회했을 때, 그녀는 자기 쪽 가족에게 귀한 음악적 소질이 아주 약간 있다는 것을 알려주었다. 또한 나는 항상 그리고 칠하고, 조각하는 것을 좋아하긴 했지만, 예술적 능력은 빈약했다. 우리 아빠가 가는 연필로 스케치한 새 그림을 언젠가 오래된 종이로 가득 찬 서랍에서 발견했던 일이 생각난다. 내가 아빠의 재능을 눈으로 보게 되었을 때, 아빠는 곤혹스러워했다. "그건 오래 전이었어." 아빠가 웃으며 말했다. 입양의 신비로운 연금술로 인해 우리 아빠에게서 예술적 재능을 물려받았을까? 아니면 그 예술은 생부를 통해 씨앗이 뿌려지고 암호화되었던 것일까?

나의 생부는 물론 닐 영이 아니었지만, 그랬다면 어땠을까 상상하는 것은 늘 즐겁다. 내가 어디서 온 것인지 모른다면 그와 관련하여 여러 가지 상상을 할 수 있고 상상하게 된다.

여러분의 원래 가족이 사라졌는데 당신 말고는 아무도 찾지 않는 상황이라고 생각해보자. 그들은 의문으로 가리워진 허공으로 사라졌다. 여러분은 현재 여러분의 삶이나 현재 부모님에게 없는 특징들이 그들에게서 온 것이라고 생각한다. 예를 들면, 음악적 우상이 되는 경력, 부, 유명세, 그리고 시시한 유행을 좇는 경향 같은 것 말이다. 반면에 책 판매원 중 가장 위대했던 돌아가신 우리 아빠 에이브 라이머는 직장에서는 익투스 물고기(초대 기독교 신자들이 박해를 피해 비밀스럽게 사용하던 기독교를 상징하는 표식)가 그려진 넥타이를 매고, 해변에서는 갈색 정장용 양말을 신었다. 아빠는 카피-리브(Caf-Lib, 역자 주: 커피 브랜드) 커피 묶음을 주머니에 넣어 다녔고, 어두운 분위기의 독일 찬송 듣는 것을 좋아했다. 그리고 약간의 활기를 위해 척 웨건 갱의 찬송을 들으셨다. 에이브 라이머가 음이라면 닐 영은 양이었다.

의문을 해소하지 못하면 여러분은 절대 충족될 수 없는 끝없이 부푸는 기대를 갖게 된다. 여러분의 생부가 닐 영, 캡틴 캥거루(역자 주: 미국 어린이 만화의 주인공) 또는 제노비아(영화 프린세스 다이어리에 나오는 가상의 나라)의 황태자라고 해도 그 기대는 만족시킬 수 없을 것이다. 이 기대는 아이들 파티에 장식되어 있는 귀여운 빨강 방울의 크기에서 시작해 평생 궁금해하면서 점점 바람을 넣으면 굿이어 회사에서 만든 소형 비행선 크기로 커질 수 있다. 그리고 우리 모두 부풀어 오른 풍선이 부드럽게 착륙할 수 없다는 것을 잘 알고 있다.

매니토바 입양후 사무국에 남아 있는 파일에서, 내가 태어나기 전에 도라가 작성한 서류들에 나와있는 생부에 대한 질문의 답변을 읽고 나의 소형 비행선의 공기가 빠지기 시작했다. 여전히 그의 이름은 알 수 없었지만 그의 키, 인종(서류에 나와있는 것처럼 영국인은 아니었다), 그의 부모님 직업, 그리고 한 때 그가 어린이 스포츠 코치로 일했다는 것을 알게 되었다.

이렇게 달콤할 수가! 내가 코치의 자식이라니? 내 DNA에 어린 아이들에게 운동 기술을 심어준 사람이 포함되어 있다고? 나는 중학교 체육 선생님이자 나의 무기력한 농구 경력을 관장하던 코치, 오 선생님이 떠올랐다. 그는 이 소식을 들으면 나보다 더 당황할 터였다. 나는 여러 가지를 할 수 있는 사람이지만 절대 스포티 스파이스는 될 수 없다.(역자 주: 멜라니 C의 별명. 스파이스 걸스라는 그룹 가수의 멤버로서 운동신경이 좋았다.)

나중에 도라가 그의 이름이 톰이라고 알려주었다. 그들의 짧은 사랑은 그 해 여름 그들이 만났을 때 시작되었다. 도라는 항상 톰이 그녀의 임신 사실을 알고 있다고 느꼈다. 도라는 항상 그와 닿을 수 있으며, 때가 되면 연락을 할 것이라는 것 외에는 이 주제에 대해 많은 말을 하지 않았다.

테오도라는 마침내 직장에 있는 톰에게 전화를 걸었다.

"우리 딸이야! 서른한 살이지!" 테오도라가 상대방에게 기쁜 목소리로 말했다.

톰은 자리에서 벌떡 일어나 기쁘게 "아이 해드 어 드림"을 열창하기 시작했다. 그는 통화를 하는 채로 뛰어내려오며 동료들에게 담배를 나누어주었다.

그래.

이것과 완전히 달랐다.

실제로는 이렇게 되었다. 도라가 머뭇거리며 1967년 여름의 소식을 전할 때 그녀의 심장은 쿵쾅거리고 있었다. 그녀는 그가 전혀 몰랐을 것이라고 생각하는 척 했다. 톰은 충격 받았다는 것을 표현했다. (그에게 충격쯤은 주어도 괜찮다.) 그는 자기 인종과 의료기록을 읊어대기 시작했고 이어서 그가 나와 관계를 맺을 수 없는, 그러니까 관계를 맺지 않으려고 하는 장황한 이유를 늘어놓았다.

"난 10대 아이들을 키우고 있어. 외부의 영향에 쉽게 휘둘릴 나이잖아."

"이미 지나간 일이라 돌이킬 수 없어."

내가 제일 좋아하는 건 이것이다.

"내 경력에 흠집을 낼 순 없어."

이런 초라한 반응에도 비관하지 않고 도라는 계속해서 나아갔다. "톰, 로릴리는 정말 멋진 젊은 여자가 되었어. 그 애는 따뜻하고 재미있어. 작가가 되었지. 그리고 조나라는 이름을 가진 예쁜 남자 아이도 있어. 네 손자! 8개월 정도 되었고 엄청 귀여워. 다음에 로리가 위니펙에 오면 한번 보는 게 좋을 거야. 사실 몇 달 안에 올 것 같아. 네가 만나서 커피 한 잔 한다면 나도 나갈 수 있어…"

톰은 말을 잘랐다. 굽은 길을 가던 그는 정곡을 찔렀다. "아니." 그가 말했다. "아니야. 지금 이런 관계를 감당할 수 없을 것 같아. 제발 다시는 연락하지마." 전화기로 딸깍하는 소리가 들렸고, 이어서 나의 굿이어 소형 비행선이 푸른 하늘에서 쉭쉭거리며 바람 빠지고 있는 소리가 들렸다.

노바스코샤 볼링브룩의 빨강 머리 학교 선생님

벌사가 죽고, 죽을 날을 기다리던 월터 셜리의 시간은 걱정으로 가득했다. 생명보험 같은 것은 존재하지 않았고, 월터의 가족이나 처가 가족들도 모두 죽은 후였다.

이미 감염된 월터는 자기 가슴에 무서운 붉은 점이 생기는 것을 알아차렸다. 고열과 섬망 증상이 그를 덮칠 것이다. 루시 모드 몽고메리가 묘사하는 것은 아니지만, 나는 그가 오래된 노란 집에서 자기 팔에 안긴, 자신과 똑같은 붉은 머리를 가진 딸을 절망적으로 내려다보았을 것 같다. 기도를 했을 수도 있다. 앤은 어떻게 될까? 다시 누군가에게 속할 수 있을까?

월터에겐 다행스럽게, 고뇌할 시간이 많지 않았다.

키가 크고 마른 그 여자가 모두 말해주었다. "불쌍한 사람들이었어요. 그리 오래 살지 못했죠. 하지만 살아있는 동안 그들은 아주 행복했고, 내 생각에 그건 좋은 일이에요."

이 선한 여인은 앤의 부모님이 남긴 유산을 이렇게 멋지게 요약했다. 빛이 바래 누렇게 된 월터와 벌사 사이의 편지들에서 앤이 발견한, 자기가 태어나면서부터 갖게 된 유산이었다. 구겨진 종이들 속에서 앤은 영광스러운 역사를 상속 받게 되었다. 가장 사랑스러운 것은 마지막 편지로, 벌사가 이 세상에서 자기만큼이나 아기를 사랑하는 유일한 사람에게 아기의 상태에 관해 자세하고 다정하게 적은 편지였다.

"내 인생에서 가장 아름다운 날이었어." 그날 밤 앤이 필에게 말했다. "우리 엄마, 아빠를 찾았어. 그 편지들은 나에게 그 분들을 실재로 만들어주었어. 난 더 이상 고아가 아니야. 마치 내가 책을 펼쳤다가 예전에 책갈피 사이에 끼워둔, 나뭇잎들 사이에서 사랑 받았던 예쁜 장미꽃을 발견한 기분이야."

앤이 용기를 내어 노란 집의 문을 두드렸을 때, 앤의 출생에 관한 이야기는 조각조각 나누어져 있었는데, 이제 대강 하나로 합쳐지게 되었다. 새로운 완전함과 평화가 그녀의 것이 되었다. 그녀는 자신의 진짜 부모님인 커스버트 남매를 온전히 사랑했다. 하지만 모든 고아가 그렇듯이, 그녀의 첫 번째 가족들은 그녀의 영혼에 새겨져 있었다.

앤의 방문을 통해, 그 마트 종업원과는 달리, 그리고 스포티 스파이스의 경력을 갖고 있는 사람과는 달리, 무엇이든지 할 수 있는 이 사람 월터 셜리는 장티푸스가 그의 존재를 덮어버리지 않았다면, 그가

할 수만 있었다면, 헌신적인 앤의 편이 되었을 것이라는 사실이 확인
되었다.

고아의 심장을 가진 루시 모드 몽고메리는 **할 수 있는 것**과 **하는
것** 사이에는 큰 차이가 있다는 것을 알고 있었다. 그래서 그녀는 앤을
실망시키지 않을 아버지를 찾는 여행을 떠나게 했고, 독자들인 우리
는 그것을 간절한 마음으로 따라간다. 앤이 신성한 편지 묶음에서 월
터 셜리를 발견했을 때, 그는 정확히 그녀가 바라던 사람이었다.

빨강머리 언
나의 딸
그리고 나

14

사랑하는 톰에게

어떤 위험이든 감수하라! 다른 사람들의 의견은
더 이상 신경 쓰지 말아라…
당신에게 이 세상에서 가장 어려운 일을 하라.
자유롭게 행동하라. 진실을 마주하라.

–

캐서린 맨스필드, 『캐서린 맨스필드의 일기』

몇 해 전 여름에 내 뼈에 가족력을 남겨둔 한 남자에 대한 궁금증이 절정에 달했고, 편지를 써서 그에게 연락을 했다. 14년 동안 톰의 이름과 주소를 알고 있었지만, 그 전에는 한 번도 연락을 시도하지 않았었다. 타당한 이유가 있었다. 한 가지는 톰에게 찾아가는 것이 그다지 좋은 토크 쇼가 되지 않을 것이라고 생각했기 때문이다. 또 내가 편지를 썼는데, 아마 나에 대해 모르고 있을 그의 아내가 그걸 열어보게 된다면 어떻게 되겠는가?

더 중요한 것은 나는 우리 아빠를 향한 충성심이 아주 강했다. 나의 원래 아버지에 대해 알아가는 것은 무언가 우리 아빠를 배신하고 무언가 변덕을 부리는 느낌이었다. 그러다 아빠가 70세가 되기도 전에 암으로 돌아가신 후에, 나에게 시간이 얼마 없다는 것을 깨달았다. 또한 그 분이 항상 우리 아빠일 것이고, 내 인생에 기쁜 일과 슬픈 일을 함께 하고 싶은 분이며, 남부 가스펠 음악이나 독어를 들으면 떠오를 분이고, 서점에 방문할 때마다 생각날 분이라는 것을 깨달았다. 또, 누군가가 우리 아이들이나 내 마음을 아프게 하면 아빠의 목소리가 듣고 싶다. 아빠가 돌아가시고 시간이 한참 흘렀을 때까지 톰에게 연락하고 싶지 않았던 이유는 아빠에 대한 충성심 때문이었다.

게다가 마지막에는 나를 몰고 가는 하나님의 손길 같은 것이 느껴지기도 했다.

연락을 하기 8개월 전쯤부터 내 영혼에 부담감 같은 것이 느껴졌다. 나는 내 생부를 위해 기도해야 한다는 것을 알고 있었다. 나는 처음으로 그의 이름을 구글에서 검색해보았고, 내 할머니의 사망 기사를 발견했다. 할머니는 사랑스럽고 멋진 선구적인 여자였고 신실한 기독교인이었다. 부고에는 톰의 자녀들, 그러니까 나의 이복동생들도 언급하고 있었다.

그 동생들을 검색해보는 데 4초밖에 걸리지 않았다. 나와 별로 닮아 보이지 않았다. 여동생은 전혀 닮지 않았다. 그녀의 페이스북 사진들에 등장하는 그녀의 친구들이 오히려 더 나와 닮아 보였다. 하지만 남동생들 중 한 명은 좀 달랐다. 그도 나를 닮지는 않았지만 조나와 닮아있었고, 나는 동요되었다.

부녀관계가 확인되었다! 톰은 나의 생부가 맞았다. 그는 늙어가고 있었고, 나의 세 자녀를 제외하면 손주는 없었다. 인생은 짧고, 나는 사랑을 선택하는 사람이 되고 싶었다. 하나님은 톰의 아내가 내 편지를 중간에 가져가지 않도록 돌보시겠다는 확신을 주셨다.

2013년 8월 1일

사랑하는 톰에게

한동안 연락을 할까 말까 고민하며 기도했어요. 보다시피 이 일을 하기로 했고요. 인생은 짧고, 위험을 감수하더라도 사랑과 교제를 선택하는 사람이 되고 싶었거든요.

우리의 역사는 당신과 나의 생모 테오도라 루디네스카가 짧은 연애를 했던 45년 전에 시작되었네요. 그리고 내가 그 결과였지요. 제가 분노나 유감으로 연락하는 게 아니라는 걸 아셨으면 좋겠어요. 전 당신과 도라가 헤어지게 되고, 내가 입양되었다는 사실이 기쁘거든요. 그리고 하나님께서 그분이 계획하신 부모님과 가족에게로 저를 인도하셔서 기쁘거든요.

하지만 최근에 우리가 한 번도 만난 적은 없지만, 당신이 나의 일부이고, 내가 당신의 일부라는 사실을 깨달았어요. 저는 도라랑 많이 닮았지만 성격은 많이 달라요. 제 농구나 배구 실력은 형편없는데 반해 당신이 운동을 잘한다는 건 알고 있어요. 그래도 여전히 내 DNA의 절반은 당신의 것이고, 그것이 제가 생각했던 것보다 더 많이 나에게 영향을 미치고 나를 만들었다고 생각해요.

그리고 이 나이에 아버지가 필요해서 연락하는 것이 아니라는 것도 알아 주셨으면 좋겠어요. 저에게는 제가 아기일 때 저를 흔들어 재워주고, 위니펙의 눈보라를 뚫고 나와 친구들을 차에 태워 쇼핑몰에 데려다 주고, 서점의 수입으로 사립학교와 대학에 보내시고, 치아 교정까지 해주신 아빠가 계세요. 그분은 사랑 많고 자랑스러운 아빠였어요. 우리 아들 조나의 가운데 이름을 아빠 이름을 따라 에이브라함이라고 지었어요. 아빠는 7년 전, 68세의 연세에 폐암으로 돌아가셨어요. 어린 날 호기심에 대황 시가를 피운 것 말고는 한번도 담배를 피우지 않으셨는데도 폐암으로 우리 곁을 떠나셨어요.

그래서 저는 지금 채워질 수 없는 아버지 자리를 채워달라고 당신을 찾는 게 아니에요. 그냥 우리가 친구가 되고, 내가 당신에 대해, 당신이 나와 나의 멋진 가족에 대해 알아갈 기회가 있었으면 했어요. 너무 무리한 요구일 수도 있고, 너무 부족한 교류일 수도 있을 거에요. 다만 그 많은 시간들이 모두 지났으니, 이제 당신이 만날 준비가 되었을 것 같다는 느낌이 들었어요.

저는 미시간의 그랜드 래피즈에 살고 있어요. 20년 정도 되었지요. 남편은 21년 전에 시카고 시내에 있는 한 기독교 사립학교에서 만났어요. (제가 고향처럼 느끼는 장소들 중 하나이죠.) 도일은 미시간의 머스키곤 출신이고, 여기서 한 시간 정도 떨어져 있는 미시간 호 근처에요. 그는 낚시와 사냥을 엄청 좋아하고 저는 도시 여자인

데 반해 그는 시골 남자이죠. 그래도 우리 둘 다 그 거대한 호수를 좋아해요. 위니펙 호수를 향한 제 사랑이 미시간 호수에 대한 사랑으로 옮겨갔죠. 위니펙 호수를 보지 않는 것도 좋아요.

저에겐 아이가 셋 있어요. 15살 조나, 12살 에즈라, 8살 피비에요. 조나는 내일 운전면허증을 받을 예정이에요! 믿을 수가 없네요. 조나는 좋은 아이이자 좋은 학생이에요. 하키와 라크로스를 하고 낚시, 사냥, 기타 연주를 하는 것이 인생의 목표인 아이에요. 8년 동안이나 하키를 했고, 지금은 미시간에서 가장 좋은 학교들 중 하나인 그랜드 래피즈 기독고등학교 2군 팀에서 활약하고 있어요. 이번 시즌에는 1학년인데도 불구하고 라크로스 2군 팀에도 뽑혔어요.

우리 에즈라는 사랑스러운 아이이고 글재주와 예술적 감각이 있어요. 그리고 체조와 허들 경기에 소질이 있어요. (올해 에즈라는 다섯 개 학교가 출전한 허들과 높이 뛰기 시합에 나가 전체 6학년들 중에서 3등을 하고 스스로도 놀라더라구요.) 혹시 예술적 재능이 있으신가요? 저는 예술을 좋아하긴 하고 그림을 좀 그리기는 하는데, 에즈라는 정말 특출나거든요. 도일의 부모님이나 도라 쪽은 아닌 것 같아요. 피비는 불꽃같은 아이이고 터보 엔진을 단 것처럼 뛰어다니는 축구 선수에요. 강아지와 친구들을 사랑하구요. 남한에서 아기일 때 입양한 아이랍니다.

이들이 제 심장이고 영혼이에요.

이게 크리스마스 편지 같은 느낌이 들지 않게 하려면 어떻게 해야 하죠? 어떻게 써야 할지 어렵네요.

저는 다른 많은 메노파 아이들과 함께 노스 킬도난에서 자랐어요. 우리 아빠는 10살 때 우크라이나를 거쳐 캐나다로 이주했고, 우리 엄마는 로스노트와 모리스 사이에 있는 매니토바의 맥타비시에서 자랐어요. 남동생이 한 명 있는데, 이름은 댄이고 저보다 2살 반 어려요. 댄도 입양아이고, 우리는 사랑 받는 것을 느끼면서 자랐어요.

우리 부모님, 조부모님, 그리고 부모님의 친척들이 우릴 사랑해주셨어요. 특히 로스노트에 살던 로웬 가족이 사랑해주었지요. 사촌동생만 44명 정도였던 것 같아요! 아주 좋고 재미있었어요. 우리 아빠는 서점을 운영하셨고, 엄마는 간호사였어요 (내가 15살 정도 된 후에야 다시 일을 시작하셨죠). 어린 시절 가장 좋았던 기억은 우드스탁, 온타리오, 페르니, 브리티시 콜롬비아에 여행가고, 사촌들을 방문하고, 아르네스 캠프에서 몇 주씩 보내고, 그랜드 비치와 러싱 리버에서 시간을 보낸 거에요. 겨울에는 터보건(역자 주: 썰매의 일종)을 타고, 방수로에서 사촌들과 설상차 경주를 하고, 위니펙 제츠를 보기 위해 경기장 가장 높은 자리 표를 사곤 했어요. 나는 아직도 열정적으로 제츠를 좋아해서 이곳 레드 윙스 팬들의 존경과 분노를 같이 사고 있어요. 제츠가 배트맨에 의해 사막으로 연고지를 옮겼을 때 울었고, 다시 위니펙으로 돌아왔을 때 또 울었어요!

대학에서는 방송학을 전공했어요. 기자가 되고 싶다고 생각했고 제2의 제인 폴리(역자 주: 미국의 기자)가 되는 걸 꿈꿨거든요. 하지만 곧 제가 방송과 맞지 않다는 것을 깨달았어요. 너무 기술적인 부분을 요구하더라구요. 그 많은 플러그와 전선이라니! 저는 카메라 베터리도 잘 못 갈 거든요.

돌아보니 내 첫사랑은 항상 글쓰기였고, 책을 12권이나 쓰는 작가가 될 수 있었어요.

도일과는 1991년에 결혼했어요. 도일은 멋진 남자이고 낚시 안내인이 되었으면 더 좋았을 컴퓨터 프로그래머에요. 우리는 도일의 가족과 가깝게 지내고, 그럴 수 있어서 감사하고 있어요.

12권의 책 중 최근 책은 『천국으로 가는 나의 여행(My Journey to Heaven)』이고, 천국을 경험하고 온 사랑스런 77세 남자와 함께 작업한 책이에요. 저는 그런 경험에 회의적인 입장이었는데, 마브와의 만남은 (만나자 마자) 다른 세계로의 그의 여행이 진짜라는 확신을 갖게 했어요. 책이 나오기 8달 정도 전에 세상을 떠난 마브는 저에게 보너스 아버지가 되었어요. 정말 감사하지요.

그래요, "보너스 아버지"요. 내 인생에는 나와 우리 아이들의 아버지와 어머니가 되어준 몇몇 사랑하는 사람들이 있어요. 조지 할아버지가 대표적인 분이에요. 할아버지와 할아버지의 아내 팻 할머니는 내가 대학에서 만난 친구인 두 분의 딸 레이첼을 통해 우리 인생에 들어오게 되었어요. 도일과 제가 그랜드 래피즈에 자리잡으면서 본격적으로 교류하게 되었구요. 레이첼은 선교사가 되어 외국으로 떠났고, 그래서 두 분이 우리를 집에서 요리한 음식을 먹으라고 초대하기 시작하셨어요. 1997년에 저에게 큰 자동차 사고가 났을 때 팻 할머니가 우리 집에 오셔서 2주 동안 저를 간호해주셨어요. 그 후에 우리는 영원히 함께 하게 되었고, 곧 태어난 우리 아이들을 위해 특별한 할머니, 할아버지가 되어주기로 하셨어요.

(지금 막 조나가 올라와, 할아버지가 들르셔서 내일 피츠버그로 선교 여행을 떠나는 조나를 위해 100달러를 주고 가셨다고 하네요. 피를 나눈 친척보다 더 우리 아이들을 사랑해주시는 것을 생각하니 눈물이 차오르네요.)

그래서 저는 이런 생각을 하게 되었어요. 당신이 저와, 저의 가족에게 마음을 열어주시고, 당신의 인생과 당신 가족의 인생에 찾아온 "보너스"라고 생각해주시면 정말 좋을 것 같아요. 아마 제 존재가 비밀이고 많은 사람들에게 알리지 않으셨을 것이라고 생각해요. 그리고 이것을 드러내는 것이 많이 힘들고, 어쩌면 두렵기까지 할지도 모르겠어요. 제 경험상 비밀은 나를 인질로 삼고, 진실은 고통과 두려움을 수반하더라도 결국 평안으로 인도하더라구요. 당신은 나와 세대가 다르고, 그래서 비밀을 공개하는 것이 힘들고 당신이 사랑하는 사람들에게 다른 자녀와 손주들이 있다는 사실을 말하는 것이 엄청나게 어려울 것이라고 생각해요. 이 소식이 저와 어떠한 생물학적 관계도 없는 당신의 아내에게 가장 말하기 어려운 소식이겠지요.

이게 도움이 될지 모르겠지만, 저는 도라의 남편인 빌과 아주 잘 지내고 있어요. 그 분은 외동이고, 또 둘 사이에 자녀가 다니카 한 명밖에 없어서 가족 구성원이 많지 않거든요. 오래 전에 도라와 제가 다시 만나게 되었을 때, 그 분이 모든 것을 알게 되고 정말 아름다운 말을 하셨어요 (도라는 저의 출산을 30년 동안 숨겼거든요). 그분은 자기 가족의 구성원이 그리 많지 않고, 그래서 몇몇이 더 생기는 것이 기쁘고, 특히 나와 도일이 마음에 든다고 하셨어요. 그분은 우리가 가장 좋아하는 분인데, 우리와 "혈연 관계"인 것은 전혀 아니지요.

이 편지, 그러니까 이 짧은 논픽션 책을 쓰는 데 한 달이 걸렸네요. 다른 글의 기한에 쫓겨서, 써머타임이고 아이들이 아직 어려서, 그리고 사실 부담스러워서 그랬던 것 같아요. 무슨 말을 해야 할까? 이걸 어떻게 받아들이실까? 신경을 쓰실까? 이 모든 것을 모르겠더라구요. 그리고 내가 이걸 끝마치지 않으면 보낼 일도 없으니 말이에요…

도라에게 듣기로, 14,5년 전쯤에 제 존재를 알게 되셨다고 들었어요 (어쩌면 그 전에 아셨을 수도 있구요). 그 때는 저와의 관계에 대해 "안 된다"고 하셨고, 제가 듣기 힘든 다른 말들을 하셨다고 들었어요. (경력에 흠집을 낼 수 없다고 말씀하셨죠? 정말 그렇게 생각하시나요?) 도라가 받아들였던 그대로 말씀하셨을 거라고는 생각하지 않아요. 어쩌면 그저 무슨 말을 해야 할지 모르셨을 수도 있을 거에요.

제 인생이 안정적이고 제가 믿음과 가정에 뿌리를 내리고 있을 때 그 "안 된다"를 들어서 다행이었어요. 당신이 나와 커피 한 잔 하며 당신의 가족에 대해 이야기해주는 것도 할 수 없다고 하셨다는 말을 들었을 때 잠시 동안이긴 했지만, 매우 상처받기도 하고 화가 나기도 했어요. 저에게 그 정도 빚은 지고 있으시다고 생각했고, 그 생각에는 변함이 없어요. 하지만 모든 상황을 고려했을 때, 저는 회복할 수 있었어요. 당신이 많은 측면에서 잃게 되는 결과라고 생각했고, 상황을 좀 더 객관적으로 볼 수 있게 되었거든요. 당신은 나와 우리 아기(지금은 운전면허도 갖고 있는 아름다운 청소년이 된)를 알지도 못하셨기 때문에, 우리를 거부한 것이라고는 볼 수 없었어요. 저는 오래 전에 당신을 용서했고, 오랫동안 당신을 위해 많이 기도했어요.

그 때부터 당신의 이름을 알았고, 당연히 전화번호부에서 당신을 찾아보았지만, 항상 당신의 비밀을 존중해주고 싶었어요. 게다가 당신의 집에 찾아가는 건 별로 제 스타일도 아니고, 싸구려 토크 쇼가 될 것 같아서 하지 않았어요.

2월에 당신을 검색해보다가 당신 어머니의 부고를 보았어요. 그분은 정말 특별한 여성 같았고, 저는 흥분되었죠. 그분의 이름도 좋았고, 믿음을 가진 강한 여자라는 것도 좋았어요. 저는 엄마에게 전화로 부고를 읽어주었고, 엄마는 "정말 너 같으신 분이구나!"라고 하셨어요. 그분은 이제 구름같이 허다한 증인들 사이에서 당신을 위해, 그리고 이제 저를 위해서도 기도하고 계실 거라고 믿어요.

이제 마쳐야겠어요.

많이 생각해보셨으면 좋겠어요.

그 동안 저에 대해 모르는 누군가가 먼저 읽게 될까 봐 편지를 쓰지 않았어요. 당신에게 드라마같은 상황이 벌어지게 하고 싶지 않았고, 그래서 아예 쓰지 않았지요. 하지만 말했듯이, 지난 6개월동안 다른 느낌이 들었어요. 당신에게 연락을 하도록 인도를 받았고, 당신의 아내가 읽게 될지도 모르는 가능성은 저보다 더 강한 손을 가진 분께 맡기기로 했어요. 그리고 그 강한 손은 당신이 이 편지를 받을 준비가 되도록 당신의 삶 모든 부분에서 일하고 있다는 것을 알아요.

만약 처음부터 관계를 끝내지 않았다면 어떻게 되었을까요? 그때는 관계를 끝냈지만 나중에 생각을 바꿔 후회했다면 어떻게 되었을까요? 이미 그렇게 하고 계시다면 어떨까요?

오래된 비밀이 이제 빛을 보게 해주셨으면 좋겠지만, 압박을 하지는 않을게요. 당신에게도 치유와 행복이 있었으면 좋겠어요. 하지만 편지를 받으셨다는 소식은 들려주세요. 그렇지 않으면 긴장감이 저를 완전히 죽여버릴 테니까요.

소망과 기도를 담아,

로릴리.

빨강머리 연
나의 딸
그리고 나

15

(그는 'Dear'을 쓰지 않았다. 그냥)로릴리에게

내 부모는 나를 버렸으나 여호와는 나를 영접하시리이다

-

시편 27장 10절

톰의 아내가 내 편지를 중간에 가져가는 일은 없었다. 톰이 그날 먼저 우편물을 보게 되었다. 그리고 일주일 안에 나에게 긴 답장을 보내주었다.

봉투를 본 순간, 그 안에서 읽게 되는 내용에 따라 환상적이거나 끔찍한 순간이 올 것이라는 것을 알았다. 딱 일주일 전에 나는 기습을 당했었다. 17년 반 동안 내가 사랑하는 직업이었던 그랜드 래피츠 신문의 연예부 기자 생활을 끝내게 된 것이다. "기업 합병"이라는 이유였고, 나는 완전히 베옷을 입고 재를 덮어쓴 깊은 슬픔에 빠진 상태였다. 이 직업으로 내 꿈이 이루어졌고 내가 만들어졌다. 이제 다 끝났고 나는 완전히 버려졌으며, 수입도 잃고, 동료도 잃고, 무엇보다도 셀 수 없이 많은 록, 팝, 컨트리 콘서트, 도발적인 연극, 가벼운 뮤지컬, 인터뷰, 무대 뒤편에서의 만남으로 가득했던 연예부 기자로서의 정체성을 잃은 슬픔에 빠졌다. 나는 록 스타와 배우들을 인터뷰했고, 그래서 언제든지 꺼내놓을 수 있는 굉장한 이야기 거리를 갖고 있었다. 예를 들면, 인터뷰 도중 세 번이나 졸았던 80대의 헤비메탈 가수라던가, (내가 가장 좋아하는) 나와 마음이 맞는 사람이었던 헨리 윙클러, 그러니까 폰즈(역자 주: 70년대 시트콤 해피 데이즈에서 헨리 윙클러가 연기한 캐릭터)가 나에게 두 번이나 키스를 해서 도일이 자기가 폿지 웨버(Potsie Weber, 역자 주: 해피 데이즈 시트콤에서 원래 폿지와 리치가 친구였는데, 시간이 흐르며 리치가 폰즈와 더 가까워진다.)가 된 기분이 들었다던 일도 있었다.

나는 무료로 공연을 보았고, 몇몇 연예인들과 진실되고 특별한 관계를 맺었다. 그 중에는 (내가 가장 좋아하는) 밴드 스틱스의 제임스 영도 있었다. 우리 도시와 우리 도시 너머에서 펼쳐지고 있는 대중 문화 현장의 증인이 되어주는 기자였다. 댄싱 위드 스타에서 누가 탈락할지, 다른 중요한 대중문화 담론에 관한 의견이 어떠한지 지속적으로 나에게 물었고, 나를 중요하게 생각했었다. 머리로는 정당한 사업적 이유로 그만두게 되었다는 것을 이해했지만, 나의 고아의 마음은 큰 망치로 두들겨 맞은 기분이었다. 다시 한번 균열이 쩡하고 생기고 있었다. **이것 봐, 너는 부족하다니까. 명백하게 너는 그런 꿈의 직업을 가질 자격이 없어. 그리고 이제 너는 아무것도 아니야.**

그리고 이제, 내 손에는 또 다른 수류탄이 있었다. 내가 서 있는 땅이 꺼지는 느낌이었다. 이 편지가 내 영혼을 들어올려 줄까, 아니면 또 다른 몽둥이로 마음을 두들겨 맞게 될까?

봉투가 두껍다는 사실은 좋은 징조라고 생각했다. 여기 나를 인정하는 첫 번째 몸짓이 있었고 이것을 45년 동안 기다려왔다. 그가 그의 말을 붙들고 내뱉지 않고 있었다. 나는 깔끔한 손글씨로 적힌 주소 부분을 만져보았다. 그가 직접 쓴 것이었다.

수십 년 동안 발신음도 듣지 못했었는데, 이제 누군가가 전화를 받은 것이었다.

나는 봉투를 뜯었다.

(그는 '사랑하는'이라는 말로 시작하지 않았다.)

로릴리에게,

네가 최근 보낸 편지에 답장을 쓰기로 했단다. 많은 입양아들이 적극적으로 생물학적 부모님을 찾는 것을 알고 있다. 하지만 어떤 입양아들은 전혀 관심을 갖지 않기도 하지.

먼저, 오래 전 내가 짧게 도라와 맺었던 인연은…

톰은 나의 생모와의 관계를 "네다섯 번 정도 만난 사이"라고 했고, 그 만남이 1967년 5월 말에서 6월 말 사이에 있었으니, "9달을 계산해보면" 그가 나의 생부일 "가능성"이 있다고 생각한다고 했다.

이제 내가 살아온 역사를 짧게 이야기해주려고 해. 나의 가계도, 인종, 관련 건강 문제 … 같은 것 말이야.

이제 네가 펑펑 울게 해줄게, 라는 말이라고 생각했다. 그는 나에게 이력서를 써주었다. 한 장 반을 모두 건강 문제에 관해서 쓴 이 편지는 꼭 생명 보험 가입 신청서 같았다. 그는 정확한 인종을 알려주었고, 그의 삶의 철학까지 알려주었다.

나는 지금 꽤 강경한 세속적 인본주의자야.

그리고 마지막으로

로릴리, 네가 멋진 사람이라는 것은 틀림없지만, 나는 현재 이런 식의 관계를 지속할 수 없고, 그럴 능력도 없다는 결론에 도달했단다.

나는 숨이 거칠어지기 시작했고, 이상하게 아픈 느낌이 내 마음을 찔렀다. 생부가 이렇게 무관심할 수 있나?

감히 이렇게 말해도 될지 모르겠지만, 내 생각에 너는 이미 아주 멋진 삶을 살고 있는 것 같구나.

(아니요, 감히 그렇게 말하시면 안 되죠. 안 됩니다!)

톰은 "더 연락을 해야겠다는 생각이 들면" 이메일을 보내라는 말로 얼음처럼 차가운 900단어의 편지를 끝마쳤다. 또한 이 "상황"을 "끄집어내지" 않기로 결정을 내렸다고 말했다. 마치 내가 끄집어낼지 말지 결정해야 하는 사정인 것처럼 말이다.

가장 최악은? 톰이 그냥 자기 이름으로 끝마쳤다는 것이다. 심지어 부동산업자에게 사업관련 편지를 보내기라도 하는 것처럼 "진심을 담아" 같은 말도 쓰지 않았다. "사랑하는"이라는 말을 바라기는 했지만, 그렇게 까지 하지는 않아도 되었다. 그런 바람은 내 마음에 생긴 실금 정도로 감출 수 있었다. "축복하며" 또는 "축복이 가득하길 바라며" 또는 "축복이 넘치기를 바라며"까지는 하지 않아도 되었다. 하지만 그냥 이름만 쓰며 편지를 마칠 수는 없는 것이다. 그는 그보다 더 잘할 수 있었음에도, 그냥 이렇게 적었다.

톰 고든.

나는 3일동안 울었다. 누군가가 죽었을 때처럼 주체할 수 없게 울었다. 나에게 이렇게 중요한 것이었는지 나도 몰랐다. 내 편지가 따뜻했던 만큼 그의 편지는 차가웠고, 마음을 연 만큼 벽을 세웠고, 마음을 담은 만큼 삭막했다. 나는 나와 도라를 생각할 때 분노가 치밀었다. 어떻게 그는 70살이나 되었으면서, 이 모든 것 그러니까 내 인생 전체가 그의 책임과 전혀 무관하다고 말할 수 있을까! 그는 그저 연약한 젊은 여성을 이용해서, 임신을 시키고, 그녀에게서 그리고 우리에게서 도망 친 사람처럼 보였다.

그가 우리 자녀들의 **존재**에 대해서 어떠한 언급도 하지 않았다는 것이 나를 더욱 격분하게 했다.

또 다른 아빠가 필요했던 것은 아니지만, 잃어버린 이 사람을 찾고 이 사람이 나에게 멀어지는 것이 아니라 나에게 더 가까워지기를 바랐다. 45년이나 지난 마당에, 그가 무언가 완벽한 말을 해주기 바랐다. '네가 정말 보고 싶었어'라든가, '이제 네 옆에 있을 게. 약속해. 이번에는 내가 지켜줄게'라든가. 한 번도 경험해보지 못한 상실을 경험했다. 축복하기를 거부하고, 가능하긴 했으나 한번도 현실화되지는 않았던 관계 맺기를 거부하는 것 말이다.

편지를 읽은 도일은 고개를 저었다. 그의 푸른 눈이 걱정으로 가득했다. "그냥 이걸 감당할 수가 없는 거야."

내 친구 셰리가 설탕을 잔뜩 넣은 라떼와 전문지식을 탑재하고 나를 찾아왔다. "일단 정말 똑똑한 사람 같아." 그녀는 긍정적인 말로 시작했다. "두 가지를 말하고 싶은 것 같아. 자기가 잘못한 것은 아무것도 없다는 것, 그리고 자기가 없어야 네가 더 잘 살 거라는 것."

"하지만 도대체 왜 우리 아이들 이야기는 전혀 하지 않은 거지? 자기랑 자기의 손주들 사이에 아무런 관계도 없다는 것처럼!" 내가 불평했다.

"그냥 이걸 감당할 수가 없는 거야." 도일처럼 그녀가 말했다. "아이들에 대해 생각하는 걸 못 견디겠다는 거지."

길드 사람들은 나를 들 것에 실어서 몇 일 동안 돌보아주었다. 사랑으로 덮어주고, 함께 분개해주었다.

나보다 더 엉망인 생부에 관한 경험을 갖고 있는 트로이는 우리가 바라는 것과는 달리 몇몇 사람들은 나이를 먹으면서 마음이 더 굳어지고 냉정해진다고 말했다.

탁월한 공감능력과 돌보는 능력을 가진 베키는 내가 뉴저지까지 전화를 걸어 징징거린 후에 이런 글을 보내주었다.

내가 너의 생부였다면, 더없이 자랑스러웠을 거야. 비행기에 몸을 싣고 네가 사는 거리에 있는 집을 샀겠지. 너는 그의 사랑을 받을 가치가 있는 사람이야. (그리고 너는 네 안에 거하시고 계신 아버지 하나님에게서 그 사랑을 받고 있어.) 오늘 네 생각이 났어. 내 차는 막 초록불로 바뀐 신호등 맨 앞에 서 있었어. 몸이 마비되어 전동휠체어에 앉아있는 한 남자가 내 앞을 지나갔어. 당연히 기다려주었지. 내 차 뒤에 서 있던, 4, 5, 6번째 차들은 분노와 조급함으로 빵빵거렸어. 무슨 일인지 전혀 몰랐던 거지. 어쩐 일인지 너와 너의 직업과 너의 사건이 떠올랐어. 우리는 앞에서 무슨 일이 벌어지는지 모른다는 것. 우리 눈 앞에 보이는 상황 (또는 일어나지 않은 상황)에 대해

서만 반응한다는 것. 그러니까… 네가 편한 대로 해석해줘. 그만 빵
빵거리고 하나님의 계획 안에 있는 위대한 방패를 신뢰할 때인 것
같아. 다음 블럭에서 더 큰 사건이 터지게 될까? 그럼 목숨을 부지
하기 위해 속도를 줄이면서 가야 할까? 누가 알겠어. 내가 아는 건
그냥 이런 경험을 했다는 것과 그 때 네 생각이 났다는 거야.

마음이 맞는 친구에게서 온 이런 메세지는 고비를 넘기게 해준다.
베키가 맞았다. 우리는 왜 나쁜 일들이 생기는지 알 수가 없고, 왜 어
느 날은 우리가 생각하는 최고의 직업을 갖고 달리다가도 갑자기 모
든 것이 멈추게 되는지, 또는 멈추었다고 생각하게 되는지 알 수 없
다. 신호등 앞에 선 베키의 차 뒤에서 분노하고 빵빵거리며 조급해했
던 차들처럼 나는 신문 기자로서의 직업을 잃게 된 것과 톰의 거절
때문에 엄청난 충격에 빠졌고, 이렇게 내가 경험해야 했던 모든 분노
와 슬픔을 경험한 것은 사실 좋은 일이었다. 이건 치유의 과정이기
때문이다. 어떤 이유에선지, 베키의 메세지는 좌회전을 의미하는 초
록색 화살표가 되었고, 나는 새로운 길로 가게 되었다. 나는 여전히
한동안 쓰렸고 아팠지만, 톰과 관련해서 빵빵거리는 일은 멈추었다.
나에게 생명을 준 아버지는 부족하고, 힘이 없고, 감정적인 교류나
영적인 교류가 차단된 사람이었다. 그는 몸이 마비된 사람이 벌떡 일
어나 걸을 수 없는 것처럼, 나에게 빠르게 반응할 수 있는 참된 아버
지가 될 수 없었다.

294 • 빨강머리 앤, 나의 딸 그리고 나

그는 예나 지금이나 나를 원하지 않았다. 나의 첫 번째 아버지와 관계를 맺고 싶다는 나의 소망은 재가 되었다.

하지만 나는 이렇게 충족되지 못한 기대를 갖고 어디로 가야 하는지는 분명히 알고 있었다. 나의 생부와 달리 그분은 나에게서 도망가지 않았다. 그분은 나에게 다가 오셨다. 그분은 항상 나를 "사랑하는 로릴리"라고 부르신다. 그분은 별을 창조하시고, 별에게 이름을 붙이셨을 때부터 내 이름을 알고 계셨다. 그분은 영원히 나를 원하실 것이고, 나를 영원히 지키실 것이다.

그분은 톰의 반응이 나를 아프게 할 것을 아셨고, 또한 이 고통이 치유와 선명함과 새로운 길로 나를 인도할 것도 알고 계셨다.

한가지 좋은 점은 이제 피비가 자기 생부가 남긴 "점들"을 연결할 때 내가 의식적으로 도울 수 있게 되었다는 것이다. 피비가 진을 만나거나 편지를 주고받을 일이 절대 없을 수도 있다. 하지만 나는 피비에게 절대 사라지지 않으며 절대 버리지 않으시는 아버지를 가리킬 수 있다. 나에게 이런 일이 있었다는 것을 견딜 수 있게 되었다. 물론 톰이 나를 다시 회피하는 것은 비참했지만, 인생의 억압 앞에 혼자 서게 되고, 사랑하는 이를 잃고, 버림받고, 남겨진 것은 아니었다.

그건 절대 내 이야기의 끝이 아니었다. 왜냐하면 창조주께서 항상 이야기를 다른 곳으로 이끌고 가시기 때문이다. 그분은 나를 일으키고, 먼지를 털고, 상처를 싸매고, 타버린 소형 비행선의 재 위에서 나를 이끌고 나가신다. 그리고 "아이야, 이 열기구에 타보렴. 내가 지금까지 분명하게 볼 수 없었던 것을 보여줄게."라고 말하신다. 그분은 전에도, 지금도, 앞으로도, 나와 함께 하시면서 나를 원하시고 선택하시고 지키시는 아버지가 있다는 것을 보여주신다.

그분은 나의 시작이 엉망이었지만 그분이 입양을 통해 정리할 수 없을 만큼 엉망인 복잡한 "상황"은 없다는 것을 보여주셨다. 그러니까 그분이 닿을 수 없는 문제는 없다는 것이다.

오히려 나는 나를 사랑해야 했지만, 그렇게 하지 않은 한 남자를 향한 동정을 느끼게 되었다. 내 영혼 깊은 곳에 따뜻한 냄비가 있기라도 한 것처럼, 분노로 가득한 마음은 따뜻해졌고 톰을 향한 마음이 녹아 내렸다.

다시 톰과 연락을 하게 될지 모르겠지만 그래도 그는 나의 영혼과 피에 들어와 있는 나의 일부이다. 나는 도라, 문, 진과 함께 그를 위해서 기도한다.

톰은 나를 놓아주었다. 한 차례 편지를 주고받은 후에 나는 그가 그런 결정 뒤에 숨기로 했다는 것을 알았다. 하지만 나의 참된 아버지가 오래 전에 나를 찾으셨다. 그래서 나는 기쁘다. 그분은 영원히 나의 아버지가 될 것이기 때문이다.

16

흑설탕 9kg과 정원 갈퀴

이제 나는 사내아이 12명 보다도 앤 너를 원한단다.

—

매튜 커스버트, 『빨강머리 앤』

천국을 보고 왔다는 낯선 사람의 이야기를 듣기 위해 눈길을 운전해 갔던 날, 나는 매튜 커스버트를 만날 것이라고는 생각하지 못했다.

솔직히 말해, 그 날 밤 특별한 일이 있을 거라는 기대는 없었다. 일단 나는 "천국 경험 책들"을 별로 좋아하지 않았다. 하지만 출판사에서 일하는 내 예전 동료가 이 연세 많은 분의 이야기를 좀 들어보고 책으로 낼 수 있을지 판단해달라고 부탁했다. 문이 열리면 가능한 한 들어가려고 하는 성격 때문에 간 것이었고, 이 문이 그리 많이 열려 있는 것 같지도 않았다.

처음부터 마브에게는 무언가 특별한 것이 있었다. 마브를 만나는 날, 나는 교회에서 많은 사람들과 함께 있었고, 그들은 각자 다른 이유로 천국에 대해 궁금해 하고 있었다. 어떤 사람들은 사랑하는 이를 잃어 땅이 무너질듯한 아픔을 겪었고, 어떤 사람들은 본인이나 가족 중 누군가가 죽어가고 있었다. 마브는 부드러운 목소리로 육신을 벗어나 하늘로 올라가서 20-30분 정도 영광을 미리 보고 온 그의 경험을 이야기했다. 그는 자기 팔을 한 쪽씩 붙잡고 아주 파란 하늘로 날아올라간 천사들과 이 땅에서는 본적이 없는 색깔들이 솜사탕의 회오리 모양과 불꽃놀이 모양을 이루고 있었다고 이야기했다.

어쩐 일인지 이 사람이 말하는 비정상적인 것들이 받아들여질 수 있는 진실된 이야기라는 생각이 들었다. 그리고 그의 이야기가 매 장면 진행될 때마다 그의 말을 점점 더 믿게 되었다. 내가 마브의 마법에 걸렸다고 표현한다면, 나는 그를 마술사로 만들어 버리게 된다. 하지만 세상의 소금처럼 건전하고, 유익하며, 네덜란드 계의 은행원이며, 골프를 좋아하는 할아버지인 마브 베스트만은 사람을 현혹시키는 마술사가 아니라 진실을 말하는 사람이었다.

그를 한 번이라도 만나본다면 그가 진실되다는 것을 알게 될 것이다. 그는 천국에 갔다 왔다는 거짓말을 하느니 차라리 튜튜 치마를 입고 그가 지역 은행장으로 은퇴한 도시인 스파르타의 거리에서 춤을 출 것이다. 그와 그의 이야기는 마술이 아니었고, 연기나 거울 같은 장비도 없었지만, 마브에 의해 마법에 빠졌다고 표현할 수 밖에 없다. 나는 그랬다.

그는 키가 크고 나이에 비해 건강했고 멋진 흰 머리를 가졌으며 눈 속에 웃음을 감추고 있었다. 우리가 처음 만났을 때, 우리는 악수를 하고 같이 웃었다. 아마 레드 윙스와 제츠의 경기에 대해 이야기하며 웃었을 것이다. 그는 하키를 갖고 나를 놀리는 것을 좋아했다. ("오, 일방적인 학살이 될 거야." 내가 다가오는 제츠-윙스 경기를 언급하면 그가 숨을 죽인 소리로 중얼거렸다. "얼음 위에 피가 넘쳐나겠군.")

나는 그가 나에게 그의 이야기를 맡겨보기로 한 것처럼 나도 그와 그의 천국 이야기에 나를 맡겨보기로 했다. 그는 나를 고용하여 책 기획서를 쓰게 했고, 나는 그의 아내 루스와 함께 살던 아파트에 자주 드나들기 시작했다. 나는 매주 풀어져 나오는 그의 이야기를 듣고 메모를 했다. 그들의 집은 따뜻하고 예뻤고, 가족 사진과 직접 만든 베개와 공예품으로 가득했다. 보통 루스는 마브가 가장 좋아하는 커피 한 잔과 땅콩 쿠키를 나에게 권했다. 그 후에 나와 마브는 일을 시작했고, 마브가 한번에 한 시간씩만 일할 수 있었기 때문에 그만큼만 일을 했다. 자기 이야기를 하면서 사랑하던 사람들을 천국에서 본 것을 떠올릴 때면 그는 매우 감정적으로 바뀌었다. 우리는 마침내 출판 계약을 하게 되었다. 그 때쯤 나는 그의 이야기에 깊게 빠져들어, 그 이야기를 전하고 싶은 마음이 너무나 간절했다. 그리고 가장 좋았던 점은 우리가 함께 할 수 있는 시간이 많아졌다는 것이다.

나는 그의 집 문지방을 넘어 마브가 나를 기다리며 맞아주는 부엌에 들어가는 순간을 기다리게 되었다. 그의 눈이 빛났다. "우리 셋째 딸이 들어오네" 그가 웃으며 말했다. 아니면 "우리 딸이네", "우리 사랑하는 딸이네"라고 했다. "안녕, 예쁜 여성 분." 내가 가장 좋아하는 인사는 "여기 내 인생의 또 다른 여자가 오는구나. 와서 땅콩 쿠키를 좀 먹어보면 어떨까요."라고 하는 것이다.

그는 나를 믿고 그의 이야기를 해주었다. 그러니까 하나님께서 고집스러운 네덜란드 인을 자극하기 위해 들려주신 이야기였고, 이건 큰 영광이었다. 마브는 나를 믿었을 뿐 아니라 내 재능을 알아봐주었고, 마음을 다해 내 재능을 신뢰해주었다. 그는 그의 아내에서부터 어느 날 온도 조절 장치를 수리하러 온 남자에 이르기까지 모든 사람에게 내 칭찬을 했다.

적어도 두세 번은 내가 시간을 맞추지 못했는데 (내가 바보 같아서 그런 것이었다), 마브는 매번 나를 곧바로 용서해주었고 아무렇지 않은 척 해주었다. 그는 전체적으로 책에 대해 열심이었고, 많은 부분을 세세하게 챙겼다. "너는 내 이야기를 쓰도록 되어있었구나. 오직 너만 할 수 있는 거야." 그가 말했다.

마브는 내 생각보다 천사들이 가까이에 있다는 것을 알려주었고, 기쁨이 끊이지 않는 그곳에 대한 여행기와 예고편을 보여주었다. 모든 작업이 끝났을 때, 그러니까 책을 다 썼을 때 마브의 생명이 점점 꺼지고 있었다. 그 때 나는 그가 나에게 준 가장 큰 선물이 무엇인지 깨달았다. 조건 없는 사랑과 자격을 묻지 않는 헌신이었다. 이처럼 살기 힘들고 반감으로 가득한 세상에서 그는 마음을 다해 나를 받아들여준 사람이었다. 그가 나의 매튜 커스버트였다. 마음이 맞는 친구이자 아버지였고, 나의 허물어진 울타리는 보지 않고 예쁘게 핀 꽃만

보아준 사람이었다.

누군가가 우리 아빠는 왜 매튜 커스버트가 아니냐고 물었고, 나는 답을 찾지 못해 한동안 생각을 해야 했다. 나는 아빠를 정말 사랑했다. 그분은 모든 아빠들 중 가장 진짜인 아빠였고 영원히 그러하다. 하지만 진짜 아빠들은 성인으로서 책임감, 능력, 독립성, 그리고 자주성을 갖도록 자녀를 양육한다. 그러니까 자녀가 쓰레기를 제대로 갖다 버리지 않거나, 수학 시험에서 부정행위를 하거나, 부주의하게 잔디를 깎으면 자기 몫을 하도록 요구할 책임이 있다. 진짜 아빠들은 세상의 마지막 날까지 자녀를 데리고 살게 아니라면, 자녀의 허물어진 울타리를 그냥 넘어 갈 수 없는 것이다.

우리가 알고 있듯이, 매튜는 마릴라가 어린 앤을 가르치는 모든 부담을 지게 했다. 정말이지 계속해서 앤에게 자기 몫을 하라고 요구해야 했는데, 그걸 마릴라가 다 한 것이다.

항상은 아니지만 일반적으로 어머니와 아버지는 이런 책임을 분담한다. 그래서 절대적인 사랑은 선택지에 없다. 하지만 앤이나 나나 피비 처럼 운이 좋아 인생의 매튜 커스버트를 만나게 되면 그의 사랑이 여러분을 변화시킬 것이다.

1월의 어느 거룩한 날, 땅은 꽁꽁 얼어있었고, 이 땅에서 마브가 떠난 일은 하나님 보시기에 귀했으며 나는 도일의 품에서 울었다.

누군가가 매튜 커스버트처럼 여러분을 사랑한다면, 여러분은 꽃을 피우게 되고, 마음을 열며, 성장하고, 얼굴에 화색이 돌고, 행복한 날들을 보내게 된다. 그런 눈으로 여러분을 보는 사람이 있다면, 그렇게 되지 않을 수가 없다.

🌷

매튜를 좋아하는 수많은 이유 중 한 가지는 그가 앤을 신경 쓴 방식에 있다. 그녀의 행복은 항상 그의 마음 중심부에 있었다. 매튜가 앤과 앤의 친구들이 "오페라의 요정"을 낭독하는 것을 보는 장면에서 이 나이 많은 농부는 그가 사랑하는 사람의 삶에 부족함이 있다는 것을 알아차렸다. 앤이 오리온처럼 빛나기는 했지만 빨강, 파랑, 분홍, 그리고 흰색으로 치장한 친구들 옆에 있으니 생기도 없어 보이고 활기도 없어 보였다. 왜 그의 동생 마릴라는 앤에게 "너무 소박하고 어두운 옷만 입히는" 것일까? 앤처럼 빛나는 아이는 그렇게 입어서는 안 된다고 생각했다.

"크리스마스가 겨우 2주 밖에 남지 않았고" 매튜 커스버트는 앤을 위해 앤이 빛나는 만큼 앤을 빛나게 해줄 무언가를 사주기로 결정했다. 소매에 주름이 아주 많은 새 드레스가 딱 좋을 것 같았다. (그나저나 2주일을 뜻하는 단어 'fortnight'가 정말 예쁜 것 같다. 왜 우리 북아메리카 사람들은 그 단어를 'two weeks'로 바꾸어버렸을까?)

하지만 새 드레스를 사기 위해서는 큰 난관을 헤쳐나가야 했고, 문제는 여기에서 나왔다.

매튜는 여자들을 두려워했다. 특히 상점 계산대 앞에서 여자를 만나는 일을 매우 피하고 싶어했다. 하지만, 1879년에는 낯선 여자를 얼마나 두려워하는지와 상관 없이, 그렇게 되면 기성복 드레스를 살수가 없었다. 씨앗 한 포대를 사듯이 아무 말없이 할 수 있는 문제가아니었다. 감자를 기르는 농부, 독신남, 파이프 담배를 피우는 사람, 그리고 아버지인 매튜 커스버트는 낯선 여자에게 자신이 원하는 것이 무엇인지 정확히 말해야 했다. 이것은 그를 엄청난 두려움 속에빠뜨렸다.

하지만 앤은 그의 두려움을 극복할 가치가 있는, 또는 그 시도를하다가 죽을 가치가 있는 존재였다. 이렇게 단순했다. 마침내 매튜는확실하게 남자가 계산대 앞에 서 있을만한 상점에 가기로 계획을 세웠다. 하지만 남자가 아닌 여성 종업원이 "큰 갈색 눈을 굴리며 어리둥절할 만큼 큰 미소를 띠고" 그를 기다리고 있자 도저히 긴장을 멈출 수가 없었다. (마리 오스몬드가 시간 여행이라도 한 것일까? 게다가왜 눈을 "굴리고" 있었을까? 어디가 아팠던 걸까?)

매튜의 당황을 가중시킨 것은 그 종업원이 "손을 움직일 때마다 반짝거리고 달그락거리고 쨍그랑거린" 팔찌를 한 가득 착용하고 있던 것이다. 이런 시련에 그의 정신이 무너져 내렸다.

이 "마리"는 자기 역할에서 벗어나는 행동을 하지 않았고, 좋은 태도를 갖고 있었다. 계산대로 달려가서 그에게 말을 걸거나 하지 않았다. 하지만 그녀의 여성성과 팔찌는 매튜의 혀를 묶어버렸고, 앤을 위한 것이라고 하더라도 드레스처럼 미친 것 같고, 기이하고, 무서운 것을 달라고 말을 할 수가 없었다. 결국 그는 전혀 필요하지 않은 몇 가지를 대신 샀다. 그래서 정원 갈퀴와 9kg의 흑설탕을 집에 가져왔다. (이건 마릴라를 매우 혼란스럽게 했다. 좋게 보자면 하늘에서 태양이 없어질 때까지 검은색 과일 케익과 죽 위에 올리는 고명에 사용할 수는 있을 것이다.)

하지만 매튜의 사랑은 쉽게 포기하지 않았다. 그는 레이첼 부인에게 드레스를 만들어 달라고 부탁했고, 특별히 "새로운 방식으로" 만들어 달라고까지 했다. 그는 앤에게 드레스를 선물해주기 위해 자신의 안전 지대에서 수천 마일을 벗어날 필요가 없었다. 이 드레스는 그녀를 꾸며줄 것이고, 언젠가 그녀의 꿈꾸는 듯한 묘사 방식으로 그를 수식하는데 사용했던 표현인 '오팔 색의 수평선'처럼 그녀를 빛나게 할 것이다.

"주름 소매 말씀이요? 당연히 가능하죠." 레이첼 부인이 답했다. 그녀는 작업을 시작했고, 매튜는 조금도 걱정할 필요가 없게 되었다. 이 선한 여성은 잡화점에서 부드러운 갈색 글로리아 (윤이 나는 실크와 면 또는 실크와 울을 교직한 천으로 드레스나 우산을 만들 때 사용했다) 를 구해서 주름이 잔뜩 들어가고, 주름 장식이 있으며, 핀턱 주름도 잡혀있고, 앤이 바라는 것보다 더 큰 주름이 잡힌 소매가 있는 드레스를 만들기 시작했다. 이 멋진 옷을 만들며 레이첼 부인은 매튜가 앤의 유행에 뒤떨어진 옷을 알아차렸다는 사실에 놀랐다. "저 사람은

60년 동안 잠을 자다가 이제 일어났나봐"라고 생각했다. 하지만 우리 독자들은 놀라지 않았다. 매튜 커스버트는 아버지가 될 운명이었기 때문이다.

아기가 태어나면 어머니의 뇌의 화학반응이 변하는 것처럼 아버지의 뇌의 화학반응도 변한다고 한다. 매튜가 앤을 만난 순간, 무언가 신비한 태고의 연금술이 바뀌었다. 그래서 앤을 입양하고 2년 정도 지난 이 시점에서 반만 깨어있던 매튜가 평생의 사랑에 의해 감명을 받고 완전히 바뀌게 되었다. 아무도 그가 이렇게 변할 줄 몰랐고, 그 자신도 몰랐다. 하지만 우리에겐 놀랄 일이 아니었다. 매튜 커스버트는 아버지가 될 운명이었기 때문이다.

그해 크리스마스 아침과 드레스가 공개되는 부분을 읽으면 꿈에 그리던 선물을 받게 된 앤이 약간 경솔하다는 생각도 든다. 분명히 주름 소매는 초록지붕 집에서 소란을 일으켰기 때문이다. 마릴라는 그 소매를 "어리석다"고 표현했다. 그녀는 그런 소매를 입고 문을 똑바로 나갈 수는 있는지 궁금해했다.

(나는 그런 소매가 이상하고 과장되었다는 마릴라의 의견에 동의한다. 복제된 드레스들을 보면 바람이 불면 입고 있는 사람을 노바스코샤까지도 날려보낼 수 있을 것 같은 소매를 달고 있다. 좋게 보자면, 앤이 물에 빠질 일은 없어 보인다.)

앤의 표정을 살펴보면, 사치스럽다는 비난을 감수할 가치가 있었다는 것을 알게 된다. 그녀의 얼굴은 경외감으로 가득 차 있었다. 그녀의 눈은 눈물로 가득했고, 그것은 단지 오랫동안 바라던 예쁘고 유행에 맞는 드레스를 가졌기 때문이 아니었다. 또 다른 꿈이 성취되었던 것이다. 선물을 준 사람이 선물과 선물을 받는 사람을 바늘과 실처럼 어울린다고 생각할 때 성취되는 꿈이었다.

선물을 주는 것이 과소평가가 되고 있지만, 좋은 선물은 사랑의 계시가 될 수 있다. 그런 선물은 '나는 너에게 빠져있어. 나는 널 잘 알아. 나는 널 이해해'와 같은 말을 전한다. 우리 모두는 누군가가 알아주고 이해해주기를 바란다. 그리고 우리 마음이 앤처럼 오랫동안 사랑을 갈구해왔다면, 이런 선물은 축제와 같다.

나에게는 가장 소중한 선물 중에 아주 소박한 선물들이 몇 가지 있다. 오래 전 크리스마스 날 시카고의 대학에서 위니펙 집에 돌아왔을 때, 우리 아빠가 트리 밑에 〈빨강머리 앤〉 가정용 비디오 세트를 놓아두셨었다. 이제 구식 물건이지만 나는 영원히 갖고 있을 것이다. 그 테이프들을 나에게서 가져가려고 해보면 알 것이다. 먼저 나의 차갑고 바위 같은 손에서 그것을 빼낼 수 있어야 한다는 것을 말이다. 우리 아빠는 또 앤을 테마로 만든 분홍색 수첩을 주셨다. 나는 그것이 넝마가 될 때까지 사용했고 아직도 보물 상자에 안전하게 놓여있다.

우리 엄마는 몇 년 전에 또 다른 선물을 주셨다. 그건 바로 내가 좋아했던 위니펙 동물원에 있는 북극곰 데비의 사진 액자였다. 그 액자는 내 사무실에 있는 키가 큰 고풍스러운 서랍장 맨 위에 놓여있다. 가끔씩 글이 막히고 어려울 때, 서성거리다 데비와 눈을 맞춘다. **그런**

날들이 있었지? 너랑 내가 동물원에서 만났던 때 말이야. 오래된 팝콘하며, 동물원 특유의 바위와 풀과 해조와 젖은 털과 북극곰 파이 냄새 같은 것들… 여러분이 생각하는 것보다 훨씬 더, 과거에 대한 생각은 현재의 어려움을 이기는 데 큰 도움이 된다. 나는 나아갈 길을 찾게 되고 막힌 것이 뚫리고 다시 작업을 시작한다. 나는 너에게 빠져있어. 나는 널 잘 알아. 나는 널 이해해. 이 땅과 천국 사이에 놓인 휘장이 있음에도, 선물을 통해 이런 말들이 진실이었고 여전히 진실되다는 것을 상기하게 된다.

그리고 피비의 매튜 커스버트인 조지 할아버지에게서 온 많은 선물들이 있다. 그분은 우리와 혈통으로, 결혼으로, 또는 입양으로 관계를 맺은 분이 아닌데도 모든 측면에서 우리의 아버지이고 할아버지가 되어주신다. 도일과 내가 21년 전에 그랜드 레피즈로 이사왔을 때, 조지 할아버지와 팻 할머니가 두 분의 날개 아래 우리를 품어주셨고, 그 이후로 우린 쭉 그 날개 아래에서 지내고 있다. 조지 할아버지가 우리를 돌보아 주신 적은 아주 많은데, 그 중에서 진짜 핵심은 이것이다. 작년 1월 2일에 할아버지는 나와 함께 세탁방에서 석면이 쓸고 지나간 헉 소리가 날만큼 많은 수건과 이불을 벤에서 끌어 내려 1/4씩 세탁기에 던져 넣으며 하루를 보내셨다.

조금 더 이야기해 보자면 이렇다. 새해를 맞이하는 자정을 알리는 종소리와 함께 우리의 낡고 댕댕거리던 배수관이 터졌고, 뜨겁고 더러운 물이 마른 빨래와 젖은 빨래를 뒤덮었다. 불안을 느낀 고양이들이 온 천지에 오줌을 싸고 다녔고 도일은 평소답지 않게 감기에 걸렸다. (그 때 도일은 정말 많이 아팠다. 내가 프레스 지에 실을 베리 매닐로우 콘서트 논평을 써야 했던 어느 밸런타인 데이와는 달랐다.)

석면을 치우는 사람들이 와서 이 쓰레기를 치워주기를 기다리는 동안 누군가는 잔뜩 쌓인 더럽고 축축한 빨래를 해결해야 했다. 도일은 침상에 누워 신음하고 있었고, 멋진 우리의 할아버지와 내가 일을 맡게 되었다. 그날 이 겸손한 남자를 향해 내 마음에 차오른 감사를 절대 잊지 못할 것이다. 어떤 사람들은 이 사람을 대충 보고 지나칠 수 있지만, 우리에게 그는 기사(knight)였고, 지휘관이었다. 나는 어려울 때에 혼자가 아니었고 최고의 선물을 받았다.

할아버지의 선물은 또 있었다. 모든 음악 콘서트나, 하키, 축구, 라크로스 경기나 육상 경기 대회 또는 체조 시범 경기에 함께 가 주면서 그의 편안함을 희생한 것이다. 그는 항상 우리 아이들을 위해 함께 했고, 아이들도 이것을 잘 안다. 특히 그가 자기 눈에 넣어도 아프지 않을 거라고 생각하는 피비가 이것을 잘 알고 있다. 둘이 처음 만났을 때부터 할아버지는 아기를 잘 달래는 할머니보다 피비를 더 잘 진정시킬 수 있었다. 두 사람은 거의 백 번 가까이 쏘리 게임(역자 주: 보드게임의 일종)을 했고, 셀 수 없이 많을 정도로 할아버지의 1972년식 흰색 차를 타고 아이스크림을 사러 다녀오곤 했다.

피비가 다섯 살 때, 할아버지의 또 다른, 눈에 넣어도 아프지 않을 존재인 그의 자동차를 위험에 빠뜨리게 했을 때도 할아버지는 피비를 조금도 비난하지 않았다. 피비가 자동차 클러치를 조작해서 차가 언덕을 따라 굴러 내려가 거리 반대 편에 있는 돌로 만든 벽에 쳐 박히는 일이 있었던 것이다. (그나저나 자기 딸과 다른 어린 아이 두 명이 그렇게 길에서 굴러 내려 가는 모습을 보는 것처럼 어머니의 마음을 서늘하게 만드는 일은 없다.) 하나님은 그날 우리 모두를 지키셨고, 자동차도 펜더가 움푹 들어가고 긁힌 자국이 좀 생긴 것 외에는 별 문제가 없었다. 할아버지는 피비가 클러치를 조작할 수 있을 만큼 힘이 세다는 사실을 몰랐다는 것에 대해 스스로를 질책하셨겠지만, 사실 누가 그걸 예상할 수나 있었을까? 이 아이가 놀랄만한 힘을 갖고 있었던 것인데. 피비는 나중에 커서 서커스에서 인간 포탄 역할도 할 수 있을 것 같다.

조지 할아버지의 스스로를 낮추는 겸손은 지속적으로 우리를 살렸고, 그분은 우리를 자기 자식처럼 사랑하신다. 우리는 그런 사랑을 받을 자격이 없지만, 그 분은 우리를 그렇게 원하신다. 매튜 커스버트처럼, 예수님처럼, 그 분은 우리를 눈에 넣어도 아프지 않을 것처럼 지키신다. 우리는 얼마나 행운아인지! 그리고 그분의 사랑과 보호 아래 우리를 덮으신다. 우리는 이렇게 선한 아버지의 선물로 변화된다.

그 해 크리스마스 아침, 앤은 흰 눈으로 덮인 아름다운 세상에서 새로 태어난 소녀였다. 매튜에게 받은 그녀의 선물에 대해 읽으면서 우리도 새로워진다. 사랑이 용기를 불어넣고, 사랑이 그녀의 두려움을 몰아내어, 그 결과 앤은 더 용감해졌다. 그리고 우리도 더 용감해지고, 용기를 갖게 되고, 덜 두려워하게 된다. 부풀어오르게 된다.

"이 소매에 어울리는 사람이 되어야 한다고 생각했어." 그녀가 다이애나에게 말했다. 그녀는 스스로에 대해 가졌던 기대보다 더 큰 것을 하기 위해 소매에 어울리는 사람이 되도록, 그리고 매튜의 믿음에 부응되는 사람이 되도록 노력했다. 그리고 우리도 하나님의 기대보다 더 잘할 수 있기를 소망하며 다시 용기를 내게 된다.

굴하지 않고 살고, 사랑 받으며 살았던 앤은 매튜의 선한 눈이 그녀의 성취에 대한 자랑스러움으로 빛나는 모습을 볼 수 있기를 기대하며 학업적 목표를 좇아 살았다. 앤이 퀸즈 학교 입학 시험에 자기와 길버트 블라이드가 동점으로 함께 1등을 했다는 것을 알게 된 후, 제일 먼저 매튜와 이 기쁨을 나누고 싶어했다. 그는 그녀의 마음에서 가장 높은 우선순위를 차지하고 있었다. 그의 마음에서 그녀가 그랬던 것처럼.

여기에서 책을 여러 번 읽어본 독자들은 조금 슬퍼진다. 우리는 사랑하는 매튜가 앤의 성취를 크게 기뻐할 기회가 없다는 것을 알기 때문이다. 물론 앤은 화이트샌즈 호텔에서 발표회를 갖게 되고, 몇몇 학업적 절정을 더 경험하지만 사람을 거두어드리는 죽음의 사신이 초록 지붕집을 향해 오고 있었다. 앤이 에이버리 장학금을 타게 되었다는 소식을 매튜에게 전하던 밤, 그는 입이 찢어지도록 기뻐했다.

그리고 그는 상처를 가진 모든 고아들이 듣고 싶어하는 말을 했다. 그는 그녀가 "우리 딸, 내가 자랑스러워 하는 우리 딸." 그의 눈빛은 부드럽고, 그의 불룩한 배의 단추는 튀어 나올 듯 했을 모습을 상상해본다.

이 부녀는 몰랐지만, 둘이 함께 할 시간은 거의 끝나가고 있었다. "그녀의 인생에 슬픔이 찾아오기 전 마지막 밤이었다. 그리고 그 차갑고도 신성한 슬픔이 찾아온 이후의 삶은 그 전의 삶과 같을 수가 없었다." 아빠가 돌아가신 후에 이 책을 세 번째 읽었을 때, 나는 목이 메였다. 나에게도 그런 슬픔이 찾아왔고, 아버지처럼 중요한 사람이 사라지고 나면 삶은 절대 이전과 같을 수가 없다.

매튜와 앤이 고작 4년 밖에 함께 하지 않았다는 사실은 믿기 어렵다. 나는 지금 당장이라도 울 수 있을 것 같다. 이 이야기를 읽을 때마다 나는 죽음이 오고 있다는 것을 알고 있는데도, 매튜의 죽음은 항상 나를 무너뜨린다. 이후에 나온 시리즈들의 결말과는 다른 느낌이다.

이렇게 내가 울기로 예정되어 있는 부분이 있는데, 바로 직전에 앤이 슬픔 속에서 그녀를 지탱해줄 진실을 깨닫게 된다.

"초록지붕 집의 앤이어서 정말 만족해" 그녀가 말했다. 그녀가 누군가에게 속해서 오는 만족이었다. 그녀는 소박한 사람의 딸이며, 평화로운 작은 마을의 구성원이다. 매튜가 사랑으로 그녀에게 준 진주 목걸이의 가치를 넘어설 다이아몬드는 없다.

나에게 연결시키자면 이렇다.

뉴욕타임스의 베스트셀러도 마브의 이야기를 전달하는 일을 맡은, 2년 반 동안 그의 "세 번째 딸"로 살 수 있었던 날의 가치를 대신할 수 없다.

어떤 유산도 "서점 라이머씨의 딸", 그러니까 위대한 책 판매 장인의 딸이 되는 것과 비교될 수 없다. 우리 아빠의 영향으로 나는 글을 쓰고, 읽고, 침대 옆에 아슬아슬하게 책을 쌓아놓는다(그리고 벽을 따라 방 길이의 절반 정도 책을 쌓아놓는다). 어린 시절에는 전쟁에 시달렸고, 새로운 땅에 와서는 난민으로 살았던 우리 아빠 때문에 나는 평생 버려진 사람, 약자, 나그네에게 애착을 느낀다. 모든 사람을 향한 그의 겸손과 친절을 열망한다. 이것들이 나의 진정한 가보이다. 생물학적으로 물려받은 것이 아니라, 한 남자가 다른 남자의 아이에게 마음을 열고 사랑하기로 결정했기 때문에 물려받은 가보이다.

자신에게 흔적을 남긴 할아버지를 한 번도 본 적이 없는 피비는 자기만의 매튜 커스버트를 갖는 축복을 누리고 있다. 조지 할아버지의 하얀 자동차를 타고 돌아다니는 것보다 더 멋진 마차 여행은 없을 것이다. 여름 밤에 쿠키아이스크림을 나누어 먹는 것보다 더 맛있는 만찬은 없을 것이다.

앤, 피비 그리고 나는 운이 좋은 사람들이다. 우린 혈연적으로 돌봄의 의무가 없는 아버지들에게서 사랑을 받았기 때문이다. 무엇보다도 매튜 커스버트는 관심을 가졌다. 평생 다른 사람들의 관심 밖이었던 그가 사람의 방언과 천사의 말을 한 것은 아니었다. 사실 그는 말을 거의 하지 않았다. 하지만 그는 오래 참고 온유했다. 그는 자랑하지 않았다. 그는 무례히 행하지 않았고, 자기의 유익을 구하지 않았으며 성내지 않았다. 그의 딸이 종종 잘못을 했지만, 매튜는 그것을 기억하지 않았다. 그는 모든 것을 참으며, 모든 것을 믿으며, 모든 것을 바라며, 모든 것을 견뎠다. 그의 사랑은 절대 그녀를 실망시키지 않았다.

매튜 커스버트는 우리 모두에게 "우리 딸, 내가 자랑스러워 하는 우리 딸"이라고 말해주며, 모든 선하고 완벽한 선물을 주시는 또 다른 입양아를 둔 아버지를 상기시킨다.

누군가가 이렇게 당신을 사랑해주면 여러분은 꽃을 피우게 되고, 마음을 열며, 성장하고, 얼굴에 기쁨이 가득하고, 행복한 날들을 보내게 된다. 그런 눈으로 여러분을 보는 사람이 있다면, 그렇게 되지 않을 수가 없다.

빨강머리 앤
나의 딸
그리고 나

17

방향을 돌린 길

이 세상은 모든 사람을 깨뜨리는데, 그 후에 많은 사람들이 그 깨진 부
분에서 강해진다.

—

어니스트 헤밍웨이, 『무기여, 잘 있거라』

프린스 에드워드 섬으로 다시 가보니, 그게 아니라는 것을 알면서
도 고향집에 가는 기분이 들었다. 지난 몇 년 사이에 나는 "파도가 감
싸 안는 섬"에 두 번 더 여행을 갔고, 이제는 내가 그곳에 완벽하게
속하지 않는다는 것을 잘 알고 있다. 내가 내일 당장이라도 캐번디시
근처에 가지 같은 보라색 지붕에, 흰 벽, 그리고 반짝이는 바다 전망
이 있는 꿈의 집을 살 수 있고, 그 섬 사투리를 구사하며, 섬에서 나는
특별한 감자를 매 끼 먹을 수 있다고 해도, 나는 "멀리 떨어져서" 살
것이다. 섬 사람들은 이런 점에서 아주 독특하다.

이 섬이 우리 집이 될 수 없다는 것을 안다고 해도, 그래도 내 마음
속에는 영원히 자리잡고 있는 섬이다. 그래서 오랫동안 가족들에게

앤의 꿈 같은 바닷가 고향을 소개해주고 싶었던 것이다. 피비가 그런 여행을 즐길 수 있을 만큼 자란 후에 때가 왔다. 하지만 조금 걱정되기도 해서 비밀스럽게 준비했다. 나랑 우리 딸이 좋아하는 것만큼 우리 집 남자들도 좋아할까?

그랜드 래피즈를 떠나면서 조나와 에즈라에게 초록지붕 집에 방문했을 때 행동을 잘 해야 한다고 엄하게 당부했다. "너희들이 좋아하는 것들을 할 거야. **모험을 하게 될 거야.**" 내가 말 했다. "하지만 목요일에는 초록지붕 집에 갈 거고, **너희들은 정말 정말 그곳을 좋아할 거야.**" 청소년 남자 아이를 키우는 엄마들은 다 이렇다. 여러분도 여러분의 천사들에게 이런 비슷한 말을 한 적이 있을 것이다.

8월의 뜨거운 목요일에 우리 다섯 사람은 캐번디시를 향해 출발했다. 우리는 먼저 루시 모드 몽고메리의 조부모님이 운영하셨고, 그녀가 일을 돕기도 했던 우체국을 모방하여 만든 장소에 들렀다. 내가 모든 전시품을 살펴보고 모든 설명문을 읽는 동안 에즈라가 함께 했다. 어느 순간 조나를 찾아 둘러보니, 그는 지루함에 지쳐있었다. 나중에 말하기를 자기가 행동은 잘 한 것 같은데, 정신은 거의 무의식 상태였다고 한다.

그리고 우리는 초록지붕 집으로 걸어갔다. 우리가 성수기에 방문했기 때문에 앤과 길버트로 분장한 배우들이 입구에서 관광객들을 맞이하는 모습을 볼 수 있었다.

"길버트 블라이드, 우린 여기서 뭘하는 거죠?" 내가 챙이 달린 모자를 쓰고 멜빵바지를 입은 젊은 남자에게 물었다.

"오, 우리는 공부를 하고 있어요" 그가 허공에서 어울리지 않게 따옴표를 그리며 대답했다. 오, 정말 장난스러운 길버트.

조금 후에 나는 안내원에게 커런트 주는 어디 있는지 물었다. "다 이애나가 다 마셨어요." 그녀가 대답했다.

인내심 많은 에즈라가 나와 함께 루시 모드 몽고메리의 집을 꼼꼼히 둘러보는 동안, 조나는 차에서 코를 골고 있었다. 피비는 도일과 함께 초록지붕 집에서 뛰어다니며 앤의 물건들 중에 그녀가 가장 좋아하는 것을 찾을 때마다 멈추어 섰다. 바로 석판이다.

조나가 초록지붕 집에서 보낸 오후에 얼마나 무료했는지는 상관없이, 조나를 포함하여 우리 모두는 그 섬의 마법에 빠져버렸다(물론 조나는 이렇게 풍성하고 풍부한 느낌을 주는 단어를 사용하고 싶지는 않을 것이다). 우리는 섬에서 즐길 거리를 많이 찾았고, 그것들은 다양하고 극적인 모험을 제공했다. 중년의 여성이 넋을 놓고 길버트 블라이드의 흔적을 쫓아다닌 것이 아니었다. 조나가 자신이 찾은 흔하지 않은 하늘색 바다 유리조각을 내 놓은 후에, 우리는 섬의 해변에 흩어져 있는 반짝이는 바다의 보물을 주우러 다니는 일에 푹 빠졌다. 이것들은 세계적인 수집품이었다.

로맨스 소설이나 올드 스파이스 광고에서 볼 법한 사람인 페리 선장 일행과 멋진 이틀을 보냈다. 선장과 함께 두 젊은 선원 샤넬과 뤼캐가 함께 했다. 첫째 날에 우리는 고등어 낚시를 했다. 물개와 등대를 보며 은빛 나는 물고기를 끌어올렸다. 피비와 페리 선장은 금방 친구가 되었고, 한 시간이 채 못되어 피비는 그의 모자를 쓰고 배를 운전하고 있었다. 다음 날 아침 우리는 다시 페리 선장의 배를 탔고 이번에는 잠수복을 입고 모래톱 바닥을 긁으며 조개잡이에 몰두했다. 양동이 한 가득 잡아낸 뒤에 우리는 근처 무인도를 탐험했고 그 동안 선원들이 우리가 잡은 조개들을 구워 점심을 준비해주었다. 또 다른 저녁에는 케이리라고 부르는 "키친 파티"에 가서 켈트족의 시끌벅적한 현악기와 백파이프 연주에 맞춰 손뼉을 치며 발을 굴렀고, 스텝댄스를 추었다. 게일어(역자 주: 스코틀랜드 켈트어) 전통 음악과 춤이 곁들여진 이 모임은 이 섬에 스코틀랜드의 유산이 많이 남아있다는 것을 알려주었다.

또 어느 상쾌한 오후에는 프린스 에드워드 섬 국립 공원에서 자전거를 빌려서 한쪽으로는 등대들이 보이고 다른 쪽으로는 숲이 보이는, 대서양의 파도가 치는 자연 그대로의 해변을 따라 일렬로 자전거를 타고 달렸다. 그리고 자전거를 돌려 캠브릿지의 공작과 공작부인이 결혼 후 캐나다 여행 때 쉬었다는 그 유명한 달베이바이더씨 호텔 현관에서 아이스티를 마셨다. 왕실의 선한 백성으로서 우리 미국인 아이들이 미래 왕과 왕비의 사진이 그려진 판지 옆에서 사진을 찍도록 했다.

자녀를 동반하든 하지 않든, 이 섬에 방문한다면 이 섬의 감자로 만든 요리를 놓쳐서는 안 된다. 그게 뭐냐고? 감자는 그냥 감자 아니냐고? 어허. 그렇지 않다. 틀렸다. 이 감자들은 어떤 형태로 먹든 소박한 감자를 위대한 것으로 만든다. 물론 가장 좋은 방법은 으깨 먹는 것이다. 단언컨대 그 감자 통에 들어가 목욕을 하고 싶을 것이다.

가족들과 섬을 돌아다니는 것을 즐긴 만큼, 앤을 자세히 들여다보는 것은 아이들이 없을 때 훨씬 쉽다는 것을 깨달았다. 그래서 얼마 후에 나는 세 번째 여행을 계획하기 시작했다. 이번에는 내 친구 킴에게 함께 가자고 했다. 빛나는 영혼을 가진 앤의 팬이자 세계 여행을 하는 이 친구는 항상 뛰어 놀 준비가 되어있으며, 항상 엄청나게 할인을 받은 항공권을 찾아낸다. 그래서 함께 떠나게 되었다. 프린스 에드워드 섬이여, 준비가 되었든 안 되었든, 우리가 간다!

🌷

세 번째 여행에서 나는 이 섬, 이 책과 특별한 관계를 맺게 되었고 루시 모드 몽고메리와 나처럼 잃어버렸다 발견된 그녀의 문학 속 딸을 자세히 들여다볼 수 있었다. 그녀는 앤이 누군가에게 발견되고 보호받도록 했는데, 나는 이 섬에서 다른 질문에 대한 답을 찾고 싶었다. 그녀는 발견되었나? 킴과 함께 11월의 안개를 뚫고 숙소로 운전해 가면서 나는 다음 날 어떤 영감을 받게 될 것이라는 사실을 모르고 있었다. 성수기가 지났고 그래서 5월까지는 모든 곳이 문을 닫을 예정이었다. 하지만 감사하게도, 프린스 에드워드 섬 관광소의 멋진 여성들의 도움으로 하루에 4군데를 방문할 수 있게 되었다.

그날 아침 우리가 처음 간 곳은 캐번디시의 우체국이었다. 우리는 특별한 대우로 들어갈 수 있었고, 캐나다 우체국 직원의 통제 하에 있어야 했다(성수기가 지나면 우체국도 문을 닫는다). 이 아담하고 작은 건물은 20세기 초에 우편물들이 거쳐야 했던 몹시 힘든 여행길을 상징하는 시와 같았다. 어떤 전시물은 말이 끄는 썰매, 기차, 쇄빙선, 증기선을 통해 우편물이 본토에 다다랐다는 것을 보여주었다. 나는 내가 "보내기"를 눌러서 문의나 제안서를 보낼 수 있다는 사실에 감사했다. 쇄빙선은 필요가 없다.

대부분의 여행객들은 간과하는 것이지만, 나에게는 이것이 작가로서 루시 모드 몽고메리를 이해하는 갓돌처럼 보였다. 이 장소는 그녀가 수없이 자신의 글이 거절당하는 것을 경험하고 앤 시리즈 조차도 다섯 번 이나 무시당하는 것을 경험한 곳이다. 그리고 이 우체국에서 그녀가 일을 하며 도장을 찍고 편지봉투와 우편물을 분류했다. 또 이곳에서 그녀는 이야기를 쓰고 상상을 하며 비밀스럽게 작품을 만들기 위해 피땀 흘려 일했다. 22년 동안 작가로 살면서 나는 내가 발견하는 모든 것을 통해 그녀에 대해 더 친밀감을 느끼게 되었다. 작가의 삶이 얼마나 외로운지 이해했고, 특히 그녀는 은밀하게 해야 했기 때문에 더욱 외로웠을 것을 이해했다. 전시물마다 그 옆에 그녀를 인용한 문구들이 있었는데, 그들 중 몇몇이 나를 감동시켰다. "이 모든 일이 매우 비밀리에 이루어졌다." 그녀는 이렇게 썼다.

아무도 그녀의 글쓰기나 거절에 대해 알지 못했고, 그것이 그녀가 노력할 수 있었던 열쇠였다. 그녀는 마을 전체가 그녀에게 되돌아온 우편물의 비밀을 공유하게 되었다면 글쓰기를 포기했을지 모른다. 하나님의 섭리 덕분에 그녀는 우체국 여직원으로 일했고, 또 그 덕분에 앤 시리즈를 마지막으로 제안한 곳에서 성공을 거두었다. "어느 겨울날 내가 모자 보관 상자를 뒤지고 있을 때 그 안에 있는 원고가 보였다." 그녀, 우편물, 그리고 분류용 벽장이 찍힌 사진 옆에 적힌 그녀의 글귀는 다른 글귀보다 더 큰 글자로 적혀있었다. "나는 '한번 더 해보자'라고 생각했다."

나는 소름이 끼쳤다. **한 번 더 해보자**··· 모든 작가들은 시도하고 또 시도하며, 포기할 때인지 아니면 한 번 더 해볼 때인지 고민한다. 이 차이를 아는 것은 큰 지혜이다. 나는 확대된 그녀의 사진을 응시했다. 그녀의 표정에는 유머가 있었고, 그녀의 입에서는 유머가 흘러나올 것 같았다. 그녀가 마릴라를 묘사했던 것처럼 말이다. 나는 그녀의 희미한 눈빛을 보면서 나의 글쓰기 대모에게서 인정받는 것 같은 느낌이 들었다. 시간을 돌려서 그녀에게 많은 것을 묻고 싶었다. 그녀의 발치에 앉아 이 스승에게서 배우고 싶었다.

초록지붕 집에서는 또 다른 공무원이 우릴 위해 문을 열어주었다.

우리는 한 시간 정도 그 장소에 있을 수 있었다.

초록지붕 집.
우리들끼리만.
한 시간 동안.

중력이 없었다면 나는 천장에 머리를 찧었을 것이다. 나는 신이 나
서 킴을 바라보았다. 우리가 꺅꺅거렸던 것 같다. 부엌 바닥에서 눈
꽃 천사(역자 주: 쌓인 눈 위에 누워 팔다리를 움직여 만든 천사의 형태)도 만들
었던 것 같다. 사랑스러운 캐나다 국립공원 공무원이 웃으며 우리의
놀이를 마음껏 하도록 해주었다. 우리가 물건들을 핥지 않은 유일한
이유가 바로 그녀 때문이라는 것을 그녀는 모르는 것 같았다.

우리는 팬들이 쉽게 발견하는 물건들을 보고 황홀해했다. 메릴라
의 자수정 브로치, 앤의 방 옷장 문에 걸려있는 큰 주름이 잡힌 갈색
글로리아 드레스, 벽장에 있는 호리병에 담긴 산딸기 음료. 나는 피
비가 석판에 대해 물을 것을 대비해 깨진 석판의 사진을 찍었고, 그
녀가 이 집에서 뛰어다녔던 무더운 여름 날을 즐겁게 추억했다.

진눈깨비가 흩날리는 11월에 천천히 동쪽 방, 그러니까 앤의 방에
들어가보았다. 이 방에서 그녀는 아름다움과 평안을 향한 자신의 열
망을 채워줄 둥지 안으로 들어갔고 쉬었다. 이곳은 피난처였고, 그녀
가 속한 곳이었다. 여기서 그녀는 집을 찾을 수 있을지 없을지 모르

는 잃어버린 고아 소녀에서 초록지붕 집의 앤이 되었다. 이 방에서 그녀는 부러진 고아의 길을 뛰어넘었고, 그녀의 발은 밝은 미래를 향해 뛰어올랐다. 그녀는 지속적으로 기쁨과 사랑의 길을 선택했고, 그것이 모든 것을 바꾸었다. 그리고 이곳에서 그녀는 방향을 돌린 길을 꿈꾸었다.

시리즈의 첫 번째 책에서 우리는 앤이 교차로에 서 있는 것을 발견하게 된다. 매튜는 떠났고 마릴라는 농장을 팔고 레이첼 린드 부인의 집으로 이사할 계획을 세웠다. 앤은 커다란 희생을 해서 레드몬드 대학의 4년 장학금을 포기하고 집에 남아 마릴라가 초록지붕 집을 지킬 수 있도록 도왔다. 그녀는 큰 비용을 지불하고 자신이 사랑했던 집을 지켰다.

앤은 다시 높은 길을 선택한 것이다. 그녀는 자신이 잃어버린 것에 집착하지 않고, 대신 자신이 얻은 것을 바라보았다. "퀸즈 학교를 졸업했을 때 제 미래가 제 앞에 쭉 뻗은 길처럼 보였어요. 저는 그 길에서 많은 이정표를 볼 수 있을 거라고 생각했어요. 이제 그 길은 방향을 돌렸어요. 저는 여기서 방향을 돌리면 무엇이 나올지 모르지만, 가장 좋은 것들이 나올 것이라고 믿을 거에요."

나와 킴을 위한 다음 방문지는 루시 모드 몽고메리 사촌들의 집인

은빛 숲의 집에 있는 파크 코너 마을이었다. 가는 길에 모퉁이를 돌자 멋진 풍경이 보였다. 그냥 지나가기에는 너무 아름다운 모습이었다. 우리는 차를 세우고 내렸고, 매서운 바람이 우리 머리를 지나갔다. 길 양쪽으로는 푸른 물줄기가 흐르고 있었고, 오른 쪽에는 사탕 색깔의 낚시 오두막이 무리지어 서 있었다. 바로 옆에서 파도가 부서지며 으르렁거렸다. 하나님의 사랑이 바람과 함께 내 안에서 소용돌이 치는 것 같았고, 나는 여기 다시 오게 해주신 하나님에게 감사했다.

기적적으로 우리는 영업 중인 주유소를 발견했고, 먹을 것을 좀 찾기 위해 진입로에 멈추어 섰다. 킴이 창문을 내려 우리 앞에 나타난 남자에게 소리쳤다. "우리는 여기 사람이 아니에요!" 낚시꾼처럼 보이는 눈가 주름이 많은 그 남자는 주저하지 않고 말했다. "그래요?" 항구에 사는 사람들에게 우리가 이곳 사람이 아니라는 것은 명백했다. 그에게 구입한 샌드위치는 아주 맛있었다.

은빛 숲의 집에서는 사과와 계피 냄새가 났다. 루시 모드 몽고메리의 먼 친척인 집의 소유주는 우리가 도착하는 시간에 맞추어 오래된 난로 위에서 냄비에 마실 것을 좀 데워두었다. 초록지붕 집은 박물관 같았다면, 은빛 숲의 집은 우리 집처럼 느껴졌다. 1776년에 스코틀랜드에서 온 캠벨 가족이 이 곳에 정착했고 오늘날까지 살고 있다. 루시 모드 몽고메리는 자기 글과 이야기에서 이 멋진 성을 연관시키는 것을 좋아했다. 『이야기 소녀』, 『은빛 숲 집의 패트』, 『패트의 삶과 꿈』이 이곳을 배경으로 하고 있다.

"원하는 만큼 계세요." 현재 살고 있는 캠벨 여사가 말했다. "보고 싶은 건 다 보셔도 되요." 두 번이나 말해주어 고마웠다. 다시 한 번, 은빛 숲의 집은 그 안에 살고 있으며, 서로를 사랑하는 사람들의 집인 것 같았다. 우리는 시간을 두고 둘러보았다.

나는 루시 모드 몽고메리가 37살에 자신의 길버트를 발견했거나, 허만과 함께할 기회가 있었다면 더 좋았을 것이라고 생각하며, 이완 맥도날드 목사와 결혼했던 벽난로 장식 앞에서 멈추었다. 이완은 자신의 정신병을 숨겼고, 그로 인해 그녀의 결혼은 어둡고, 불안정했으며, 때로는 악몽 같았다. 이완은 자신이 택함을 받은 자가 아니며 지옥에 갈 것으로 예정되어 있다는 망상에 사로잡혔고, 그의 정신병은 악화되었다. 루시 모드 몽고메리는 그의 어두움과 자신의 어두움 때문에 매우 고통스러웠다.

그녀가 바라보았던 책장의 유리문을 바라보면서, 나도 상상 속의 케이티 모리스가 나를 쳐다보고 있는 것을 상상했다. 나는 루시 모드 몽고메리의 발걸음을 따라 걸었고, 그녀와 앤이 아주 가까이에 있는 것 같았다. 은빛 숲의 집에서 그녀는 어딘가 속한다는 느낌을 받았고 더 이상 고아가 아닌 기분이었다. 그녀가 이 집을 항상 떠나야 했고 영원히 식탁 위의 한 자리를 차지할 수 없었다는 것이 슬펐다. 이곳에서 그녀는 진심을 느낄 수 있었고, 만약 계속 머물 수 있었다면 얼마나 많은 것이 바뀌었을까.

나는 난롯가에서 손을 녹이며 캠벨 여사와 이 이야기를 나누었다.

그녀의 어머니는 샬롯타운 고아원에서 아기일 때 입양되어 왔다. 그녀는 내 감정을 이해하면서도 루시 모드 몽고메리의 상실이 아무런 대가 없는 상실은 아니었다고 지적했다. "그녀가 다르게 컸다면, 『빨강머리 앤』 같은 책을 쓸 수 있었을까요?"

♥

만약 루시 모드 몽고메리가 어린 시절에 그녀가 사랑했던 프린스 에드워드 섬 밖에서 자랐다면 『빨강머리 앤』을 쓸 수 있었을지 물을 수 있다. 더욱이 그녀의 결혼식 후에 그녀는 남편과 함께 온타리오로 이사했다. 이 섬은 다시는 그녀의 집이 될 수 없었다.

개인적인 삶에서 수없이 많은 실망을 견뎌야 했던 루시 모드 몽고메리가 1942년 약물 과다 복용으로 스스로 목숨을 끊으려고 했다는 사실이 나를 괴롭혔다. 그녀의 침대 옆에 적힌 쪽지에는 이런 말도 있었다. "나는 마법에 걸려 정신을 놓았고, 이 상태에서 내가 무슨 짓이든 할 수 있을 것 같다." 그녀의 손녀 케이트 맥도날드가 2008년에 용감하게도 정신병에 대한 경각심을 불러일으키기 위해 이 사실을 밝혔다. 하지만 몇몇 학자들과 친척들은 약물 과다 복용은 실수였다고 보았다.

오직 하나님만이 루시 모드 몽고메리가 어떻게 죽었는지 확실히 아실 텐데, 어떤 측면에서 이건 별로 중요하지 않다. 그녀는 어쨌든 고통 속에 있었던 것이다. 그녀의 삶은 아픈 균열들로 가득했지만, 나는 어떻게든 빛이 들어갔을 것이라고 생각하고 싶었다. 그녀의 어둠 속에 소망이 있었을까?

그 전까지는 몰랐는데, 그날의 마지막 방문지에 가서 아주 흥미로운 단서를 발견했다. 우리가 다시 캐번디시로 돌아와, 초록지붕 집 옆에 살면서 공식적으로 루시 모드 몽고메리의 캐번디시 집이라고 알려진 곳을 관리했던 존과 제니 맥닐을 만났을 때는 오후 4시 반이었고, 이미 해가 지고 어두워지고 있었다.

근처에 있는 바다에서 파도가 철썩거리며 소용돌이치는 소리를 들을 수 있었고, 마치 우리에게 말을 거는 것 같았다. 맥닐 가족의 램프를 켠 농장 집은 아늑하고 따뜻했다. 사촌인 루시 모드 몽고메리가 여러 번 방문했던 곳이다. 한 번은 존이 어린 아이일 때, 그녀가 일요일 점심을 먹으러 왔다고 한다. 6살 먹은 그에게 큰 인상을 남기지는 못했지만 말이다. 그의 아버지는 루시 모드 몽고메리의 친사촌이었는데, 제니의 겸손한 표현을 빌리자면, "그 작가"에 관한 모든 것을 알고 있는 진정한 전문가는 제니였다.

성수기가 아니라서 책이 제일 잘 팔리는 서점은 문을 닫은 상황이었지만, 우리는 전문적인 이야기를 나눌 수 있었다. 특히 그 해 가을에 출판된 앤과 에밀리 시리즈의 새로운 멋진 표지에 대해 이야기를 나누었다. 맥닐 가족은 1980년대 말에 서점을 열고 집터를 개방했다. "1985년에 작가의 일기가 출판되고 나서 그녀가 이 땅을 얼마나 사랑했는지 알게 되었어요." 제니가 말했다.

루시 모드 몽고메리가 어린 시절을 보낸 집에는 기초석 말고는 남은 것이 없었다. 그녀가 걸어 다녔던 들과 길, 그녀가 가꾸었던 정원, 그리고 그녀가 앉아 꿈을 꾸고 글을 쓸 수 있게 그늘을 빌려준 오래된 나무를 제외하면 아무것도 없었다. 『빨강머리 앤』은 여기서 쓰여진 것이고, 다른 책들도 마찬가지이다. 어떤 사람들은 이곳에 와서 집이 있던 장소에 구덩이만 있는 것을 보고 실망한다. 하지만 마음이 맞는 영혼들은 그 너머를 볼 수 있다.

84살의 제니는 예쁜 자기 그릇을 꺼내어 장미차를 끓이고 우유와 설탕을 함께 주었다. 맛있었다. 우리는 그녀의 부엌 식탁에 앉아 차를 홀짝이며, 루시 모드 몽고메리에 대한 전반적인 질문과 특히 그녀가 고아처럼 느꼈던 것에 관한 질문에 대답해주는 제니의 이야기를 들었다. "만약 그녀가 다른 아이처럼 활기찬 집에서 자랐다면 앤 시리즈를 쓰지 않았을 것이라고 생각해요." 제니가 말했다. "그녀는 조용한 집에서 두 노인 사이에서 컸잖아요."

대화가 멈추었을 때, 나는 근처 바다의 어지러운 소리를 들을 수 있었다. 그 부엌에서 영원히 머물 수 있을 것 같았다.

제니는 기억을 떠올리며 푸른 눈을 반짝이면서 몸을 앞으로 기울였다. "그 작가의 장례식에 참석했을 때 제가 12살이었다는 사실을 아시나요?" 그녀가 말했다. 내 귀를 믿을 수가 없었다. 나는 목격자와 차를 마시고 있었던 것이다. 나는 의자를 더 앞으로 당겼다.

"그날 아침 교회를 청소하던 여인들 중 한 분이 우리 어머니였지요." 그녀가 말했다. "루시 모드 몽고메리는 고향으로 돌아와 친지들과 친척들 사이에 묻히고 싶어했어요."

프린스 에드워드 섬의 주지사를 포함한 정부 관리들과 장로교 목사님이 장례식에 참석했다. 제니는 딱딱한 의자에 앉아있었고, 루시모드 몽고메리의 오랜 친구인 스털링 목사가 장례식을 집례했다. 그는 루시 모드 몽고메리를 칭송하기 위해 『에이번리의 연대기』에 나오는 세 번째 이야기인 "각자 자기 입으로"를 다시 이야기했다.

긴 연대기는 쾌활한 코미디 이야기 사이에 혼자 우뚝 서 있다. 밝은 파란색과 초록색 바다 유리 사이에 있는 흔하지 않은 어둡고 붉은 바다 유리 조각과 같았다. 제니는 루시 모드 몽고메리의 이야기 목록 전체에서 가장 좋아하는 이야기가 이것이라고 알려주었다.

이 이야기는 또 다른 열두 살 아이 펠릭스의 이야기이다. 이 아이도 고아이고, 음악을 사랑하는 영혼을 가졌으며, 그의 할아버지가 눈에 넣어도 아프지 않겠다고 생각하는 손자이다. 바이올린 영재로서 펠릭스는 돌아가신 아버지처럼 연주를 하고 싶어했지만, 아이를 목사로 만들고 싶어했던 그의 할아버지가 연주를 금지시켰다.

레오나드 목사인 할아버지는 "사람은 다양한, 하지만 동일하게 효과적인 방법으로 인류의 필요를 위해 일할 수 있다"는 사실을 간과했다. 그런데 이 사실이 그 마을의 갱생한 매춘부의 임종에서 분명해졌다. 그녀는 하나님께서 자신의 많은 죄를 용서하실 수 있다는 사실을 믿지 않은 죄인이고 조난자였다.

목사는 "당신이 용서를 구한다면 하나님께서 당신을 용서하실 것입니다… 그 분은 하실 수 있으시고 하실 것입니다. 그분은 사랑의 하나님입니다, 나오미여 하나님은 아버지처럼 우리를 사랑하십니다."라고 그녀에게 확신을 주려고 했다. 하지만 그녀의 아버지는 그녀를 올바르게 사랑하지 않았다. 다른 많은 아버지들처럼. 그러니까 루시 모드 몽고메리의 아버지나 톰이나 진처럼 말이다. 사랑의 아버지를 언급하는 것이 항상 도움이 되지는 않는다.

"예수 그리스도께서 막달라 마리아를 용서하셨어요… 그리스도는 나오미 당신을 위해 죽었습니다." 레오나드 목사가 덧붙였다. "그분은 당신의 죄를 십자가 상에서 다 짊어지셨어요." 나오미의 고통받는 영혼은 거의 고문 당하는 것 같았고, 진실된 그의 말은 그녀의 영혼을 뚫고 들어가지 못했다. 레오나드 목사는 하나님께 간청할 수밖에 없었다. "이 여인을 도와주소서. 그녀가 알아들을 수 있게 말씀하여 주소서." 그녀가 알아들을 수 있는 언어는 펠릭스의 음악이었고, 그는 막달라 마리아의 삶을 보여주는 듯한 연주를 했다. 어린 시절의 순수함, 기만 당한 마음의 고통, 절망, 모든 선한 것으로부터의 멀어짐, 그리고 회개와 용서의 간구. 마침내 펠릭스의 음악은 속죄의 메세지를 전했고, 그의 연주는 "위대하고 무한한 용서, 모든 것을 이해하는 사랑…상한 영혼을 위한 치료... 빛과 소망과 평안"을 전했다.

펠릭스는 악기를 내려놓았고, 죽어가는 여자의 얼굴에 이것을 이해한 평안이 깃들었다. 그녀는 마침내 자신이 용서받은 것과 사랑 받은 것을 이해했고, 할아버지는 각자 "정해진 방식대로" 복음을 전해야 한다는 것을 이해했다.

나이 많은 스털링 목사는 장례식에서 이 이야기를 다시 들려주며 감정이 북받쳤다.

"나는 거기 앉아서 이렇게 생각했어요. '세상에, 그가 다 망치고 있어.'" 눈물이 핑 돈 제니가 말했다. "그는 무언가 길을 잃은 것 같았어요. 저는 의자에서 일어나 달려나가 주지사와 그 많은 관리들 앞에서 그를 도와주고 싶었다니까요."

그쯤 되자 맥닐 가족의 농장 부엌에 있는 사람들은 모두 울고 있었다. 우리는 모두 1942년의 제니와 함께 의자에 앉아 눈가를 닦고 있었다. 장례식에서 스털링 목사는 루시 모드 몽고메리가 그녀만의 정해진 방식으로 평생 인류의 필요를 위해 힘든 일을 하며 살았다는 말을 하고 싶었다. 이것은 멋진 일이고 사실이다. 하지만 나는 이 이야기에서 더 많은 것을 느꼈다.

나는 조각나고 그늘 진 그녀의 마음 어딘가에서 그녀가 상처받은 영혼을 위한 치료제를 찾고 빛과 소망과 평안을 찾았기를 바랐다.

그녀의 일기와 편지들에서 루시 모드 몽고메리는 기독교에 대한 그녀의 영적 의심과 궁금증을 드러냈다. 하지만 나는 그런 회의를 "각자 자기 입으로" 같은 이야기와 균형을 맞추려고 했었다. 이런 이야기에는 인간의 실패와 구원의 필요성에 대한 분명한 인식으로 가득하기 때문이다. 모든 사람이 의심을 하지만 그녀는 대부분의 사람들보다 더 많은 귀신의 괴롭힘을 받았고, 질문을 던졌고, 소망 없는 상태와 절망에 빠지기가 더 쉬웠다. 그녀의 말년은 불안과 고통으로 가득했고, 그녀가 남긴 마지막 쪽지에는 "하나님이여 나를 용서하소서"라는 말이 나온다. 그녀가 마지막 순간에 아버지 하나님께 부르짖었고, 마침내 그녀를 딸로 삼으신 그분의 사랑을 알게 되었다고 할 수 있을까?

얼마 후에 킴과 내가 그녀의 묘지를 찾아갔을 때는 날이 어두웠고, 바다의 울부짖음은 악마의 소리처럼 들렸고, 바람과 비에 우리 살이 애는 듯 했다. 하지만 내 머리 속은 오팔 빛 수평선처럼 밝았다. **나이 많은 목사와 그의 손자의 바이올린을 통해 그려낸 그분의 자비 안에서 평안을 찾았나요? 당신 이야기의 막달라 마리아처럼 마침내 완벽한 아버지의 마음 다한 사랑에 붙들렸나요?**

🌱

루시 모드 몽고메리의 죽음 73년 후에도 그녀의 위대한 유산은 그녀가 평생 스스로 갖기를 원했던 모든 것을 준 캐릭터인 앤을 통해 남아있다. 그녀의 빨강머리 고아 소녀는 다이애나와 깊은 우정을 나누었고, 나중에 또 다른 절친한 친구들을 사귀었다. 그녀는 그녀의 지성과 꿈을 사랑한 마음이 맞는 짝 길버트를 찾았다. 앤은 집, 가족,

그리고 초록 지붕집에서 매튜와 마릴라에게 속한 사람으로 사는 삶을 얻었다.

루시 모드 몽고메리는 첫 번째 책 이후로 앤의 이야기를 다시 쓰고 싶어하지 않았는데도, 그녀는 돈을 벌어야 했기 때문에 써야 했다. 뒤에 나온 7권의 책에서 그녀는 우리가 만난 딱 맞는 거친 직물의 낡은 옷을 입은 11살 소녀의 길을 이리저리 방향을 바꾸게 했다. 독자들은 앤을 따라 대학에 가고 교단에 서고 길버트와의 결혼식에 가며 젬, 월터, 셜리, 난, 다이, 릴러 6명 자녀의 양육자가 된다.

앤은 비슷한 생각을 가진 사람들을 그 길에서 만난다. 그녀는 그들을 "조셉을 아는 사람들"이라고 부른다. 여기에는 원수였다가 친구가 된 레이첼 부인과 같은 사람들이 포함된다. 우리의 앤은 풍성한 기쁨과 깊은 슬픔을 모두 마주한다.

루시 모드 몽고메리는 앤이 대부분의 고아들이 절대 발견하지 못하는 보물이라고 할 수 있는, 그녀의 생부모인 월터와 셜리가 그녀를 사랑했다는 사실을 깨닫게 되는 낡은 노란색 집에까지 앤을 데려간다.

앤을 통해 루시 모드 몽고메리는 누군가에게 속하고 싶고, 우리가 사랑하는 사람들에게 중요해지고 싶어하는 우리 모두가 가진 열망에 대해 수없이 말하고 있는 것이다. 나와 내 딸을 포함한 많은 독자들이 우정, 지속적인 사랑, 그리고 속죄의 힘을 아주 의미 있는 방법으로 배운다.

앤을 통해 전세계의 수많은 사람들이 자신 안에 있는 고아를 발견하고 약간의 치료제를 얻게 된다. 우리는 이제 우리가 사랑하는 사람을 잃고, 버림받고, 남겨지더라도 항상 길이 방향을 돌린다는 것을 알고 있다. 은혜가 항상 우리를 기다리고 있을 것이다.

❦

입양 증서

입양할 벌레: 해리 모카비

새로운 부모: 피비 크레이커

예전 부모: 로렌 모카비

새로운 이름: 해리 크레이커

대부모: 도일 크레이커와 브룩 V.

나는 우리 아이를 존중하고 그가 살아남을 수 있도록 도울 것입니다.

- 서명, 피비 크레이커

"나를 딱정벌레의 할머니로 만든 것"인 "해리 크레이커"의 입양증서를 소개한다. 이건 어느 날 피비 가방의 잡동사니 사이에서 발견되었다. 피비를 압박하자, 우리 딸은 그저 어깨를 으쓱하며 친구와 "입양 놀이"를 했을 뿐이라고 말했다. 4학년 스페인어 과정 딱정벌레 단원에 몰두한 결과 무언가 좋은 것이 나왔다.

나는 이 벌레를 키우게 허락하지는 않았지만 나는 흥분되었다. 피비는 입양에 대해 많은 이야기를 하지 않았는데, 이것은 그녀가 자신의 기억나지도 않는 첫 번째 상실을 그녀의 방식으로 해결하고 있다는 뜻이었다. 가끔씩 그녀는 우리가 언제 한국에 방문할 것인지 물었고, 나는 우리가 갈 수 있을 때 갈 것이며, 그 날을 기다리고 있다고 말해주었다. 때때로 그녀는 갑자기 자기 생모에 대한 이야기를 했다. 1년 정도 전에는 피비가 그녀에게 편지를 썼고, 에즈라가 머리를 땋은 피비의 모습을 그려주었다.

지난 올림픽 때, 피비는 격정적으로 춤을 추는 탁발 수도승처럼 한 나라를 응원했다. 미국도 아니고 캐나다도 아니었다. 그녀는 자신이 잃어버린 민족인 한국인 선수들, 그러니까 그녀의 첫 사랑, 첫 문화, 첫 언어를 찾고 있었다. 마치 내가 진정한 목표를 찾으려고 했던 것처럼 그렇게 찾고 있었다. 우리는 항상 고향에 닿고 싶어하기 때문이다.

가끔씩 나는 피비를 쳐다보면서 이 아이를 데려와 나와 함께, 우리와 함께 살게 되었다는 사실에 놀란다. **정말 엉뚱한 아이이다. 절대 변하지 않는. 너를 통해 이 차갑고 멍한 세계가 불꽃과 열기로 채워질 거야.**

서울에서 우리 호텔 방에 아이를 처음 데려왔던 오후가 기억난다.

그녀는 처음에는 무슨 일인지 몰라 표정이 굳어서, 생김새도, 냄새도, 느낌도 이상한 이 낯선 사람들이 사랑하는 위탁부모님에게 자기를 돌려주기를 바라고 있었다. 4일 간 이렇게 똑같이 했다. 우리끼리 피비와 몇 시간을 보내고, 위탁 가정으로 아이를 돌려보냈다.

그러나 금요일 밤에는 피비를 돌려보내지 않았다. 그녀는 자기가 돌아가지 않는다는 사실을 인지하고 소리를 지르기 시작했다. 밤새 소리를 질렀다. 아니 적어도 그렇게 느껴졌다. 나는 오렌지 색 아기 띠로 아기를 안고 팔을 잡고서 입양기관 숙소의 작은 방에서 걸어 다녔다. 평소에 내가 도일보다 잠이 더 많은데 (우리 아이들은 나를 "잠꾸러기"라고 부른다), 도일은 거의 기절해서 딸의 비명에도 어찌어찌 자고 있었다.

아기를 달랠 수 있는 유일한 방법은 화장실 세면대 앞에 서서 피비의 작은 발에 물을 뿌려주는 것이었다. 소리 때문인지, 물의 느낌 때문인지, 아니면 둘 다였는지 모르겠는데, 피비는 진정이 되었고 나의 작은 공주는 흘러내리는 물을 바라보며 훌쩍거렸다. 가끔씩 나와 아기는 세면대 거울을 통해 눈이 마주쳤고 아무도 시선을 피하지 않았다. 우리는 서로의 눈치를 보고 있었다. 누가 먼저 눈길을 피할 것인가?

나는 피곤하고, 지치고, 마음이 아픈 상태로 서 있었다. 그럼에도 내 안에서 무언가가 용사처럼 일어났다. 나는 밤새, 그리고 하루 종일 흥분하고 눈물로 얼룩진 이 아기를 위해 싸울 수 있을 것 같았다. 그녀를 위해서라면 머리에 총구를 겨눌 수도 있을 것 같았다. 그녀가 자신이 안전하며 나를 믿을 수 있다는 것을 깨달을 때까지 포기하지 않을 것이다.

아가, 너와 나 둘이 해결해야 하는 거야. 이번엔 네가 이길 수 없을 거야. 엄마들이 하는 게 이런 거야. 우리는 싸우지. 나는 항상 널 위해 싸울 거야. 어떤 일이 있어도. 지금처럼 네가 프로 권투선수처럼 싸운다고 해도. 이제 우리는 서로에게 속했어…

꼭두새벽에 피비는 마침내 잠이 들었다. 그리고 고요한 아침은 그녀가 깨며 지르는 날카로운 소리에 끝났다. 대한항공을 타고 집으로 돌아가는 길에 계속 소리를 질렀고, 한국인들이 우리를 도우려고 했지만 상황이 더욱 나빠질 뿐이었다. 나는 비행기 화장실에 들어가 혼자 울고 나왔다. 우리 딸과 이렇게 출발하고 싶지는 않았다. 하지만 내 자리로 다시 돌아가 앉을 때마다 그녀의 고아의 마음을 위해 싸울 새로운 힘이 생겨났다.

9년이 지난 지금도 그녀의 외침을 듣는다. 그녀가 알고 있는 무언가로부터 떨어질 때 슬픔에 부르짖는 소리들이다. 그녀의 아빠, 엄마, 위탁가정의 형제들, 그녀의 고향, 유산, 그리고 그녀의 시작으로부터 떨어졌다. 뼈가 깨지는 것처럼 그녀의 마음도 깨진 것이다.

이런 깨짐은 사랑하는 이를 잃고, 버림받고, 남겨진 경험이 있는 모든 사람이 갖고 있다. 바꿔 말하면, 루시 모드 몽고메리, 피비, 그리고 우리 모두에게 있다. 하지만 하나님께서 고치시며, 그 깨진 자리에서 우리를 강하게 하신다.

피비가 그 입양된 벌레를 가져왔을 때, 나는 그녀의 마음에 나의 노력을 쏟고, 다친 곳으로 들어가 이해, 포용, 용서를 심어줄 것이라고 다시 한번 맹세했다.

나는 매일매일 폭포수처럼 쏟아지는 지혜와 인내심을 간구해야 한다.

피비는 자기 일을 해야 한다. 나는 그녀를 위해 나의 왼 발을 대신 내줄 수 있다. 하지만 항상 내가 뜻하는대로 되지는 않는다. 나는 그녀를 구해내거나 고칠 수 없다. 그녀가 자신만의 진실을 마주하고 치료제를 찾아야 한다. 하지만 나는 그녀 옆에서 걸으며 용기를 줄 수 있다. 특히 그녀가 언젠가 문을 찾게 되는 날까지 그렇게 할 수 있다.

나는 그녀를 위해 싸울 가치가 있다고 말해줄 수 있다. 나는 우리의 균열에 관한 이야기는 결코 완벽하지 않다고 말해줄 수 있다.

우리 아가, 방향을 돌린 길에 가장 좋은 것들이 놓여 있다는 것을 기억하렴. 그 길 너머에 있는 것을 항상 기대하렴! 너의 입으로 말하고, 그렇게 인류의 필요를 위해 일하렴. 절대 잊지 마.

모든 사람은 안정적인 느낌을 받고 싶어하고, 누군가가 자기를 원한다는 느낌을 받고 싶어한다. 우리 모두 누군가에게 속하기를 원한다. 그렇게 되지 못할 때 우리는 고아가 된 것 같은 기분이 든다.

나의 경우에는, 고아가 된 기분으로 방향을 돌린 길을 따라 걸을 때마다 하나님께서 그곳에 계셨다. 그래서 나는 더 이상 고아가 아니었다. 하나님께서 나를 치료하시고 새롭게 하셨다. 나는 하나님께 속했다. 피비에게도 똑같이 말해줄 것이다. 하나님께 우리가 속했다. 그래서 우리는 더 이상 고아가 아니다.

생각해 보는 말

- 『빨강머리 앤』시리즈에서 책이나 드라마의 어느 장면을 가장 좋아하나요? (또는 이 시리즈를 읽어보지 않았다면, 이 책에 나온 일화 중 어떤 것이 시리즈를 읽거나 드라마를 보고 싶다는 생각이 들게 했나요?)

- 자라면서 로릴리는 앤의 유머, 용기, 꺼지지 않는 영혼을 사랑했습니다. 당신의 어린 시절 주인공은 누구였나요? 그 캐릭터의 어느 부분 때문에 "바로 좋아하게" 되었나요? 어떤 점에서 그 캐릭터가 당신과 비슷하거나 다른가요?

- 어린이 이야기나 청소년 이야기들 중에 고아의 예를 들어보세요. 이 연령의 사람들이 읽는 책에 왜 고아가 그렇게 널리 퍼져있는 소재일까요? 어떤 감정을 건드리고, 어떤 상황을 만들어내며, 어떤 질문을 제기하게 될까요?

- 로릴리는 '사랑하는 이를 잃은, 버림받은, 남겨진'이라는 단어를 '고아'라는 단어와 연관을 짓습니다. 이런 연결고리를 통해 우리가 모두 한 번쯤은 고아였다는 주장에 대해 동의하나요? 동의한다면, 여러분의 삶은

어떠했나요?

- 프린스 에드워드 섬과 한국으로의 여행에서 로릴리는 어떤 영감을 받았고, 그녀의 인생이 어떻게 변화되었나요? 당신에게 가장 의미 있었던 여행 또는 모험은 어떤 것이었고, 무엇이 그렇게 특별했나요?

- 로릴리는 앤의 "절친한 친구"인 다이애나 베리와 앤을 비난하는 조시 파이와의 관계를 가져와 자기 자신의 삶에 대입합니다. 당신의 첫 "절친한 친구"는 누구였나요? 무엇이 두 사람을 가깝게 만들었나요? 그리고 당신의 조시 파이에 의해 괴롭힘을 당한 적이 있나요? 이런 관계들이 당신에게 우정의 의미, 속한다는 것의 의미, 다른 사람을 대하는 태도에 대해 무엇을 가르쳐주었나요? 당신이 부모라면, 당신의 자녀가 새로운 우정을 형성하거나 괴롭힘을 받는다면 어떻게 반응하실 것인가요?

- 어린 시절 외로움을 겪은 로릴리는 생모에게 구출되는 판타지를 가졌습니다. "나에게 일정한 패턴이 있다는 것을 알아차렸다. 자신감이 바닥을 치고 심장이 내려앉을 때마다 나는 잃어버린 관계에 대해 가장 많이 갈구했고, 그것이 어떠했을지 궁금해했다."라고 말했지요. 여러분에게도 그런 것이 있나요? 여러분은 인생의 어떤 "잃어버린 관계"가 떠오르나요?

- 로릴리와 도일이 결혼관계에서 어떤 어려움을 발견했으며, 무엇이 그녀를 그녀의 "계시의 책"으로 인도했나요? 이것이 앤의 "계시의 책"과 어떻게 연결되나요? 이들의 반응과 결정이 그들의 성격, 그들의 성장과정, 그들에게 가장 중요한 것에 대해 어떤 정보를 주고 있나요?

- 배우 조나단 크롬비가 2015년 4월에 죽었을 때 터져 나온 사랑과 슬픔은 사람들에게 길버트 블라이드라는 캐릭터(와 크롬비의 묘사)가 갖는 큰 의미를 보여주었습니다. 왜 이것이 그렇게 큰 반응을 가져왔을까요? 크롬비가 죽었다는 소식을 들었을 때 어떤 반응을 보였나요?

- 로릴리는 왜 "당신이 피비의 진짜 엄마인가요?"라는 질문 때문에 힘들어하나요? 그녀가 그녀의 입양한 딸을 "생물학적으로" 사랑한다는 것은 어떤 의미인가요? 개인적으로 "진짜" 엄마가 된다는 것은 어떤 의미라고 생각하나요? 왜 그렇게 생각하나요?

- 로릴리가 생부모에게 연락을 했을 때, 그녀가 두려워한 것과 희망한 것은 어떤 것이었나요? 도라와의 연락, 그리고 나중에는 톰과의 연락을 통해 그녀는 자신에 대해 어떤 것을 알게 되었나요? 하나님에 대한 믿음이 이것에 어떤 영향을 주었나요? 당신이 그녀와 같은 입장이었다면 어떻게 반응했을 것 같은가요?

- 이 책의 제목은 로릴리와 그녀의 딸을 두 사람이 가장 좋아하는 이야기와 연결을 시키고 있습니다. 당신과 당신의 어머니 또는 당신의 딸이 함께 어떤 모험에 관해 글을 쓴다면 (고전 문학이나 다른 것들에 기초해서), 제목을 무엇이라고 붙일 수 있을까요? 왜 그렇게 생각하나요?

- 로릴리가 그녀를 입양한 부모님과 남동생에 대한 관계를 설명해보세요. 앤의 이야기에서 매튜와 마릴라 커스버트의 역할과 어떻게 연결이 될까요? 매튜와 마릴라가 앤에게 필요한 것을 필요한 때에 필요한 방식으로 제공하기 위해 서로 어떻게 균형을 맞추었나요? 그리고 이것이 우리가

사랑하는 사람들에게 우리가 어떤 역할을 해야 한다고 알려주고 있나요?

- 피비의 "한국인 엄마"를 피비에게 설명하면서, 로릴리는 "네가 뱃속에 있을 때 너를 아주 잘 보살핌으로써 옳은 일을 한 거야. 그 분은 너를 정말 사랑했고 아주 용감했어" 라고 말했습니다. 어리고 결혼을 하지 않은 엄마로서 문은 어떤 어려움을 겪었나요? 그녀는 어떤 선택을 했고, 어떤 도움을 받았나요 (또는 받지 못했나요)? 왜 로릴리는 생모에 대한 이야기를 하면서 "그녀의(피비의) 마음에 큰 선물을 주는 기분"이었을까요?

- 로릴리, 앤, 그리고 피비가 가는 길에서 어떤 공통점이 있을까요? 각자의 삶에서 어떤 연결고리를 찾을 수 있을까요? 세 고아의 이야기가 가족을 찾는 것의 의미에 대해 궁극적으로 말해주는 것은 무엇일까요?

- 왜 로릴리가 요한복음 14장 18절과 이사야 49장 15-16절을 책의 제명 (epigraph)으로 사용했을까요? 이 구절들이 이 책의 중요한 주제와 어떤 관련이 있나요? 이 구절들이 당신에게 개인적으로 들려주는 말은 무엇인가요?

- 이 책이 묻는 핵심 질문에 대해 무엇이라고 답할 수 있을까요? 어떻게 답할 것인가요?